中国古典诗词
名家菁华赏析丛书

李清照诗词赏析

马　玮 主编

商务印书馆国际有限公司

丛书主编

马　玮

本册撰稿人

杨　敏

丛书编委

（按音序排列）

曹晨曦　方周立
胡连彬　马佳明
马静婉　马　骎
马　玮　南　方
徐　斌　杨二宁
杨　芳　杨　敏
张　一

总　目

说　明

一、本书选取宋代词人李清照不同时期不同风格的代表性词52首、诗11首。

二、所收词以《全宋词》为底本，诗以《全宋诗》为底本，同时参考其他版本。

三、所收诗词按照创作年代的先后顺序排列。

四、正文前撰有李清照简介，内容涉及词人的生卒年、名号、籍贯、人生经历、创作经历、创作特点、他人评价或在文学史上的地位等。

五、诗、词原文后列有对一些难解字词、生僻字、历史词、方言词、古地名、出典、重要事件等的注释。

六、每首诗、词都设有题解，内容包括诗词类型、写作背景（或人物关系)、思想内容以及其他需要交代的内容等。

七、每首诗、词都有赏析，主要阐述诗、词所蕴含的文学性和思想性，对于比较难懂的诗、词，一般有逐句翻译式的串讲，有名句的，大都给予点出。

八、一般对一首诗、词撰写一篇赏析文字，某些内容联系紧密的组诗，也有合撰一篇的情况。

九、本书使用简化字和现代汉语标点，在可能有歧义时，酌用繁体字或异体字。

十、行文中涉及的年份，一般用旧纪年，其后括注公历纪年，“年”字从略。

十一、行文中如涉及与今地名不一致的旧地名时，在旧地名后括注今地名或其归属地。

序

梁 静

“中国梦”，这个富于诗意的名词，激发了国人对于未来的美好憧憬。这一梦想承载着每个华夏子孙的使命与担当，寄托着无数神州儿女的未来与希冀。中国梦更是面向未来的事业，需要一代又一代青少年励志成长成才，矢志逐梦圆梦，努力让美丽青春焕发绚丽光彩！

实现美丽的中国梦，必须走中国道路，弘扬中国精神，凝聚中国力量。在中华民族五千年悠悠文明史中积淀的优秀传统文化，无疑是凝聚民族精神的思想内核。一代文学大家巴金曾说：“我们有一个丰富的文学宝库，那就是多少代作家留下的杰作，它们教育我们，鼓励我们，要我们变得更好，更纯洁，更善良，对别人更有用。文学的目的就是要人变得更好。”这座文学宝库中，唐诗宋词等闪耀着瑰丽光芒的奇葩，历千年而不朽，给世人以丰润的精神滋养：这里有杜甫“穷年忧黎元，叹息肠内热”的忧国忧民的伟大情怀；有李白“仰天大笑出门去，我辈岂是蓬蒿人”的自我肯定；有王维“行到水穷处，坐看云起时”的随缘自适；有李商隐“春蚕到死丝方尽，蜡炬成灰泪始干”的无私奉献；有苏轼“莫听穿林打叶声，何妨吟啸且徐行。竹杖芒鞋轻胜马，谁怕，一蓑烟雨任平生”的淡定、旷达。每每读之，掩卷沉思，这些诗词不仅给我们带来了唯美的精神享受，帮我们构筑起永恒的精神家园，同时，让我们的人生变得更加诗意。

众所周知，文学即是人学。无论是文学创作，还是文学阅读，出发点与归宿都是“人”，是人的心灵，人的情感，人的精神。“古人为诗贵于意在言外使人思而得之”（司马光语）。对于正处在接受德育、修养品性最佳年龄段的青少年来说，大量阅读唐诗宋词等经典作品，不仅能够让他们突破时空的限制，与千年之远、万里之外的人、生物乃至宇宙的一切生命进行对话，进行思想的沟通与心灵的交流；而且能够让他们从中汲取丰富的精神养料，以此陶冶性情与提高修养；同时，还能够让他们从先贤的境遇中学会如何面对人生，解决人生的种种问题，最终成长为具有美丽心灵的健全的“人”。

此外，大量阅读经典也能够让青少年对汉语的魅力有更深刻的感受。汉语是世界上最精练的语言文字，唐诗宋词则将汉语的这种优势发挥得淋漓尽致。在这些文学大师的笔下，语言就像是被赋予了生命一般，富有灵气，蕴藉深邃。

随着“国学热”“汉语热”的回潮，以凝聚着民族和时代精神的“文学名作”为主体的大量青少年课外读本被开发、推广。商务印书馆国际有限公司出版的这套中国古典诗词名家菁华赏析丛书，首批十本，分别选取了唐代开宗立派的诗人，如王维、李白、杜甫、白居易、杜牧、李商隐，以及宋代成就卓著的词人，如柳永、苏轼、李清照、辛弃疾。每本选取一位诗词大家的具有代表性的作品近百篇，在尽可能尊重原作意旨的基础上，进行深层的赏析与阐发；同时，对作品的创作背景简单介绍，做到知人论世。至于诗作版本方面，则择善而从，一般不作校勘说明。

这套书应时而出，定会对广大青少年提高审美鉴赏能力、提升思想境界起到积极的作用。

李清照简介

她家系名门，天资过人，过目不忘，十六岁名扬诗坛；

她精通音律，琴棋书画，博弈之术，无一不精；

她耽于学问，锲而不舍，文章传世，令须眉汗颜；

她天生丽质，厌于矫饰，柔情似水，对爱情忠贞；

她是非分明，爱国情挚，不畏皇权，批权者昏聩；

她心忧国难，痛斥投降，秀木独立，迎风摧之患；

她幼年丧母，中年丧父、亡夫、失国，一生无嗣；

她历国破家亡，经颠沛流离，终是故乡难觅，愁船难载，老来凄惨；

然而，明月照佳人于星汉，清风散暗香于词林，大宋已去，词人永存!

她，就是一代才女、旷世奇女——李清照。

李清照（1084—约1151），号易安居士，宋代济南（今属山东省章丘市明水镇）人，北宋与南宋易代之际的著名女诗人、女词人。

以李清照四十三岁南渡为界，李清照的诗词创作，分为前期和后期。

出身书香世家的李清照，颇有诗文禀赋。其父李格非，进士出身，为元祐后“苏门四学士”之一，官至礼部员外郎；母亲王氏系出名门，其高、曾祖皆为进士，其祖辈、父辈皆为朝官，王氏本人则善文学。

少女时代的李清照热情开朗、博览群书，并对社会对历史持有独到的见解，尽管待字闺中，却文名远播，为世人瞩目。这个时期李清照诗词的代表作有：《如梦令（常记溪亭日暮）》《渔家傲（雪里已知春信至）》《如梦令（昨夜雨疏风骤）》、咏史诗《浯溪中兴颂诗和张文潜》（二首）等。

宋徽宗建中靖国元年（1101）李清照十八岁，嫁给大她三岁的东武太学生赵明诚。赵父赵挺之，是山东密州人，当朝吏部侍郎，从三品官，后来位至宰相。赵明诚为赵挺之的三子，以金石收藏在学问家云集的北宋士大夫中享有很高的声誉。婚后，与丈夫琴瑟和鸣的李清照在享受幸福婚姻的同时，倾心于提升文学造诣与收集研究金石文字。徽宗崇宁元年（1102），北宋朝中新旧党争加剧，宋徽宗任蔡京、赵挺之为左右相，立元祐党人碑，以司马光等一百二十人为“奸党”，李清照父名列党籍，遭罢官并被遣返回乡。李清照为救父亲，以诗上呈赵挺之。崇宁二年（1103），赵明诚出仕，同时立志撰述访求、著录古代金石文字的《金石录》一书。李清照少女时即以诗名声动京师，“才力华赡，逼近前辈”（宋王灼《碧鸡漫志》卷二）。嫁给赵明诚后，与赵明诚的伉俪情深又成为她诗词创作的强大动力，这时的李清照常生相思之苦，词作中笼罩着化不开的离愁别绪。这个时期李清照诗词的代表作有：《鹧鸪天（暗淡轻黄体性柔）》《减字木兰花（卖花担上）》《一剪梅（红藕香残玉簟秋）》《醉花阴（薄雾浓云愁永昼）》《玉楼春（红酥肯放琼苞碎）》《行香子（草际鸣蛩）》《小重山（春到长门春草青）》《满庭芳（小阁藏春）》《多丽（小楼寒）》等。

徽宗大观元年（1107），蔡京被恢复丞相一职，赵挺之卒。蔡京因为赵挺之曾为元祐大臣所荐，追夺所赠赵挺之的一切官职。赵明诚、李清照夫妇因此屏居青州（今山东益都）乡里十年，夫妇二人共同校勘金石古物，不染官场，尽得其乐。李清照借着陶渊明《归去来辞》的意旨为青州的居所取名“归来堂”，为自己取号“易安居士”，以表明淡泊名利、不求闻达的志趣。青州十年，赵明诚基本完成了金石学著作《金石录》，其中著录所藏金石拓本两千多种，共三十卷，赵明诚也借此成为宋代最杰出的金石专家之一。《金石录》是李赵幸福婚姻的结晶，青州十年，是赵明诚夫妇生活最安逸的十年，更是李清照一生最惬意最幸福的十年。这个时期李清照诗词的代表作有：《凤凰台上忆吹箫（香冷金猊）》《念奴娇（萧条庭院）》《点绛唇（寂寞深闺）》等。

宋徽宗宣和元年（1119），赵明诚兄弟先后离开青州出仕，李清照一人留守青州。宣和二年（1120）蔡京致仕。宣和三年（1121），四十一岁的赵明诚起知莱州（今山东掖县），夫妻得以团聚。此后又自莱州移官淄州。在此期间，李清照与赵明诚二人的婚姻生隙。一则二人结婚二十载不曾育有一子一女；二则赵明诚蓄养侍妾与歌伎，对李清照心生冷落。敏感多情的李清照在情感上备受煎熬，种种隐痛化作诗词。然而很快，共同的志趣爱好、曾经的美好过往又将二人重新唤回相濡以沫、惺惺相惜的人生乐境中。这个时期李清照诗词的代表作有：《蝶恋花（暖雨晴风初破冻）》《蝶恋花（泪湿罗衣脂粉满）》等。

宋徽宗宣和七年（1125）十月，金人铁蹄南下，宋王朝腐败无能，宋钦宗靖康元年（1126），金兵攻陷开封。靖康二年（1127）二月，金人废黜宋徽宗、宋钦宗二帝，北宋王朝灭亡。同年三月，徽、钦二帝以及三千多赵氏宗室及大臣被押往金国。五月，康王赵构在南京应天府宣布继承皇帝位，是为宋高宗，南宋王朝建立。覆巢之下岂有完卵？剧烈的靖康之变改变了李清照、赵明诚夫妇的命运。

宋高宗建炎元年（1127）三月，赵明诚的母亲郭氏在江宁卒亡，赵明诚离任赴江宁奔丧。为躲避战火，赵明诚运输满满十五车文物抵达江宁府，李清照回青州老家看管剩余藏品。同年十二月，青州兵变中，仅极少数珍贵文物被李清照带出。赵明诚知江宁府，李清照载书至建康。建炎三年（1129）三月，赵明诚守城叛逃被罢知江宁，先后于安徽芜湖、当涂一带盘桓，五月至池阳（今安徽贵池）时接到皇帝圣旨，被任知湖州。赵明诚将李清照暂置池阳，旋即回转建康晋见宋高宗，夫妇二人就此分手。同年七月底，李清照忽然得到赵明诚书信，被告知赵明诚身患疟疾。李清照连夜从池阳赶往建康。可是，李清照见到赵明诚时，赵已是病入膏肓。八月十八日，赵明诚病卒。这一年赵明诚四十九岁，李清照四十六岁。李清照大病一场后，把大批文物转运至洪州，委托给时任兵部侍郎的赵明诚的妹夫保管，然后将小部分价值连城、便于携带的古籍图书文物放在身边，和在朝为官的弟弟一起跟随宋高宗所带领的朝廷逃难。当年十二月，金兵攻陷洪州，由赵明诚的妹夫保管的两万卷古籍图书、两千多卷金石碑刻拓本，转眼之间又化为乌有。李清照倍加珍惜剩余文物，但为了洗却“赵明诚玉壶颁金”之诬，将手中大部文物直接上交朝廷。但交付不久即于战乱中全部流失。这个时期李清照诗词的代表作有：《临江仙（庭院深深深几许）》《诉衷情（夜来沈醉卸妆迟）》《鹧鸪天（寒日萧萧上琐窗）》《菩萨蛮（风柔日薄春犹早）》《南歌子（天上星河转）》《忆秦娥（临高阁）》《渔家傲（天接云涛连晓雾）》等。

李清照随后入浙，经台、嵊、黄岩，从御舟海道至温州，复至越州、衢州，于宋高宗绍兴二年（1132）赴杭州。赵明诚卒世五年后，绍兴四年（1134），李清照承夫愿，对《金石录》做了认真系统的校勘整理，并在著作先前的序文之后，撰写了一篇《〈金石录〉后序》。绍兴中，以《金石录》上表于朝。其间，李清照再嫁右承奉郎、监诸军审计司的小官张汝舟。婚后，很快张汝舟意识到李清照并不如他所期有许多贵重的文物，于是对李清照不吝以拳脚相加。李清照不惜以坐牢为代价和张汝舟离了婚。幸运的是，得贵人相助，李清照只在狱中待了九天。晚年的李清照来往于金华、临安两地，境况很是凄凉，在乱世中目睹了山河破碎、朝廷苟且偷安的李清照最终抑郁而亡。这个时期李清照诗词的代表作有：《春残》《摊破浣溪沙（病起萧萧两鬓华）》《上韩公枢密、胡尚书诗》《题八咏楼》《武陵春（风住尘香花已尽）》《永遇乐（落日熔金）》《孤雁儿（藤床纸帐朝眠起）并序》《添字丑奴儿（窗前谁种芭蕉树）》《清平乐（年年雪里）》《声声慢（寻寻觅觅）》等。

靖康之变后，国破家亡，数变丛生，这一切使得李清照的词作带上了极悲凄的色彩，其词“沉哀入骨，有泪彻泉”（唐圭璋《李清照词鉴赏》）。

李清照词集《漱玉词》（一称《漱玉集》），各本辑录卷数不一，大多亡佚。清代王鹏运辑《漱玉词》，共辑录五十首，为近代李清照词辑本的始祖。后有王仲闻《李清照集校注》、黄墨谷《重辑李清照集》、王延梯《漱玉集注》等。

李清照另著有《词论》一篇，提出“词别是一家”之说，影响颇大。李清照现存的作品中，词作五十余首，格调高雅清丽，情感浓烈真挚，个性鲜明突出，语言通俗清新。她的词在中国词坛自成一家，被称为“易安体”，李清照也因此成为一代“婉约词宗”。李清照词承正脉，词风婉约，早期闺中词缠绵悱恻、委婉动人、清新明丽、意境优美，中、晚年词情切意深、沉郁凄怆，使其成为婉约词之代表人物，千古不朽的一代词人。

李清照现存诗作十余首，诗风激昂慷慨、雄浑悲壮、激荡人心。

限于本套丛书仅选诗词，李清照文暂时不予入选。本书选录李清照词五十二首，诗十一首。

目　次

词五十二首

诗十一首

词五十二首

如　梦　令

常记溪亭日暮①，沈醉不知归路②。
兴尽晚回舟③，误入藕花深处④。
争渡，争渡，惊起一滩鸥鹭⑤。

注　释

① 常记：时常记起，“难忘”的意思。另唐圭璋说：李清照《如梦令》第一句云“常记溪亭日暮”，“常”字显然为“尝”字之误。本书采用前一种注解。溪亭：一说此系济南七十二名泉之一，位于大明湖畔；一说指临水的亭台。本书采用后说。日暮：黄昏时候。

② 沈醉：大醉。

③ 兴尽：尽了兴致。晚：比合适的时间靠后，这里意思是天黑路暗了。回舟：乘船而回。

④ 误入：不该入而入。藕花：荷花。

⑤ 争渡：夺路急归，从而打破天籁宁静，惊起荷丛深处的栖鸟。惊：惊动。起：飞起来。一滩：满滩。鸥鹭：鸥鸟、鹭鸟的统称。

误入藕花深处

题 解

如梦令，词牌名，有单双调，单调正体三十三字。

单调《如梦令·常记溪亭日暮》是一首忆旧词，大体作于李清照十六岁到二十三四岁之间，词人结婚前后回忆起故乡的郊游趣事。词作表现的是词人早期生活的一个片段，表达词人独特的生活情趣，用词简洁而不失意趣，词境幽美，堪称词人早期的代表作品。

赏 析

把玩词意，这首词当是为回忆一次愉快的郊游而作。这首词，曾被诸多版本误作男性作者之作。从“误作”之多，也可看出此词的豪放超逸已然超出了“闺秀词”的范围。南宋黄升的《花庵词选》、曾慥的《乐府雅词》都将其作李清照词。

“常记溪亭日暮，沈醉不知归路。”

这首词以深情回忆起笔：常常会不由自主地记起那样一个傍晚时分，暮色在不知不觉中渐渐加重，在临溪的亭台，泊舟备酒，继而畅游清溪，饮宴以后，因酒醉沉酣竟不知日色已夕，甚至连回去的路径都辨识不出了。“常记”即“常常忆起”，不经意间就会记起，足见时过境迁却令人耿耿在怀；“醉”而冠以“沈”字，可见词人酣游清溪，欢饮亭台，怡然忘我的情态；“不知归路”，不是因为归路难觅，而是醉于其境其景的词人痴痴其间，流连忘返的缘故啊。写郊游玩乐兴致之高，不直言之却借沉醉之态出之，笔致婉曲，行文有致。

“兴尽晚回舟，误入藕花深处。”

紧接着三、四句写词人误入藕塘：天色太晚，不得不归，沉沉暮色之中，一叶轻舟驶向家的方向，不料暮色遮掩了来路，小舟不期然闯入一片藕花盛放的荷塘深处。更不曾想，词人无意中进入的这片藕花世界，竟是一处别有洞天之地：清香四溢，芰荷高擎，酣醉未醒的词人此际几欲不知身处何地，喜不自禁之际，竟是酒不醉人人自醉了。此处的“误入”恰是因为前句的“不知归路”，这样的因果际遇，前后契合，隔句呼应，写尽词人郊游忘情尽兴的情态，更显词人遣词造句的工致。

“争渡，争渡，惊起一滩鸥鹭。”

天色愈黑，误入荷塘的词人与玩伴，被宛若仙境的荷塘藕花引入了愈加沉醉的迷人世界，短暂的沉迷之后，渐重的暮色惊醒了词人的醉意，情急之间，在荷塘藕花中，小舟争着、抢着渡过那窄窄的水道，不料争渡的小船、词人与玩伴的惊呼，却惊起了栖息在花町渔浦的一片鸥鹭。这少女特有的争渡之举，写得活泼率性、活力十足。而这种活力恰恰是以李清照特有的笔法传达出来的。一连两个“争渡”，运用叠词造成急切短促的节奏感，连同紧接着的三个响亮的韵脚“ù”将这份少年活力喊将出来，更与停栖在洲渚之上成群的水鸟扑棱棱扇动翅膀飞起的生动场景交相辉映。词人行文至此，戛然而止，读词人却不期然坠入此景此境，回味再三，不肯离开，所谓言有尽而意无穷是也。

这首小令用字极简，这恰恰是李清照擅长之处。词人没有铺叙郊游玩乐的尽兴场面，而是截取玩乐“兴尽”“晚归舟”后“争渡”的几个画面，移步换景，景情同步，摹写出词人那份沉醉、那份兴奋，数年之后凡此种种依然让词人念念不忘；接着，词人点到为止地写“兴尽”归家之际误闯进的藕花世界，笔意陡止，词人开创的想象空间却由“深处”向荷塘更深处延伸；结末之句，更是写得笔意纵横，率性生动。吟读此词，仿若和词人一道荷丛荡舟，沉醉不归。正所谓“少年情怀自是得”，这首词不事雕琢，宛若一幅优美的写意画，富有一种自然疏朗之美。这首词被杨金本《草堂诗馀》误作苏轼词，被《古今词话》误作吕洞宾词，可见此词堪与须眉之骨相匹敌，又有一番豪气充溢其间。

怨王孙

湖上风来波浩渺，
秋已暮、红稀香少①。
水光山色与人亲，说不尽、无穷好。

莲子已成荷叶老，
清露洗、蘋花汀草②。
眠沙鸥鹭不回头，似也恨、人归早③。

注　释

① 红稀香少：鲜花凋落，枝头所剩不多，空气中飘散的香味也淡薄了。红：与李清照《如梦令》“绿肥红瘦”中的“红”均代指花儿。

② 蘋：多年生浅水草本蕨类植物，四片小叶呈田字形，夏秋开白色小花，又名田字草。汀：水边平地。

③ 似：《历代诗馀》等作“应”。

题 解

调是指词的分段，一段称单调，两段称双调，三段称三叠，四段称四叠。原为单调的词依照原调重奏一遍即成为双调。

这首《怨王孙》，正是单调词的重复。写作时间与前面《如梦令·常记溪亭日暮》一词大致相同。这首词记写词人秋游郊外的景与情。词作上片描绘暮秋时节郊外的山光水色之亲好，下片描绘秋花秋草秋鹭之情味，在静美之景中，暗写暮秋残景中所蕴含的生趣。

赏 析

这首词，写郊游的情趣，以景驱情，写得颇为别致。

上片，词人将视野投向广阔的大自然，绘制大自然的巨幅画卷。

“湖上风来波浩渺，秋已暮、红稀香少。”

明朗澄澈的秋空连同起伏的远山，倒映在湖水中，西风袭来，开阔旷远的湖面上碧波跌宕，湖面上仅剩的残荷散落其间，空气中飘散的香味也被西风吹得淡薄了。此时已是暮秋时节，词人绘制秋景，由远景而近景，起笔推出远镜头写秋高，次句拉近镜头写气爽。即便“秋暮、红稀、香少”，也不减一分秋高气爽，一洗古诗词中逢秋必言寂寥的悲秋之气，将读者引进一个开阔旷远的诗境中，读者亟待与词人一同前往秋游。

“水光山色与人亲，说不尽、无穷好。”

富有情趣的词人游兴盎然，欲言山水宜人却不直言，而将山水做拟人化处理，似乎山光水色也有了“与人亲”、与人近的一举一动，惹得游人不禁直呼“说不尽、无穷好”。沈义父《乐府指迷》论作诗曾有“用字不可太露，露则直突而无深长之味”的说法。然而易安却剑走偏锋，将“说不尽、无穷好”这样的口语表达直接形诸纸端，让怡情山水、耽于美景、兴致正高的游人情不自禁地夸说郊外美景。山光水色本天成，何来多情之思？竟然与游人亲昵起来。这样别出心裁的构思，赋予山水人的情思，与词人心中乐山乐水之情思相沟通，形成人景对话的奇妙构思。辛弃疾《贺新郎》词有“我见青山多妩媚，料青山、见我应如是”之句，其人景对话的构思与易安此词有异曲同工之妙。

词作下片，词人以特写镜头描绘湖面湖畔的景致，放大美之所在，带给读者强烈的审美冲击，暗逗出别样的生趣。

“莲子已成荷叶老，清露洗、蘋花汀草。”

起句词人状写湖面残荷，然而却以“老”字替代“残”字，富有韵味：昔日满塘芰荷高擎、馨香清远的情景此际已然无踪无闻，只见荷塘之上莲蓬高举，荷叶残损，让人不由联想到词人《一剪梅》中“红藕香残”之句。然而出人意料的是，目睹此景，词人并无“玉簟秋”的凄凉，更无“独上兰舟”的伤感，且看词人目之所及，荷塘之畔，蘋草花开，洁白清新，汀草色润，绿意盈人。更有那花蕊、草尖之上，颗颗晨露，晶莹欲滚，剔透可人，让暮秋之景一洗衰残之态。秋花如洗，秋草如新，置身此境的观者，其心随之纯净如洗。“清露洗”三字写得煞是动人，词人借由一颗秋之晨露，暗写自己以一颗纯净之心欣赏秋残秋朽的别样情怀，富有感染力。

“眠沙鸥鹭不回头，似也恨、人归早。”

此二句，词人将特写镜头转向河岸上的鸥鹭。困极而眠本是禽鸟本性，词人却借此生发，说鸥鹭面对游人的离去，心生恨意，居然连头也不回，埋首酣眠，不理睬游人临别的招呼。此中自可窥见词人正与此景此物依依不舍之情。对“似也恨”中的“也”字细加品味，即可知道词人心思。词人这样的笔致，呈现给我们的词人形象该是一位乐山乐水，乐花乐草，乐禽乐鸟，更乐生的多情多思者。

这首《怨王孙》，绘写暮秋之景，亦远亦近，亦高亦低，错落有致；抒写秋游之趣，以“暮”字为线索，既描暮秋的衰朽，亦写暮秋的生气，更写物我的亲切对话，情趣别样。尺幅之间，尽显词人独有的山水情怀，令人回味。

如 梦 令

昨夜雨疏风骤①,
浓睡不消残酒②,
试问卷帘人③,却道海棠依旧。
知否?知否?应是绿肥红瘦④。

注 释

① 疏:指稀疏。
② 浓睡不消残酒:虽然睡了一夜,仍有余醉未消。
③ 卷帘人:此处指侍女。
④ 绿肥红瘦:绿叶繁茂,红花凋零。

题 解

有单双调，单调正体三十三字。

南渡之前，李清照生活悠闲，多风雅之趣，颇富情调，故词中不乏饮酒惜花之作借以表现这种生活状态。这首三十三言的小令中，词人写前夜带醉入眠，经宿之后醉意消遁，词人向卷帘侍女询问帘外海棠花事这样一个生活片段，以白描笔法，表达自己一番惜花伤春叹己之情。

赏 析

李清照的词流传至今的只不过五十首左右，但却“无一首不工”（清代文艺理论家李调元语），“为词家一大宗矣”（《四库提要》）。这首《如梦令》尽管只有三十三字，却容量惊人。整首词犹如一出情景短剧，人物有出场，有对白，更有大量隐秘的内心活动，很值得玩味。

“昨夜雨疏风骤，浓睡不消残酒。”

这首词的起句中词人出场：昨天一夜，风雨不曾停息，伴着稀疏的雨点、骤急的风势，词人带着浓重的醉意入梦。经宿的沉睡之后，醉意渐退，然而余醉难消。词人出场之后，交代昨夜沉醉入梦，点明今朝余醉尚在，凡此种种，似寻常叙事，似无可圈可点之处。然而易安笔法，常自平淡处见功夫。词人在其咏红梅的《玉楼春》词中写道：“红酥肯放琼苞碎，探著南枝开遍未。……要来小酌便来休，未必明朝风不起。”词人惜花，唯恐明朝风起吹落琼苞，这几句结合词人“浓睡”一句，我们可以断定这起始两句词的词面上虽然只写晨起宿醉尚未尽消，但词面的背后还潜藏他意：昨夜酒醉实在是因为惜花之情太深，痛不能堪。

“试问卷帘人，却道海棠依旧。”

接下来词的三、四两句所写，则是词人惜花心理的外现。

宿酒未消，残余的酒意仍盘桓在脑际。词人对昨夜之事稍作回味之后，所思所念很快就转移到帘外一院的海棠花上了。词人醉态尚在，未曾离榻，斜倚枕被，向正在卷起帘栊的侍女问询道：院中的海棠花现在怎么样？寻常问话，看似平淡，却因着一个“试”字而意境全出。词人情知海棠不堪一夜风雨，却又害怕听到花落的消息，于是词人试着向正在卷帘的侍女探问究竟。这种欲问还休，终是探问的姿态，正是惜花之人既盼又惧的真情态。周邦彦《少年游》：“一夕东风，海棠花谢，楼上卷帘看。”写楼上观花之人，手自卷帘亲眼目睹海棠花谢，惜花之情，了然纸上。相比而言，同是表达惜花之情，易安词更见婉曲蕴藉，周词就稍显朴素直白了。

对于词人探问背后的犹豫再三，正在卷起帘栊的侍女并无察觉，她随意瞥了一眼窗外的海棠花，或是看到海棠枝头尚有花朵，便漫不经心地答道：海棠依旧还是昨日模样。词人听到侍女的回答后，该是怎样的心绪呢？“却道海棠依旧”中的“却”字，是寻找答案的关键所在，词人以转折口吻表明她听到答话后内心不尽的叹惋之情。这两句词中，这样两个简笔勾勒出的词中人物，仅凭一问一答，就将人物内心的婉曲世界初作呈现，可谓神来之笔。

“知否？知否？应是绿肥红瘦。”

这两句历来被传为《漱玉词》佳句中上品的词句，仅有十字，却写得跌宕起伏，委曲精工。张綖《草堂诗余别录》评道：“（《如梦令》）结句尤为委曲精工，含蓄无穷意焉。”

听闻侍女的答话之后，满怀心事的词人深为叹惋，情急之下，她急切出语：你知道吗？你知道吗？院中的海棠，经历了一夜骤风疏雨，此刻当是绿叶饱满，红朵稀少啊。这句诘问式的词人之语，暗含词人深重的惜春伤春之情：多情的词人爱花惜花，时常关注着一院春海棠的生息，“知否，知否”，貌似诘问，实则自白，深谙花事的词人情知风雨摧花，故听闻不解花事的侍女之言后，她以此口吻表达自己对所钟爱的海棠花的熟知与怜爱。至于“绿肥红瘦”四字，更是语出惊人，以“绿”代海棠之叶，以“红”代海棠之花，兼之以“肥”饰“绿”，更见雨后倍加润泽的绿叶饱满之态，以“瘦”饰“红”，更见雨打风吹之后枝头残留红朵的清瘦残败之姿。红绿相间，肥瘦相生，词人的新鲜用词把一幅风雨摧花图景，写得活色生香，惹人怜爱。不是妙笔，何来如此生花之文！

这首小令着意人物心理情绪的刻画，以景衬情，委曲精工，极有层次。词人因惜花而醉饮，因情知花谢却又抱一丝侥幸心理而“试问”，因不相信“卷帘人”的回答而再次反问，如此层层转折，步步深入，将惜花之情表达得摇曳多姿。词中人物，一个不解愁思，一个叹时光易逝，两相对照，如花影摇曳，自有风致翩然。清朝乾隆、嘉庆时期著名词学家黄蓼园《蓼园词选》中也赞这首词："一问极有情，答以'依旧'，答得极淡。跌出'知否'二句来，而'绿肥红瘦'，无限凄婉，却又妙在含蓄，短幅中藏无数曲折，自是圣于词者。"

浣 溪 沙

春 景

小院闲窗春色深①，重帘未卷影沈沈②。
倚楼无语理瑶琴③。

远岫出山催薄暮④，细风吹雨弄轻阴⑤。
梨花欲谢恐难禁⑥。

注 释

① 闲窗：原作“间窗”，盖“闲”之误。带护栏的窗子。闲：遮拦阻隔之物，阑也。

② 沈沈：即沉沉，指闺房幽暗，影子浓重。宋代柳永《雨霖铃》：“暮霭沈沈楚天阔。”

③ 理：调理定调，一般指代弹琴。瑶琴：以玉为饰的华美的琴，泛为琴的美称。

④ 远岫：远山。五代顾敻《更漏子》：“远岫参差迷眼。”“远岫出云”，源于陶渊明《归去来辞》：“云无心以出岫，鸟倦飞而知还。”《乐府雅词》等作“山”。薄暮：临近傍晚，日将落。薄：临近。宋代范仲淹《岳阳楼记》：“薄暮冥冥，虎啸猿啼。”

⑤ 细风：微风。轻阴：暗淡的轻云。唐代张旭《山行留客》：“山光物态弄春晖，莫为轻阴晚自开，青春白日映楼台。”

⑥ 梨花欲谢恐难禁：意为晚春时节梨花必会凋落，惹人格外伤感，让人几乎难以禁受。

题 解

浣溪沙，词牌名，双调四十二字。在《全宋词》中，这种词牌使用频率最高。

这首《浣溪沙》曾被《词学筌蹄》等词书误作他人词作，《乐府雅词》等词书收为易安词。这首《浣溪沙》应当是作于李清照少女时期，全词写闺阁内外的情状，表达少女怀春的情怀。

赏 析

这首《浣溪沙》，在情景交融中抒写少女伤春的心绪。

“小院闲窗春色深。”

少女闺窗斜倚，隔帘观春，而窗外小院里，春意已然深浓。阁内观春的少女因何言“春色深”呢？词人似乎并未直言。然而，一“小”一“闲”，二字便将少女心事泄露无遗。在少女眼中，这春色纵然深浓，却生生被这方“小”院所囿；这春心纵然懵懂，却被这方“闲”窗所束，纵是深闺也难掩少女摇曳难定的春心。“小、闲、深”，貌似写景，实则绘心，空闺少女，望春、惜春，怜己、伤己，内心深处的情思种种，尽在此中不得言。此句中尤为传神一笔当属“深”字，绘满院春景却仅着一“深”字，字面只当是写实——深闺春望，春色已深，细究之下方知此景语实则是不得明言之情语——春情缱绻，纵使处于深闺之中也难掩抑。

“重帘未卷影沈沈。”

首句写少女望春而叹“春色深”，次句却写“重帘未卷”，原来少女连帘栊也未曾卷起，足见少女非为望春，而为思春。“重帘”低垂当是有意为之：春色徒深，少女一颗春心，于空寂闺中不得轻启，故重帘不卷——任帘影重重。帘幕四垂的闺中，读者似乎眼见得帘幕后的少女将满腹心事硬生生遮掩藏起。此情此景，仅以一方低垂的帘幕演绎出之，景语耶，情语耶？

“倚楼无语理瑶琴。”

重重帘幕后，少女倚窗自伤，满腹心事在心中翻江倒海，却只能无言示之，真正是才下眉头，却上心头。无言之余，精通琴艺的少女转而将万千情思托之瑶琴！瑶琴，即用玉装饰的琴，多用作琴的美称。瑶琴诉心，历来多为传达伤感之情。唐代王昌龄《和振上人秋夜怀士会》诗曰："瑶琴多远思，更为客中弹。"清代方文《石臼访韩元长》诗之四曰："珠树秋先折，瑶琴我独伤。"少女将满腹莫可名状的闺中伤情，尽意诉诸如怨如慕的琴声之中，表达情思却含蓄深婉。"无语"一词，于平淡处见深意：无心春意的少女被满院的春色引逗得一颗春心几欲无处安放，然而闺阁女子却只能以无语良久对之，最终转而抚琴自听，让满怀春意随如泣如诉的琴声飞出庭院。这一"无语"之中，隐含了少女几多不能轻言的隐痛与心曲啊！

"远岫出山催薄暮。"

凄伤多情的琴声飘向何处？瑶琴之音带着少女的心儿飘向遥远的天边，一道远山横在天际，深谷中云出云归，琴声渐渐消失在山谷四起的暮色之中。其实，在少女心中，渐远渐淡的不唯琴声，更有着白白虚度的闺中时光。暮色渐重，夜色降临，又一日将过也。少女情怀，敏感多思，伤感莫名，薄暮时分，山间浮云承载的恰是少女飘浮不定的心事。琴声淡去，心曲却在心中回响不息。明代杨慎《草堂诗馀》卷一评这一句云：景语，丽语。其实，不妨再添一词：情语。

"细风吹雨弄轻阴。"

暮色已然来临，夜色渐重，微风送来细雨，淋湿了满院春色，天上黯云薄散，黯淡了春光。这一番风雨中，"风"而言细，"雨"而被细风所吹，可见风柔雨轻；然而，一个"弄"字却因此颠覆了"细风""轻雨"所营造的柔和之境，风儿虽细却戏弄得漫天薄云渐起，天色渐暗，春光渐淡，春心渐暗。少女本就惜春、伤春的心绪为之黯然，神伤之余，满腹郁结，被一片"轻阴"覆盖，重重心事，搅扰得少女心境也是灰暗。这一"弄"字，看似笔力轻淡，却是一字千金。

"梨花欲谢恐难禁。"

暮春的微雨，淋湿了少女的心，此际她正在为院中盛放枝头的梨花忧虑：春深时节，枝头开得正盛的梨花，怕是禁受不了这样的风吹雨打啊，然而无可奈何花落去，梨花欲谢，惜花的少女心虽忧之，却又能如何呢？一树梨花的凋落，于少女而言，无异于少年韶光将逝的隐喻。沈际飞本《草堂诗馀》正集卷一评此结句曰："欲谢难禁，淡语中致语。"可谓捕得梨花之韵。一院春花中，较之牡丹桃花樱花，梨花之洁，最能引发春谢之伤。五代冯延巳《采桑子》词云："樱桃谢了梨花发。"唐代杜牧《初冬夜饮》诗曰："砌下梨花一堆雪，明年谁此凭阑干。"历来诸多词人以梨花之谢隐喻自己的伤情，而易安笔下的梨花，以淡色雅姿动了人心，却终究难禁萎谢于地的结局，令人不由叹惋再三。

这首《浣溪沙》写少女的闺中春思，以不语语之，借无心之云、细风、疏雨、微阴这些意象淡化整首词的着色，雅化整首词的情趣，含蓄出之。这种婉曲、蕴藉的传情方式，颇富审美情趣。明代董其昌《便读草堂诗馀》卷一：写出闺妇心情，在此数语。

浣　溪　沙

淡荡春光寒食天①，玉炉沈水袅残烟②。
梦回山枕隐花钿③。

海燕未来人斗草④，江梅已过柳生绵⑤。
黄昏疏雨湿秋千。

注　释

① 淡荡：水迂回缓流貌，引申为和舒。唐陈子昂《与东方左史虬修竹篇》诗："春风正淡荡，白露已清泠。"明贾仲名《金安寿》第一折："绣帏中淡荡春风，红浪轻翻翠被重。"寒食：节令名，在清明前一二日。相传春秋时，介之推辅佐晋文公回国后，隐于绵山中，晋文公烧山逼他出来，之推抱树焚死。为悼念他，遂定于是日禁火寒食。

② 玉炉：香炉之美称。沈水：沉香。

③ 山枕：两端隆起中间低凹如山形的凹枕，即檀枕。因其如"凹"形，故称山枕。花钿（diàn）：用金片镶嵌成花形的首饰。

④ 海燕：春燕从南方飞回，古人以为渡海而归，故称"海燕"。斗草：一种竞采百草、比赛优胜的游戏。分"文斗"和"武斗"。"文斗"以对仗的形式对草名，"武斗"则比草的韧劲。

⑤ 江梅：是指江梅型梅花，俗称江梅，是梅花品系中较为原始的栽培种类，非专指生于江边或水边之梅。柳绵：即柳絮。柳树的种子带有白色绒毛，故称。

题　解

这首《浣溪沙》写于前期，全词描绘寒食时节闺阁内外的情景，以景语写情语，传达了女主人公惜春留春而不得的婉曲心绪。

赏　析

这首《浣溪沙》全词共六句，每句七言，凡四十二字，结构整饬精巧。而每一句词意都被词人演绎为一幅春意图。

词的上片三句，侧重描绘闺阁之内的画面。

“淡荡春光寒食天。”

淡荡，意为和舒。词人起笔以大手笔营造春光和舒的词境，恰逢寒食时节，天地之间，和舒春光遍野皆是，大自然绘制的巨幅暮春图景是如此柔和动人。“淡荡”一词摹写春光，既显春意遍野的阔大词境，亦有春意和舒的柔和词韵，别具风致。

“玉炉沈水袅残烟。”

次句，词人以淡笔勾勒闺中的残香余烟。玉制香炉中的沉香即将燃尽，残烟袅袅，闺室内飘散着浓浓的熏香之味，氤氲着无言的静谧温馨。然而沉香之烟，谓之以“残”，可见这幅闺阁残香图中，隐然其间的应当还有一份淡淡的伤感吧。否则，天地间春光四溢，词人却只身处于幽闺之中，独坐凝神，似乎无意窗外春光。

“梦回山枕隐花钿。”

这一句，写闺中之人梦回梦醒的情状。南朝江淹《别赋》中有言“闺中风暖，陌上草熏”，闺中熏香怡人，帘外暖风熏人、草香扑鼻，值此之际，闺中之人恐怕只有闻香而醉这一种选择了。词人闻香入眠后蓦地从梦中醒来，却依旧沉醉于之前梦中，于是懒起床榻，斜倚枕上出神，一任头上花钿掉落，隐迹于山形枕下。闺中气息，如此香暖倩丽，而阁中丽人，正倚枕凝神而思。是甜蜜的相思，还是无言的伤情？引人遐想。

下片三句，词人的笔触回归闺阁之外的室外画卷。

"海燕未来人斗草。"

这一句，写闺阁外丽人斗草的生动画面。每年春天如期而至的南去春燕今年却迟迟未归，肆意的春光已经引逗得邻家儿女步出闺阁，一同嬉戏，玩起斗百草的游戏。宋代晏殊《破阵子》"疑怪昨宵春梦好，元是今朝斗草赢，笑从双脸生"句，摹写宋代少女斗百草的生动情态，令人心向往之。词人触景伤情，寒食前后，眼见得邻家儿女走出闺中，嬉戏斗草，不禁忆起往昔寒食节时，自己和女伴们聚集园林，搜集奇花异草，展示各自掌握的植物知识的场景，回看此际自己独坐其间的闺中一片死寂，徒剩沉香残烟缓缓飘散，心中的百般慨叹，恁是复杂。

"江梅已过柳生绵。"

这一句，词人摹写梅柳的残败之姿。暮春时节，江梅已经凋谢，空余梅枝，柳絮初生，漫天飞扬。这一句以白描笔法写暮春之景，却在景语之中寓含情语，梅谢柳絮飞，春天的脚步也将渐行渐远了吧。词人惜春、留春的情思就此隐示在一树梅花和漫天柳絮之中。此一句所营造的伤感之氛围更与前句所写的热闹情景形成鲜明的对比，从而使词人幽闺独处的寂寞与伤感更显深重。

"黄昏疏雨湿秋千。"

结句，以写意之笔勾画黄昏雨湿秋千的画面。黄昏时分，闺中伤春的人儿，形影相吊，黯然神伤，难以释怀；不料，一场不期而至的疏雨，淅淅沥沥，将漫天的春光逼迫得无处可栖身，疏雨落在空荡荡的秋千架上，不只淋湿了秋千座，更淋湿了闺中人儿的一颗心。词人用笔极是轻浅，所描绘的画面，仿若一幅水墨画般唯美动人：黄昏而非暮天，天色渐晚却不是浓重的夜色；疏雨而非骤雨，雨意渐生却不是滂沱的雨势；秋千而无人落座，唯余雨落洇湿的痕迹，读之仿若在画中游。此处"湿"字颇具意境，荡秋千本是少女喜欢的游戏，寒食时节更是无此不欢，而淋湿的秋千上，没了嬉戏的人儿，更易引发词人忆春、伤春的情怀，写闺中心事，此处仅着一字，而闺中人神情毕现。

清沈谦《填词杂说》云："男中李后主，女中李易安，……铲尽浮词，直抒本色。"的确，李易安擅长以简驭繁，这首《浣溪沙》，词人用六句词绘写闺阁内外的情状，均是本色演绎，用语浅俗却抒情细腻，笔致轻淡却意境丰富，堪称佳妙。

浣溪沙

髻子伤春慵更梳[1]，晚风庭院落梅初[2]。
淡云来往月疏疏。

玉鸭熏炉闲瑞脑[3]，朱樱斗帐掩流苏[4]。
通犀还解辟寒无[5]？

注　释

① 髻子：古代妇女发式的一种。

② 初：初始之际。

③ 玉鸭熏炉：玉制（或白瓷制）的点燃熏香的鸭形香炉。熏炉形状各式各样，有麒麟形、狮子形、鸭子形等；质料也有金、黄铜、铁、玉、瓷等不同。瑞脑：一种香料名。

④ 朱樱：樱桃的一种，成熟时呈深红色，故称。此处意取织有朱红的樱桃花色。斗帐：覆斗形的帐子。朱樱斗帐：是指绣有樱桃花或樱桃果串的方顶小帐。流苏：指帐子下垂的穗儿，一般用五色羽毛或彩线盘结而成。

⑤ 通犀：即通天犀，是一种名贵的犀牛角，列为贡品。据五代王仁裕《开元天宝遗事》卷上说，开元二年冬至日，交趾国进贡犀牛角一只，色黄似金，置于殿中，有暖气袭人，名曰辟寒犀。此处或是指犀牛角梳。无：副词，用于句末，表示疑问，相当于“否”。

髻子伤春慵更梳

题　解

此词，应当是李清照年轻时的作品。词作上片写词人对着阁外一方世界伤春，下片写词人闺阁之中，一腔春愁无处可诉。整首词表现的是词人闺中生活中的一段心绪，写得颇具真情态。

赏　析

词人自言这是一首伤春词，闺中女子对春而伤，为春而愁，闺阁外的庭梅、云月，闺阁内的瑞脑、斗帐、通犀，在词人的笔下，合力隐示着一份闺中女子特有的莫可名状的愁思。

词作上片，写闺中女子从晨起之后直到夜晚临睡之前，眼观闺阁之外的一方春色，情态毕现。

"髻子伤春慵更梳。"

词人起笔即点题——伤春。尽管春光淡荡，自己却无心于此，一向爱美的词人表示，晨起之后自己甚至懒得梳妆，一任发丝凌乱无状，更不用说精心绾束一个自己平素喜爱的发式。或是因为被满怀的春愁搅扰得心神不安，否则词人不会这样直白地以"伤春"一词起句。

"晚风庭院落梅初。"

庭院深深处，一树梅花在枝头盛然开放，一阵晚风拂过，院中即落英遍地。这样诗意唯美的画面中却隐含着一份伤情。句末的"初"字，意为"之初"，枝头盛放的梅花，经风一吹，最初从枝头飘零之际，不仅意味着初春光景正在渐行渐远，暮春时节开始降临，而且极易引发闺中女子慨叹青春韶光悄然流逝的最初光景，人花同遇，叫人情何以堪?

"淡云来往月疏疏。"

看满地落英，心中难免滋生春逝的伤感。夜色渐深，闺中人却难眠，望夜空，只见云淡月疏，不见星迹。词人写景如在绘画，夜空中月隐流云，若隐若现，淡月如水，泻落人间。这样朦胧的词境中，闺中人的心绪似乎也被笼上一层淡淡的阴翳，在春景之中寻找某种情感寄托，最终无果后，心头袭上莫可名状的情绪。

词作下片，词人落笔闺中生活场景的描写，含蓄地表达闺中女子内心所思。

“玉鸭熏炉闲瑞脑，朱樱斗帐掩流苏。”

过片以工整的对仗形式出句，句式典雅工丽。闺阁之中，镶嵌着美玉的鸭形熏炉里，珍贵的龙脑香插于其中，然而并未点燃；织有朱红的樱桃花色、覆盖如斗形的小帐已低低垂下，小帐上面还装饰着五色纷披的丝穗。闺中女子已将帐幕垂下，却无意睡眠；熏炉之中，瑞脑“闲”放，并不点燃，可知闺中人并无意于熏香以助入眠，流苏纵然五色纷披，可闺中人并无绪欣赏它。词人移情于物，闺中人不得其心的情态，隐然物中。

“通犀还解辟寒无？”

闺中凄清无声，夜间似乎有寒气渐次来袭。闺中人问几案上的通天犀，此时此刻是否会再散发出温暖宜人的气味？这句发问如神龙掉尾，回应首句，犀牛角梳静静地躺在桌案上，是因为懒起梳妆的词人今天一整天都没有动它了；而由眼前的犀牛角梳联想到辟寒犀角，是因为词人心头的寒意，随着深夜的来临愈加深重，词人假借向犀角的发问，表达她渴望被温暖的心。

这首词借助描绘闺阁内外的春夜情景，间接抒写自己不可名状的一腔春愁。如此写景唯显，写情唯隐，虽然未画愁容，却愁态毕现，是李清照早期词作工于技巧的代表作。

浣　溪　沙

莫许杯深琥珀浓[①]，未成沈醉意先融[②]。
疏钟已应晚来风[③]。

瑞脑香消魂梦断[④]，辟寒金小髻鬟松[⑤]。
醒时空对烛花红[⑥]。

注　释

① 莫许：不要。琥珀：松柏的树脂积压在地底亿万年而形成的化石，呈褐色或红褐色。琥珀浓：指色如琥珀的美酒。

② 融：形容酒醉恬适的意态。

③ 疏钟：时断时续的钟声。《乐府雅词》缺此二字，《四库全书》本《乐府雅词》补“疏钟”两个字。

④ 瑞脑：一种熏香的名字，也叫龙脑，即冰片，传说产于交阯，如蝉蚕形。魂梦：即梦魂，指睡梦中人的心神。

⑤ 辟寒金：任昉《述异记》：“三国时，昆明国贡魏嗽金鸟。鸟形雀，色黄，常翱翔海上，吐金屑如粟。至冬，此鸟畏霜雪，魏帝乃起温室以处之，名曰辟寒台。故谓吐此金为辟寒金。”王嘉《拾遗记》卷七：“宫人争以鸟吐之金，用饰钗佩，谓之辟寒金。”这里借指金首饰。辟寒金小：谓云簪、钗小。辟：《乐府雅词》作“碎”，误。髻鬟：古代妇女的两种发式。

⑥ 烛花：灯花，蜡烛燃烧时的烬结。相传灯花是喜事的征兆。

题　解

这是一首闺情词，写作时间大致与《浣溪沙·髻子伤春慵更梳》一篇相同。全词写闺中独居之人的情思，闺中人酒不醉人人自醉，在辗转反侧的不眠中，无心妆容，空对烛花，旨在表现相思愁苦，但写得含蓄深婉。

赏　析

含蓄蕴藉是这首闺情词的艺术特点。整首词围绕闺中人儿饮酒买醉来行文，却暗写其人幽情，颇得婉约之妙。

词的上片写闺中之人独自饮酒。

"莫许杯深琥珀浓，未成沈醉意先融。"

起句中出现在读者视线中的闺中人儿，正一杯接一杯地饮酒，不知其人为何酣饮不辍，却听那人说只因那色如琥珀的美酒太浓太烈，只感觉酒还没有喝到让人醉的量，而自己的心已经被这酒香熏得先行醉去了。酒不醉人人自醉，这应当不仅仅是因为酒香醉人，恐怕是心怀无限愁思的人儿，在酒香熏心中，暂时得到了一点儿醉意，暂时分享了一份醒时得不到的恬适自在吧。笔者很喜欢词人用在次句末的"融"字，杯酒入腹的瞬间，似乎之前的种种纠结搅扰都被这美酒融化了，心中尽是坦然自适。回看句首"莫许"二字，才察觉词人情知酒是不会醉人的，更何况纵使酒味再浓，纵使醉意再沉也终有醒的时候，所以她自我劝慰不要借着杯中美酒来买醉了；首句中"深""浓"所指，应当不惟是美酒，还有词人心中隐藏的愁情种种。

"疏钟已应晚来风。"

畅饮买醉而不得醉，夜已很晚，人声阒寂，远处时断时续的晚钟鸣声，随风送来，飘进闺中人的耳中。夜深时分好入眠，可是那人手握空着的酒樽，不能沉醉，也不能成寐，缥缈的晚钟鸣声回荡在心中，越来越响。晚来之风兀自吹送，本无意迎合谁，可是愁思萦绕心头的闺中人却敏感地迁怒于晚来之风，说是它应和远处晚钟的鸣唱，搅扰得自己久久不能入眠。这样暗写词人深夜难寐之态，隐隐披露出词人的愁情之重，颇有"弦外音，味外味"，足见婉曲含蓄之妙。

词的下片写闺中人醉眠的情形。

“瑞脑香消魂梦断，辟寒金小髻鬟松。”

龙脑熏香业已燃尽，醉意蒙眬中偶有梦境来袭，不料这睡意实在是太过短暂，魂梦突然中断，漫漫长夜中为求一场梦寐，闺中人辗转反侧，却终究未能入梦。愁思困扰，闺中人一意求醉而不得，翻来覆去费尽思量中，白天精心梳妆的发式此刻松散得不成形状，闺中人不明说自己因心事重重而夜不能寐，反说发髻松散是因为金钗小，不能簪发。大概是不便明言的闺情无可摆脱，搅扰得闺中人儿寤寐思服。而这愁肠郁结在何处，又因于何事？词人以不言之言暗中传达给读者。

“醒时空对烛花红。”

不能成寐，闺中人索性不再刻意想办法入睡，不再求醉，不再求梦；寂寂长夜，独自一人静静对着已经泛出红色需要剪去的烛花。词人历来擅长以景言情，“烛花”即灯花，杜甫《独酌成诗》诗云：“灯花何太喜，酒绿正相亲。”古人以为，灯花是喜事的征兆，此际词人独对灯花黯然神伤，伤情难免，更遑论喜事。传神一字当属句中的“空”字，一语双关，既写空荡荡的闺阁，也写空荡荡的心房，内外呼应，也许是因为怀人，也许是因为怀远，也许是一腔说不清道不明的心事，此刻难得释怀，只剩下空空无所寄托的心室。

孙崇恩《李清照诗词选》中评价这是一首以色淡高雅、寄情深微而见胜的闺情词。此言不虚。这首词用字清淡，意象清丽，场面平常，于平淡中显深味，寄意含蓄，词境委婉。

这首词全词写愁思，却不着一个愁字，颇具婉约词的艺术张力。清人王士禛说“婉约以易安为宗”（《花草蒙拾》），确非虚虞。

点　绛　唇

蹴罢秋千①，
起来慵整纤纤手②。
露浓花瘦③，薄汗轻衣透。

见客入来，
袜刬金钗溜。
和羞走。
倚门回首，却把青梅嗅④。

注　释

① 蹴（cù）：踩，踏。这里指荡（秋千）。
② 慵整：懒洋洋地收拾。慵：懒。纤纤：柔美的样子。
③ 花瘦：形容花枝上的花含苞待放，还未盛开。
④ “见客入来”五句：系化用韩偓《偶见》诗“秋千打困解罗裙，指点醍醐索一尊。见客入来和笑走，手搓梅子映中门”。词中的“客”或是指赵明诚。赵明诚是由激赏易安词，进而亟慕其人。为得睹梦中“词女”风采，明诚或是托故造访李寓。见客入来：一作“见有人来”。袜刬（chǎn）：即刬袜。刬：光着。未穿鞋子，只穿着袜子行走。和羞走：含羞走。

题 解

点绛唇，词牌名，四十一字，上片四句，下片五句。

此词，属存疑之作，《词林万选》卷四、《历代诗馀》卷五、《林下词选》卷一、《天籁轩词选》卷五、《古今图书集成·闺媛典》《三李词》等词选中均以李清照词入辑。如果确为李清照作品，这首词则应当是李清照早年词作中的代表作。

这首小令以区区四十一字，刻画了一位天真纯洁、感情丰富却又矜持内敛的少女形象。诗家多以此令为少女李清照的自画像。

赏 析

这首《点绛唇》以自然之笔塑造了一位闺中少女形象，少女形象动人，词作文笔清新。

词的上片，描写少女在宅内荡罢秋千后的举止、形容，词人淡笔勾勒，少女形象却颇耐品味。

"蹴罢秋千，起来慵整纤纤手。"

2009年新华网上曾登出开封清明文化活动的系列报道，图片上表演者正在表演宋代仕女荡秋千，图中侍女均以站姿立于秋千座上，双手抓紧秋千坠绳。可见宋人荡秋千，确实是"蹴"立于秋千座上的。故此李清照这首词起句不用荡字而用蹴字原是写实。

少女荡罢秋千，从秋千架上下来，对少女其人，词人不描形容，不勾勒身形，只用"纤纤手"一词代言少女形象。手通常是女子的第二张脸孔，《古诗十九首》的结句云"娥娥红粉妆，纤纤出素手"。拥有纤纤素手的女子是否也拥有着一副动人的青春笑靥？"慵整"二字写少女行止，很有意趣，下了秋千，手上多少应该带了些尘土，可少女似乎不以为意，坐到秋千座上，将双手稍事拍搓后慵懒垂下。词人弃用懒字，而用慵字，写出少女慵懒娇媚、曼柔天真的神态。

"露浓花瘦，薄汗轻衣透。"

少女蹴罢秋千，轻薄的罗裳已经被一层薄汗沾湿，可以想见，适才少女荡秋千时玩得如何尽兴；少女近旁的枝上花朵正含苞待放，晨露硕大剔透，不期然竟然映照出少女如花的笑靥。春日的早晨，这待放的花苞与此刻花容映于露珠的少女相互映衬，花似人娇，人似花瘦，少女形象显得格外纤巧娇美。

整个上片以花喻人，生动形象地勾勒出青春少女静处时的风韵神态，身形纤巧，姿容动人。

词的下片，词人笔锋一转，写少女乍见来客时的行止、情态。

“见客入来，袜刬金钗溜。”

蹴罢秋千，稍作休憩的少女凝神静观花瘦露浓，不经意间竟失了神。蓦然间，花园里闯进来一位客人，少女猝不及防，满面含羞，抽身便走，慌忙间连鞋也来不及穿，仅穿着袜子疾步而行，匆忙之中头发散落，发上金钗也滑落下来。少女行止煞是仓促狼狈，然而她因此表现出来的天真之态、娇羞之容，却动人得紧。

“和羞走。倚门回首，却把青梅嗅。”

面带羞涩，少女疾步离开。可是少女的好奇心是如此强烈，来客究竟是何人呢？她走到门口时，回头偷觑来客。为了掩饰自己的失态，她假装嗅着手中青梅，边嗅边觑，眉眼时而转向来客的方向，时而装作低眉嗅青梅。这枝青梅是否是适才观花时所摘？我们不得而知。不成想，此刻却成了少女掩饰失态的道具。少女对来客想看又不敢直视，借嗅梅之举自我掩饰，少女的心思因着这个狡黠的掩饰之举，平添了一份娇痴可爱。

全词写到少女嗅青梅处戛然而止，却引发了读者延伸式的想象，这位引发少女心中波澜的来客用什么打动了初次见他的少女，隐藏在字面背后的意蕴大大丰富了这首小令的内容。

这首词以素描笔法勾勒少女形象，用笔简约清新，区区四十一言，所绘人物率性娇俏，其形纤瘦，其态天真，其性洒脱，人物情思不加掩饰，获得“曲尽情悰”之誉，确非虚名。

浣 溪 沙

闺 情

绣面芙蓉一笑开[①]，
斜飞宝鸭衬香腮[②]。眼波才动被人猜。

一面风情深有韵[③]，
半笺娇恨寄幽怀[④]。月移花影约重来。

注 释

① 绣面：一说指唐宋以前妇女面额及颊上均贴纹饰花样。一说指绣幔上的刺绣。芙蓉：荷花，此处指如花般悦目。

② 飞：《历代诗馀》作"偎"。宝鸭：一说指两颊所贴鸭形图案，一说则指钗头形状为鸭形的宝钗。钗，古代妇女头上的饰物。一说亦指鸭形香炉。香腮：美女的腮颊。语出唐代温庭筠《菩萨蛮》词："小山重叠金明灭，鬓云欲度香腮雪。"

③ 一面：整个脸上。风情：男女爱慕之情。韵：韵致。

④ 笺：纸，指信笺、诗笺。

题　解

这首词写女子的相思之累，却是甜蜜的情感基调，应当是李清照早期的词作。词作上片写一位女子与心上人幽会，形容娇羞，楚楚动人；下片写女子写信给心上人相约再会，行止主动，率性大方。

赏　析

这首词演绎了一位多情女子的恋爱片段。

上片着意摹写少女与心上人约会时不胜娇羞的情态。

"绣面芙蓉一笑开。"

为了这次约会，少女精心装扮自己。天生甜美纯洁的少女，面带精心修饰的妆容，美到动人。少女的笑容清甜、干净，恰似水中盛开的芙蓉，甜到让人心动。"一笑开"三字用得极妙，颇有双关之奇：既是指绣面芙蓉妆好似花儿含笑吐蕊，更是暗指少女心花正待吐蕊绽放。

"斜飞宝鸭衬香腮。"

少女如云鬓发上斜插的宝鸭首饰，映衬着她如雪的香腮，让人联想到温庭筠《菩萨蛮》中"鬓云欲度香腮雪"句，只是美艳少女的脸庞怕是比闺中少妇的脸庞更加清丽吧，斜插鬓里的宝鸭簪饰，更加增添了少女容颜的娇艳。少女对自己的妆容，自怜自赏。这份精心的容饰也打动了读者：少女是为谁人这样佩戴宝鸭首饰，涂抹香脂呢？

"眼波才动被人猜。"

少女如水的双眸波纹荡漾，稍一顾盼，就被近旁的他猜中了心思。《诗经·卫风·硕人》曰："巧笑倩兮，美目盼兮。"少女两靥姣美可人，水汪汪的眸子里盛满的是欢喜的心事，眼波流转间，泄露了内心的秘密，怕人猜到，却因为掩抑不住的喜上眉梢，偏又被多情的他猜到，就这样含羞而动人。

上片词人偏重于摹写少女娇羞动人的情态；而下片词人的笔触写少女多情的神韵，更写少女热切的内心世界。

"一面风情深有韵，半笺娇恨寄幽怀。"

恋爱中的少女，心中藏有万种风情，悉数不可抑制地呈现在面庞上，故而少女“一面”生辉，看上去别具风韵。可是恋爱历来是“痛并快乐着”的事情，莫名的猜疑或误解，有时会让少女对心上人娇嗔连连，一纸红笺，写了数言之后，又觉得不能把心事讲得如此直白，思量片刻，将写过的信笺扯去，到了终了，信笺上留下的话，是欲言又止，是心口不一，是莫名其妙，还有无字的半笺空白。因爱而生怨，少女的娇恨，恐怕更多的是娇，恨只是少女心思不便明言的托词。李清照笔法，多以常用之词锻造新意，令人耳目一新。

“月移花影约重来。”

或许是半笺娇恨，让少女的心上人猜测很久也没有猜中少女的心事，于是少女在最后直言，真心希望心上人能够在月光流泻，映照得花影疏淡之时，再次与她约定见面。

《诗经 · 邶风 · 静女》云：“爱而不见，搔首踟蹰。”同《静女》中痴情男子一样，少女被“爱而不见”的愁喜交织所折磨，内心百般纠结挣扎之后，最终热切地表达了对心上人的期望：月光花影下，玉人成双。虽然，词的结句写的是少女的想象还是少女与心上人幽会的实况，我们无从得知，但少女以她对真爱的热切告白，深深打动了读者。

这首小令，以区区四十二言生动地勾勒出少女姣美的外貌，描摹出少女娇嗔的神态，显示出少女风情万种的内心世界。这首词用词鲜明生动而不失其朴直，情感表达青涩而不失其动人之笔。

渔 家 傲

雪里已知春信至，寒梅点缀琼枝腻[1]。
香脸半开娇旖旎[2]，
当庭际，玉人浴出新妆洗[3]。

造化可能偏有意[4]，故教明月玲珑地[5]。
共赏金尊沉绿蚁[6]，
莫辞醉，此花不与群花比。

注 释

① 寒梅：花木名，即蜡梅，开于冬末，先叶后花，是著名的观赏花木。琼枝腻：枯瘦的梅枝，因落雪而显丰润如玉。腻：光洁细腻，丰润。

② 旖旎（yǐ nǐ）：柔和美好的样子。

③ 玉人：美人。这里喻指梅花如玉般晶莹洁白。

④ 造化：天地、自然。

⑤ 玲珑：明彻貌。南朝宋鲍照《中兴歌》之四："白日照前窗，玲珑绮罗中。"

⑥ 绿蚁：新酿的酒还未滤清时，酒面浮起酒渣，色微绿（即绿酒），细如蚁（即酒的泡沫），称为"绿蚁"。后世用以代指新出的酒，并延伸开来有多个称呼，如：蚁绿（有浮沫的酒）；蚁尊（酒杯，借指酒）；蚁瓮（酒坛）等。

题　解

渔家傲，词牌名，双调六十二字。

这首词大致作于李清照出嫁前夕，诗名早具、家世优渥的李清照正处在人生得意之时。时值豆蔻韶华的李清照，在这首词中以梅的至美形象自况，表达自己卓然不群的人生品位。

赏　析

这是一首咏梅词。李清照以梅自况，托物言志，表达自己对梅所特有的个性气质的欣赏与追求。

词作上片写寒梅初绽的动人形象。

“雪里已知春信至，寒梅点缀琼枝腻。”

寒冬之末，白雪皑皑的冰雪世界里，寒梅以卓然独立的身姿、枝头含羞的形象，兀然挺立，一树覆雪悬冰的梅枝，远看犹如玉树琼花一般。“琼枝”已经似玉，而着以“腻”字，则寒梅银装素裹的形象与冰雪覆盖的银色世界浑然一体，晶莹玉润。寒冬犹在，“一枝独先天下春”（元代杨维桢）的蜡梅，就以盛放之姿向蛰伏一冬的人们报告春的音信。寒雪傲于枝，早春独于野，历来心性颇高、恃才傲物的词人这样描绘早梅，是否也将自己卓然不群的形象寄寓其中了呢？

“香脸半开娇旖旎。”

这一句特写挂在枝头的香艳梅朵：含苞待放的梅朵，花朵娇小，体态轻盈，花色柔和，李清照巧妙设喻，以女子娇羞的面容喻指待开的梅朵，令人联想到美人的脸，其色我见犹怜；兼之以“香”字来修饰“脸”字，字里行间读者似乎可以嗅到缓缓释放的幽香，其馨我闻犹醉。“旖旎”一词用字新巧，颇有意境，梅朵香柔，一树梨花，视之若观无尽旖旎景致。正值韶光的少女词人看待自己，怕也是这般风光旖旎吧。

“当庭际，玉人浴出新妆洗。”

这两句，李清照写这株生于庭院里的早梅的姿态。寒梅就在那白雪铺洒的庭院当中亭亭直立，清新出群的身姿仿若刚出浴的美人，新作妆容，清新俏丽。以境衬景，放大美之所在，用笔极具匠心。

词作下片描写月夜赏梅的场面。

“造化可能偏有意，故教明月玲珑地。”

过片李清照写月映梅花之景：溶溶月色与皑皑白雪，交相辉映，人间美景或可遇，造物之心不可揣，可是词人启用浪漫主义想象，赋予造物主以多情之思，让造物主为皎洁之梅动了心，故而有意让今晚的月色分外明澈。借他山之石以攻玉，这一笔恰恰妙在词人咏赞梅花的超逸不凡却不着痕迹。自幼过目不忘，天资过人，李清照或许觉得就连造化也独独钟情于她吧。

“共赏金尊沉绿蚁，莫辞醉，此花不与群花比。”

夜色如水，值此良辰，对此花容，李清照不忍辜负，备下金樽美酒，欲要为此花一醉，她举杯劝友，莫要停杯，且在梅下共醉一场，千万别负了这群花不可比的寒梅！酒醉人耶，梅醉人耶？“莫辞醉”乃是殷勤劝酒之辞，词人自己尽情畅饮还不够，还力邀诗朋酒侣与自己一同尽兴而醉。而词人不惜一醉的理由写得那么坦率直白——“此花不与群花比”一句，桀骜不群、傲雪独放的蜡梅自是花中魁首，为她一醉又何妨？结句揭示了全词的主旨，是全词的点睛之笔。

这首词，上片状物，寄寓情感，颇有人情；下片抒情，意境清丽，情感强烈。这首咏物词，词人运用托物言志的手法，以梅喻人，借物喻人之意尽在字里行间，却巧无痕迹。在词人笔下，梅即是人，人即是梅。梅的娇美、梅的质洁、梅的脱俗，堪与人争，就像少女时代的李清照。

庆清朝慢

禁幄低张①，彤栏巧护②，
就中独占残春。
容华淡伫，绰约俱见天真③。
待得群花过后，一番风露晓妆新。
妖娆艳态，妒风笑月，长殢东君④。

东城边，南陌上，
正日烘池馆，竞走香轮⑤。
绮筵散日⑥，谁人可继芳尘⑦。
更好明光宫殿⑧，几枝先近日边匀⑨。
金尊倒，拚了尽烛，不管黄昏⑩。

注　释

① 禁幄低张：指皇宫中护花的帷幕低垂。禁：指禁宫之中。幄：用布帛围起来的帐幕。张：张开。

② 彤栏：红色的栏杆。彤：朱红色。

③ “容华”二句：意谓芍药花素淡清雅，不假雕饰，如无矫饰的美女。容华：容颜。伫：久立。这里以之形容花色淡雅始终如一。绰约：姿态柔美。天真：天然纯真。

④ “妖娆”三句：意谓芍药花妩媚娇艳，惹得春风嫉妒，明月也为之展颜露笑，甚至春天为之久久留步。妖娆：妩媚动人。艳：《历代诗馀》、清王奕清等编《词谱》脱此字。殢（tì）：滞留。东君：也称青帝，是神话中五方天神里的东方神君，东方主五行中的木，又称司春之神。

⑤ 香轮：指游春的车子踏花而过，醉人的花香足可染透车轮，是为夸张之词。

⑥ 绮筵：豪华而丰盛的筵席。

⑦ 芳尘：此处芳尘当是指“香轮”带起的尘土。陆云《喜霁赋》有“戢流波于桂水兮，起芳尘于沉泥”句。

⑧ 明光宫殿：汉代宫殿名。这里借指北宋汴京的宫殿。

⑨ 近：《历代诗馀》作“向”。日边：太阳的旁边。这里比喻在皇帝身边。匀：匀称。

⑩ “金尊倒”三句：意谓对花飞觞，日夜宴饮，喝得杯盘狼藉，灯烛燃尽。尊：酒杯。管：《词谱》作“爱”。

题　解

庆清朝慢，词牌名，李清照这首词是正格王观《庆清朝慢·踏青》的变体。

这首词大约写作于词人结婚前后。这段时期，李清照生活自在，精神惬意。有些词作中涉笔这段日子时，往往笔调轻快。这首词全词咏写芍药花，描写暮春三月芍药花的娇媚，表达赏花人赏花惜春的心境，其间暗写词人生活意趣。也有评家认为这首词咏写的对象是牡丹花，表达主题与咏芍药花一致。从李清照这首词的用词来看，写花的姿态，偏于雅致之态，少富贵之韵，更似在摹写芍药的形象，故本书此词题旨采用前一种观点。

赏　析

结婚前后的日子，是词人一生中最自在得意的时候。词人笔下的芍药花，被铺写得如此娇媚，就像彼时的词人。

词作上片写宫内禁苑里芍药花的容姿。

“禁幄低张，彤栏巧护，就中独占残春。”

皇宫内苑里，偌大的护花帷幕四下低垂，雕镂工巧的朱栏巧妙围护，此际芍药花正盛放其中，满园残留的春色就此被它一花占尽，无花可比。词人起句写芍药花的出场，先做层层铺垫。暮春之气已渐浓重的禁幄之中，芍药一花独秀，令满园渐生衰残之象的春色顿生熠熠之光。更为精妙的是，词人写芍药花的出场，词面上却无一字言花，以不言之言出之，含蓄蕴藉。另有一笔，也是奇笔：禁幄中的芍药，为何会帷幕遮掩，栏杆维护，仅为装饰之用吗？或是因为此花太尊贵，宫禁中人对它特别精心养护。而“独占”二字尽得春花之风流，写得孤傲霸气，可谓传神之笔。

“容华淡伫，绰约俱见天真。”

若是以花喻人，芍药素净淡雅，姿态柔美，宛若天然纯真的性灵女子。蕙心兰质、一向以才傲人的李清照睹此花容，仿若目睹己容，用字之间，一位容颜淡雅、风姿绰约的纯真少女如在眼前。其淡雅柔美的容颜、绰约静伫的姿态，令人过目难忘。

“待得群花过后，一番风露晓妆新。”

待到暮春时候群芳凋谢之后，历经风拂露染的芍药花，才淡然吐芳，仿若新近妆容而出，姿容清新；好似不假雕饰的晨起美人，赏心悦目。芍药这种众妍落尽独占春光的卓然不群，与词人自己青春韶光里“晓妆初成”的娇媚，就此交相辉映，独成风景。

“妖娆艳态，妒风笑月，长殢东君。”

清新淡雅之外，芍药亦有妖娆妩媚的姿态，它的摇曳多姿，常常惹得清风也生妒意，明月也要细细赏看，更引逗得思春之神东君为之止步，留恋良久。风月本无情，词人故引之。清新的芍药，别有“艳态”，不一样的风情，更惹人爱。“妒”“笑”“殢”三个字，以人写花，以花拟人，芍药的妖娆与人的妩媚互为映衬。多才多慧的李清照，描摹芍药的多姿多态，用意其实在于自比，其自得之意，隐然其中。

词作上片，笔致多变，曲折生姿。起笔“禁幄”三句，写芍药的高贵超凡，以不言之言出之，笔意含蓄；“容华”二句摹写芍药的神态风姿，以人的情态拟写，笔意活泼；“待得”二句，以对比手法点化芍药卓然不群的品格，笔意直率；结末“妖娆”三句写芍药的情致，拟人笔法，写得形神毕现，笔意灵动。

下片描写宫廷内外观者赏看芍药花的情景。

“东城边，南陌上，正日烘池馆，竞走香轮。”

城东之外、城南陇上，正是竟日阳光铺洒之处，亭台池馆边，日照花颜，暖意融融。从朝至暮，赏花买花的人们车水马龙、川流不息。车辙过处，碾花为尘，轮转香逸。向来爱花惜花的李清照，自然不会虚了此行。

“绮筵散日，谁人可继芳尘。”

花容可赏，花香可嗅，李清照沉迷在赏花乐事之中。只是李清照素来敏感多思，赏花兴致正高，她却突生伤感：花开终有凋落时，宴盛终有人散时。芍药盛放，赏花人众，这样绮丽奢华的筵席结束之后，又有何花可以继之散发诱人的馨香，而引得众人齐聚来赏看呢？值得一品的是，词中“谁人”一词，让词人以花喻人的用意更为显豁了。这两句词借助伤感之问，由赏花盛事处宕开一笔，生发花谢花开、容颜易逝、好景难长的人生悲慨，拓展了词的抒情空间，行文由此摇曳生姿。

“更好明光宫殿，几枝先近日边匀。”

更好的赏花之处，在这明光宫苑内。这里，已经有数枝向阳的芍药先期开放，正自竞芳吐芬，一片娇媚了。那背离日光处的芍药盛放也将是不久的事情吧。你方开罢她上场，这样的次第惊艳，会将这片花迤逦成景。词人如此想来，之前突然生出的伤感又渐去渐远。更何况，明光宫殿外此刻正热闹非凡呢。

“金尊倒，拚了尽烛，不管黄昏。”

明光宫殿外此刻正筵席大张，众宾客对花举觞，纵情豪饮，金樽盈酒，一饮而尽，快意赏看春花，岂顾它夕阳西坠，暮色渐起，岂管它樽中酒空，金樽横卧；飞觥举筹，自朝至暮，连明烛也已燃尽而灭，开怀畅饮。洒脱的词人面对这样的赏花盛事顿生豪气：既然春花几枝先近日边匀，那么春去的脚步还远，我且为它醉一场又何如？如果词人心中有须借酒以浇的块垒，恐怕也会在这赏花惜春的绮筵上一醉解之了。尽兴而饮，还是借酒浇愁？词人并不明说，其间的转合跌宕，未及字面，却隐然其间，这当是李清照词的本色。

词之下片，写喧闹的赏花盛事，写得一波三折，跌宕起伏。赏花本乐事，词人却突生悲意，是一折；寻得更佳赏花处，由悲转喜，是一折；盛世华筵上，彻夜的宴饮狂欢，快意赏花，是一折。尺幅之内，如此大兴波澜，可见词人的赏花之事中暗隐了自己多少婉转情思。这首词写芍药盛放之容，也写快意赏花之事。尽管词中偶有伤感之叹，但并不影响词人表现自己的快意生活。整首词写得活泼而不失优雅，是她咏物词中别具一格之作。

鹧 鸪 天

暗淡轻黄体性柔，
情疏迹远只香留。
何须浅碧深红色，自是花中第一流。

梅定妒，菊应羞。
画阑开处冠中秋[①]。
骚人可煞无情思，何事当年不见收[②]。

注 释

① “画阑”句：化用李贺《金铜仙人辞汉歌》“画栏桂树悬秋香”之句意，谓桂花为中秋时节首屈一指的花木。

② “骚人”二句：语出陈与义《清平乐·木犀》“楚人未识孤妍，《离骚》遗恨千年”之句意。当年屈原作《离骚》，遍收名花珍卉，以比喻君子美德，唯独桂花不在其列。陈与义故有此诗。骚人、楚人，均指写作《离骚》的屈原。可煞：疑问词，犹可是。

题　解

鹧鸪天，词牌名，双调，五十五字。词的上片第三、四句和下片两个三字句一般宜对仗。

这首《鹧鸪天》应当是李清照与赵明诚隐居青州初期的作品。这是一首咏物词，词人盛赞桂花色淡香浓，并托物言志，以桂花的这种品性自比。

赏　析

此词是咏物之作，词人盛赞桂花为花中第一流，并借桂花以自比。

词作上片，词人突出描摹桂花色淡香浓的特点。

桂花品种繁多，以颜色不同可分为银桂、金桂和丹桂。开淡黄白色花者名为银桂。桂花花期正值仲秋，香味浓郁，故而有“独占三秋压众芳”（宋代吕声之《咏桂花》）的美誉。古人咏桂花之作不胜其数，立意多有借桂花之色香寄托寓意的。唐代张九龄《感遇》诗（“兰叶春葳蕤，桂华秋皎洁”）中，被贬后的张九龄自比兰桂，抒发孤芳自赏、气节清高、不求引用的情感；南宋杨万里《咏桂》诗（“广寒香一点，吹得满山开”）中，盛赞桂花之香天上来，故而只需一点便漫山遍野，似有隐寓；朱淑真《咏桂》诗（“弹压西风擅群芳，十分秋色为君忙”）中，盛赞桂树色压群芳，更似有自比之意。而李清照这首咏桂词，也从赞誉桂花暗淡轻黄之色起笔，词人将在其中寄寓怎样的寓意呢？

“暗淡轻黄体性柔，情疏迹远只香留。”

词人笔下的桂花形象：“暗淡轻黄”，微露淡黄之色，花色暗淡；“体性柔”，体貌柔和；“迹远”，桂树多生于深山之中，词人故言之；“情疏”，桂树四季常青，以同类成林，林间不长杂树，仿若情怀淡泊之人，不以艳色示人，词人故言之。可是桂树即使远在深山，那浓郁的花香仍然散逸四方，让远方之人也能闻到它的馨香。“情疏迹远”四字写得富有韵味，既是写实，亦是暗喻。

“何须浅碧深红色，自是花中第一流。”

词人笔下的桂花，无需以深红浅碧的艳色来取悦世人，仅凭一份轻黄暗淡的素雅之色，一缕即可满山尽播的芳香，就可成为春时群芳之中的第一流芬芳。

这样的桂花形象，犹如终南山下无需人赞的隐士，自得其适。宋人吕声之《桂花》诗云："独占三秋压众芳，何夸橘绿与橙黄。自从分下月中秋，果若飘来天际香。"独占三秋，只需淡色清香，傲睨群芳，桂花实实堪称花中一流。李清照夫妻二人摆脱官场纠结后，将自己青州的居所称为"归来堂"，李清照将自己的闺房名为"易安室"，二人还以"葛天氏（利用葛这种植物纤维造福上古部落之民的部落首领）之民"自喻，逍遥陶然、淡薄自处的李清照和赵明诚不啻是人中第一流了！

"梅定妒，菊应羞。"

那早春傲雪挺立的梅花也会因她滋生妒意，那深秋众芳摇落之后独绽枝头的菊花也应因她含羞颔首。寒梅、秋菊与三秋之桂，各具其韵，本无高下之别，词人甚至多有作品表达对梅花的钟爱有加。那么此处，梅花嫉妒桂花什么？菊花又因为桂花的何种品质而自惭形秽呢？所谓醉翁之意不在酒，词人如此其意不在损梅贬菊上，词人有意通过对比的手法，强化桂花的色淡味香、群芳难企。这两个三字句，句式简单，用字浅易，然而"妒"和"羞"借助拟人手法，拟写花的姿态，栩栩如在眼前，与上片所描绘的桂花的形象形成鲜明对比，笔力简洁而不失蕴藉。

"画阑开处冠中秋。"

中秋时节在那画楼雕栏外盛放的桂花，自然是花中之冠。上片词人不吝赞词，称桂花是"花中第一流"，行文至此，又如此盛赞桂花，与上片的结句遥相呼应。词人对桂花的赞词，似乎已达不吐不快之境。

"骚人可煞无情思，何事当年不见收。"

可叹当年屈子情思不足，《离骚》篇章遍收名花香草，独独将这色轻香远的桂花遗落，那真是留下千年的遗憾。早在一千三百多年前，李白就盛赞"屈子辞赋悬日月"。可是就因为不收桂花入《离骚》，才高如屈子也被词人指责是情思欠缺。屈子才高，毋庸置疑，《离骚》不收桂花，诚如陈与义所言，是因为"楚人未识孤妍"，词人在此有意宕开一笔，诟病屈子情思，其真实用意在于借题发挥。那"暗淡轻黄体性柔，情疏迹远只香留"的桂花，正是词人淡泊处世、乱世持正的性格写照。而今词人盛赞桂花是"花中第一流""画阑开处冠中秋"，为桂花正了名，更为自己丰富的情思找到了承载的载体，一语双关。这个结句，与前文正面侧面相结合描写桂花之姿、桂花之品的笔法不同，借助褒贬屈子情思表达词人别样的审美品味，至此又宕开一境，耐人寻味。

减字木兰花

卖花担上，
买得一枝春欲放①。
泪染轻匀②，犹带彤霞晓露痕③。

怕郎猜道④，
奴面不如花面好⑤。
云鬓斜簪⑥，徒要教郎比并看⑦。

注　释

① 春：以一枝含苞待放的春花借指生机盎然的春意。
② 泪染：眼泪濡湿，这里指露水浸染之意。
③ 彤霞：红色霞光。这里指梅花之色彩。
④ 郎：古代女子称丈夫或所爱男子为郎。猜：嫌恶。
⑤ 奴：词人自称。
⑥ 云鬓：形容鬓发浓密柔美。
⑦ 徒：只、但。比并：对比。

题　解

减字木兰花，唐教坊曲，后用为词牌，双调，四十四字，与宋词《木兰花》相比，前后片第一、三、五、七句各减三字。

这首《减字木兰花》大致作于李清照新婚不久后的建中靖国年间。词人描写一位闺中青年女子自怜自矜的天真娇美，写得妙趣横生。

赏　析

这首《减字木兰花》写闺中新妇的一个生活片段，词人工笔描绘闺中女子买得巷中一枝花后，在赏花、赞花、比花的行止中表现出的自怜自矜之态。词人以写花带动写人，笔致别样。

词作上片写闺中人买花、赞花的行止。

"卖花担上，买得一枝春欲放。"

卖花担子在宋朝都市中为寻常之物。南宋陆游《临安春雨初霁》诗有"小楼一夜听春雨，深巷明朝卖杏花"句。陆放翁客居临安的生活充满着苦无知音的寂寥，于是转而在街巷中的卖花担上寻求一时的慰藉。李词起句"卖花担上"，妙在以一担春色全情呈现，各色花卉，悉数在担里，似乎映花了买花人的眼；"买得一枝春欲放"句进而推出特写镜头，斟酌之后，闺中之人买下一枝她中意的春花。"一枝"春花固然微小，却因为含苞"欲放"的姿态令人心思春光四溢的世界。古人云"一叶落而知秋"，李词却云"一花放而知春"，词人喜花、爱花之情尽在"春欲放"这三个字中，这句词以小词写大意境，笔力不凡。

"泪染轻匀，犹带彤霞晓露痕。"

闺中人将一枝春花买进深闺之后，细赏花之容态：花苞上的露珠晶莹欲坠，似泪珠浸染，轻轻泣泪，盈盈闪动间，似有早霞彤光，映照其上，晶莹动人。词人以人情绘花态：花苞上似泪的露珠已是清新动人，再缀以"轻匀"二字，更见春花的色彩清新淡雅。"晓露"之"晓"，暗写词人买得的花是晨摘新花，花儿新鲜诱人的色泽与映照其上的朝霞之艳相映生辉，别具风致。

下片写闺中女子娇媚之容和娇憨之态。

“怕郎猜道，奴面不如花面好。”

词的过片，借闺中娇嗔这样一个细节表达闺中人的痴情真意。闺中人只怕郎君看了春花，会觉得她的容颜或许比不上这娇艳的春花。西谚有：女人问男人的问题越愚蠢，说明这个女人越喜欢他。因为太在意情郎心意，闺中人竟然在心中问出了这样傻的问题。这个心理断章描写，细腻生动，颇能传达闺中人的情思。

“云鬓斜簪，徒要教郎比并看。”

结拍这两句写闺中女子的娇嗔之态，妙趣横生。闺中人把春花斜插在鬓边，只要郎君给自己一个答案：自己与簪花相比，到底哪一个漂亮。闺中人云鬓簪花后一定觉得，以花添丽，人面花容交相增辉，在郎君的眼里，自己这样的形象更显美艳，自己这样的举动更富情韵吧。结句“徒要教郎比并看”与唐代朱庆馀《近试上张水部》“妆罢低声问夫婿，画眉深浅入时无”句，颇有相似之处，均以闺中不宜为人道之语写闺中之乐，写得情态骄矜，但“乐而不淫”，富有情趣，只是，李词较朱诗表达更率性，情感更外露。

全词中，没有一个词直接描绘闺中人的容貌，而是以花容衬人貌，写出女子的娇美之容、娇憨之态，别具情趣。

统观全词，上片以花拟人，下片以人比花，笔法虚实相映；春花即是女子，女子即是春花，两个艺术形象融成了一体，突显女词人自怜自矜、天真娇媚的个性形象。全词语言生动活泼，富有浓郁的生活气息，是一首独特的闺情词。

瑞鹧鸪

双银杏

风韵雍容未甚都[①]，
尊前甘橘可为奴[②]。
谁怜流落江湖上[③]，玉骨冰肌未肯枯[④]。

谁教并蒂连枝摘，
醉后明皇倚太真[⑤]。
居士擘开真有意[⑥]，要吟风味两家新[⑦]。

注　释

① 都（dū）：美、漂亮。《史记·司马相如列传》："相如之临邛，从车骑，雍容闲雅甚都。"此句中系反其意而用。

② 甘橘可为奴：甘橘别称木奴（详见《三国志·吴书·孙休传》裴松之注引《襄阳记》曰："丹杨太守李衡……后密遣客十人于武陵龙阳汜洲上作宅，种甘橘千株。临死，敕儿曰：'汝母恶我治家，故穷如是。然吾州里有千头木奴，不责汝衣食，岁上一匹绢，亦可足用耳!'衡亡后二十余日，儿以白母，母曰：'此当是种甘橘也。'"）。此处称奴，一语双关，取谐音意。

③ 流落江湖：指双银杏被折，离开树枝。

④ 玉骨冰肌：形容银杏果清洁晶莹。

⑤ "醉后"句：周勋初《唐人轶事汇编》卷二："明皇与贵妃幸华清宫。因宿酒初醒，凭妃子肩同看木芍药。上亲折一枝，与妃子同嗅其艳。"太真、贵妃均指杨玉环。此句意谓双银杏的并蒂相连，犹如唐明皇和杨贵妃倚倚靠靠亲密无间。

⑥ 居士：词人自指。李清照别号易安居士，这里当是清高自许而称居士。擘（bò）：掰开。

⑦ 新：此处当是谐音"心"。

题 解

瑞鹧鸪，原本是七言律诗，因为唐人用来歌唱，遂成词调。双调，五十六字，中间两联例用对偶。另有变格。

李清照这首《瑞鹧鸪》录自《花草粹编》卷六，应当是李清照与赵明诚夫妻之间互有唱和的词作。这首词明写并蒂而生的双银杏，暗叹乱世夫妻的悲戚情怀。

赏 析

这是一首咏物词，词人假物咏情。

靖康之乱后金兵南渡，词人与丈夫赵明诚一起避乱南方。乱世夫妻多伤怀。双银杏被采摘后脱离了树干，词人触景生情，因事即情，借此寄托夫妇二人乱世颠沛的愁绪和夫妻二人心心相印的情怀。

“风韵雍容未甚都，尊前甘橘可为奴。”

词作上片起首二句从咏物开始，状写双银杏的形态，用笔为虚写，不言双银杏的形，不言双银杏之色，亦不言双银杏之性，而是通过对比的手法将双银杏的尊贵衬托出来。这两句词化用了汉代司马相如与三国时吴国李衡的典故，“都（dū）”做“优美”讲，《诗经·郑风·有女同车》诗云：“洵美且都。”这两句词的意思是说，这银杏果并不以华美硕大的形体吸引人，纵观其形貌风姿亦不显华贵；即便如此，那酒樽前放置的黄澄澄的柑橘与它相比，还是逊色许多，对它只堪称奴婢。词人将司马相如当年雍容娴雅的气度，移植到双银杏身上并反其意而用之，其意在于欲扬先抑。柑橘又名木奴，典出原本平常，然而词人在这里化用出新，让本无卑贱之指的柑橘对银杏果俯首称“奴”，这种“以意驱词”的写法，尤显词人对银杏的偏爱，同时也引发读者的探疑：银杏究竟是以何种风致博得词人如此的青睐呢？

“谁怜流落江湖上，玉骨冰肌未肯枯。”

银杏树又名白果树，寿命极长，生长较慢，从栽种到结果要二十多年，四十年后才能大量结果，因此别名“公孙树”，有“公种而孙得食”的含义。银杏叶叶形古雅，其果味甘清香，可药用滋补，养生延年。词人会选择银杏果的哪些特性寄托寓意呢？“谁怜流落江湖上，玉骨冰肌未肯枯”这两句，词人紧承前两句作答：而今这并蒂银杏不知被谁人折下，远离了自己赖以生长的高树密枝，只身流落于乱世，成为世人口腹之欲，又有谁人会怜惜它呢？银杏果因果实形似小杏而硬皮及核肉均呈淡白色而得名。银杏果离枝，引发词人触景之伤，更兼那银杏果虽已离枝却仍葆有洁白之色、浑圆之形，不曾枯萎。目睹此形，词人不由心生敬意：乱世离枝，却仍自守其洁，其冰清玉洁之质，徒惹词人深爱。原来词人之爱银杏，非为其貌，非为其珍，非为其长寿，而是睹物伤情，有所触发，其间隐含词人无限怜爱与自伤。乱世夫妻，何处不伤怀？这银杏果不期双双沦落乱世红尘中，然而犹能葆有“玉骨冰肌”，一向乱世持正的词人是否以此自喻呢？

“谁教并蒂连枝摘，醉后明皇倚太真。”

这两句词人抓住银杏并蒂的特征，拟写人事，寄寓人怀。手持银杏连理枝，词人叹惋：是谁人将这并蒂的双银杏摘离枝头，它们比肩并生、相依相偎的亲密形态，宛若“玉楼宴罢醉和春”的杨玉环斜倚李隆基的形态。敏感多思的词人触景生情，产生曼妙的联想：银杏离枝而尚并蒂，不正如乱世伉俪吗？身处乱离之世，却能两相偎依，不离不弃，直如白居易所言“在地愿为连理枝”，心中的温情聊以慰藉去乡之伤。

“居士擘开真有意，要吟风味两家新。”

词人借并蒂银杏抒写乱世伤怀，似乎已写至结句，下文该怎么续写呢？是继续伤怀叹世呢，还是宕开此境，另辟一境呢？词人在结末二句中，以掰开双银杏分而食之这样一个细节来结篇。这两句的意思是，易安居士掰开这并蒂的银杏果，把它一分为二，与人一人一只分享，那滋味恁是清新醇厚。为何用“居士”一词？词人别号易安居士，用别号代称自己固然可以理解，然而词人其他作品中并无以“居士”自称者，那么，此称“居士”或是暗指自视清高者（含词人自己在内）。更有妙笔一点是“两家新”之“新”，取谐音之妙，一语双关，假状物以言情，令人称奇。所谓“两家新”实乃“两枚心”，并蒂连理之心，即便身逢乱世亦不可变。

易安这篇小令通篇运用拟人手法，以双银杏自比，吟玉洁冰清之节，叹不离不弃之心，贴切深刻，匠心独具；而尾句使用谐音手法，行文诙谐而自然，耐人品读。

一 剪 梅

红藕香残玉簟秋①，
轻解罗裳，独上兰舟②。
云中谁寄锦书来③？
雁字回时，月满西楼④。

花自飘零水自流，
一种相思，两处闲愁。
此情无计可消除，
才下眉头，却上心头⑤。

注 释

① 红藕：红色的荷花。玉簟（diàn）：光滑似玉的精美竹席。簟：竹席。

② 裳（cháng）：古人穿的下衣，也泛指衣服。兰舟：一说指用木兰树木造的舟；一说认为这里特指睡眠的床榻。

③ 锦书：前秦苏惠曾织锦作回文《璇玑图诗》，寄给她被徙流沙的丈夫窦滔，计八百四十字，纵横反复，皆可诵读，文词凄婉。后人因称妻寄夫为锦字，或称锦书，亦泛为书信的美称。

④ 雁字：群雁飞时常排成“一”字或“人”字，诗文中因以雁字称群飞的大雁。

⑤ “此情”三句，典出范仲淹《御街行》：“都来此事，眉间心上，无计相回避。”

题 解

一剪梅，词牌名。因周邦彦同调词起句有“一剪梅花万样娇”，乃取前三字为调名。又韩淲词有“一朵梅花百和香”句，故又名“腊梅香”，李清照词有“红藕香残玉簟秋”句，故又名“玉簟秋”。

这首词的创作时间，有选本推断应该是在李清照新婚不久夫妻小别前，故而这首词或是一首工巧的别情词作。有的选本则认为就词句本身来寻绎这首词的内容，推断它的写作背景。这首词上片是写词人易安已与赵明诚分离，在孤独中感物伤秋、泛舟遣怀的情状，下片则是写别后的眼前景、心中情了。

赏 析

少年夫妻天各一方，情结成怨，李易安的笔下，便谱成一首动人的相思曲。“以此调所作的宋词中，恐怕难以找到比李清照的这一首和蒋捷的‘一片春愁待酒浇’更好的同调词了。”（陈祖美《李清照诗词选注》）

这首词的上片共六句。

“红藕香残玉簟秋。”

起句领起全篇。荷花残败，荷香消遁，冷滑如玉的竹席，透出深深的秋凉之意。“红藕香残”的室外之景，与“玉簟秋”的室内之物，点化季节特征，暗示此际正值“已凉天气未寒时”（韩偓《已凉》诗）。红藕香残，是词人亲眼目睹之景，更是别离之人的象征；枕席生凉，是肌肤的触觉，更是凄凉独处的内心感受。“红”“玉”之色，写意清丽，“藕香玉簟”的意象表意蕴藉，烘托出词人的情怀；尤以句末的“秋”字，在这一句写景之笔中凸显情韵，可谓点睛一字。清代梁绍壬在《两般秋雨庵随笔》中称这个起句有“吞梅嚼雪、不食人间烟火气象”。

接下来的五句按顺序写词人入夜所做之事、所触之景、所生之情。

“轻解罗裳，独上兰舟。”

夜凉如水，轻轻脱换下薄纱罗裙，独自斜卧在（临窗）的床榻上。以“独上”二字暗示词人的处境，暗示离情。

"云中谁寄锦书来？雁字回时，月满西楼。"

仰头凝望远天，那月白之际，谁会将锦书寄来？这句明写别后的悬念。词人独上卧榻，倚窗望月本欲排遣离愁；而怅望夜空，偏起怀远之思。锦书无音，天空却正是雁群排成"人"字，一行行南归之时。月光皎洁，洒满这西边的亭楼。盼望锦书到达，是因为思念远人，于是从遥望云空引出雁足传书的遐想。这三句所抒之情，历来引发词人共鸣，如秦观的《减字木兰花》咏"困倚危楼，过尽飞鸿字字愁"，如李煜的《相见欢》叹"无言独上西楼，月如钩"，如冯延巳的《三台令》吟"明月，明月，照得离人愁绝"，用笔虽异，其所抒写的情却殊途同归，令人不由感慨，天下妙笔自出同源。

"花自飘零水自流。"

词的过片，承上启下，由天空而转向地面。花，在空中兀自飘零；水，兀自东流。这两句既是即景，又兼比兴，花落水流的无情之景，遥遥与上阕"红藕香残""独上兰舟"两句的孤凄之情遥相呼应；而落花流水所隐喻的年华、离情之叹，则给人以"无可奈何花落去"（晏殊《浣溪沙》）之感，以及"水流无限似侬愁"（刘禹锡《竹枝词》）之恨。词的下阕就从这一句自然过渡到后面的五句，转为纯抒情怀、直吐胸臆的独白。

"一种相思，两处闲愁。"

身居两地，同一种离别的相思，牵动起两处的闲愁。这两句，写相思之苦、闲愁之深的同时，由己身推想到对方，这相思与闲愁是双方面的，写出二人的心心相印。唐代韩偓的《青春》诗"樱桃花谢梨花发，肠断青春两处愁"可能是易安这两句词的缘起，然而一经易安妙手熔铸，旧诗句变化为两个句式整齐、词意鲜明的四字句，就取得脱胎换骨、点铁成金的效果。从"一种相思"到"两处闲愁"，是两情相悦的深化，因为此情经由距离的历练，已由"思"而化为"愁"了。而词人写"愁"却言"闲"，则分明是闺中思妇闲来触景徒惹相思，足见相思虽苦，却因两情相悦、两心相印，而让这相思之苦演化为甜蜜的痛苦了。

"此情无计可消除，才下眉头，却上心头。"

啊，无法消除的是——这相思，这离愁，刚从微蹙的眉间消失，又隐隐缠绕上了心头。结篇三句，是历来为人所称道的名句。清初王士禛在《花草蒙拾》中指出，这三句从范仲淹《御街行》"都来此事，眉间心上，无计相回避”脱胎而来。王士禛认为李句虽然源出范句，而李句“特工”。从表达艺术而言，范句比较平实直白，缺少醒人耳目的丽句；李句则别出巧思，以“才下眉头，却上心头”这样两句来代替“眉间心上，无计相回避”的平铺直叙，言衷肠难解，欲语还休，其滋味沁入人心，给人以耳目一新之感。这里，“眉头”与“心头”相对应，“才下”与“却上”成起伏，语句结构工整，表意曲折，颇具艺术张力。

闲愁，非为真正的愁，故而词人在表达相思之苦中，读者分明感受到甜蜜的苦思。因而，两处闲愁，成为这首词的关键所在，耐人品味。

醉花阴

薄雾浓云愁永昼①，
瑞脑销金兽②。
佳节又重阳，玉枕纱厨③，半夜凉初透。

东篱把酒黄昏后④，
有暗香盈袖⑤。
莫道不销魂，帘卷西风⑥，人比黄花瘦⑦。

注 释

① 薄雾浓云：宋晏殊《蝶恋花》有“百尺楼头闲倚遍。薄雨浓云，抵死遮人面”之句。永昼：悠长的白天。
② 瑞脑：即龙脑，香料名。销：燃尽。金兽：兽形的铜香炉。
③ 玉枕：瓷枕的美称。纱厨：厨形的纱帐，一称碧纱帐，以木架罩以绿色轻纱，内可置榻，夏季用以避蚊虫。
④ 东篱：陶渊明《饮酒》诗：“采菊东篱下，悠然见南山。”后即以东篱指代赏菊之处。
⑤ 暗香：幽香。这里指菊花的香气。
⑥ 帘卷西风：“西风卷帘”的倒文。
⑦ 比：有本作“似”。黄花：指菊花。

题 解

醉花阴，词牌名，又名“漱玉词”。北宋毛滂词中有“人在翠阴中”“劝君对客杯须覆”等句，因而据其意，取以为调名。双调，五十二字。

这首词是李清照作于前期的怀人之作。词人婚后不久，丈夫赵明诚便“负笈远游”，深闺寂寞，她深深思念着远行的丈夫。这年，时届重九，人逢佳节倍思亲，便写了这首词寄给赵明诚。

赏 析

这首词是作者早期和丈夫赵明诚分别之后所写，它通过悲秋伤别来抒写词人的寂寞与相思情怀。

词作上片写秋凉的情景。

“薄雾浓云愁永昼，瑞脑销金兽。”

从稀薄的晨雾氤氲到浓厚的暮云堆积，这悠长的白昼里，阴沉沉的天色令人平添愁闷。那雕着兽形的铜香炉里，龙脑香已渐渐燃尽了，可心中的愁思为何缕缕不绝呢？“白昼”而言“永”，可见词人度日如年的内心煎熬。“瑞脑”香燃，馨香满室，浓重慵懒的闺中气息，引燃了词人的心火，目睹瑞脑香一点一点地燃尽，既写时间的漫长，又写闺中的凄凉。首二句看似景语，写闺阁内外的秋日景物，实则情话，勾画词人闺中百无聊赖的形象，暗抒诗人闲愁满怀的情思。

“佳节又重阳，玉枕纱厨，半夜凉初透。”

又到佳节重阳日，天气悄然转凉，洁白的瓷枕，轻纱笼罩的床榻，无论如何是不能抵御夜晚来临后的秋“凉”的，昨日半夜的凉气恰恰浸透了肌骨。“又重阳”，或是往日的重阳佳节太温馨难忘了吧，故而言“又”。玉制的枕头，薄薄的纱帐，到夜半以后更“凉”，岂无锦衾御寒，词人所选意象，别有况味，秋凉而已，诗人却将其写得难以抵御，因为那“愁永昼”的人儿，一夜难眠，未曾入梦，那相思之苦一直在煎熬着她，心生秋凉了。

下片写重阳的感怀。

“东篱把酒黄昏后，有暗香盈袖。”

唐人孟浩然《过故人庄》诗云：“待到重阳日，还来就菊花。”旧历九月九日这天，古人历来有赏菊饮酒的风习。重九这日熬过悠长的白昼之后，挨到黄昏时分，词人依节日习俗“东篱把酒”，不料菊花的幽香扑面而至，沾满了衣袖。以“东篱”代称菊圃，语出陶诗“采菊东篱下，悠然见南山”句，然而意蕴更佳，赏菊就好像直对隐逸高士，这样的佳节情趣，自然是赏心乐事。“有暗香盈袖”一句，化用了《古诗十九首》“馨香盈怀袖，路远莫致之”的句意，暗写她无法排遣的对丈夫的思念之情。佳节依旧，赏菊依旧，把酒依旧，暗香依旧，然而举觞就菊的人却少了一个，觞欲举而无以对酌，任暗香浮动而寂然，词人不禁黯然神伤。词人以景传情，字面上却只勾勒节日寻常举动，以不言之言出之，别具匠心。

“莫道不销魂，帘卷西风，人比黄花瘦。”

不要说赏菊人的心情不凄凉悲伤，飒飒秋风卷动着帘子，卷帘之后的人儿比这西风中的黄花还要消瘦。这三句压倒南宋词坛，令人绝倒：刻骨的相思之情已力透纸背。

这三句直抒胸臆，写词人为情所苦的愁容。“销魂”一词写尽词人此时情态——相思愁绝魂魄难寻，点词人黯然“神伤”的情态；“帘卷西风”即“西风卷帘”，西风正紧，催生寒意，暗含凄冷之意，点景物黯然“凄冷”的形貌；最后落笔“瘦”字，人花相比，点人物黯然“形销”的形象。以花喻人瘦的古诗词历来不少。如“人与绿杨俱瘦”（宋无名氏《如梦令》），“人瘦也，比梅花，瘦几分？”（宋程垓《摊破江城子》），“天还知道，和天也瘦”（秦观《水龙吟》）等等。在这里，李清照巧妙地将思妇与菊花并举：东篱里萧瑟的秋风摇撼着羸弱的瘦菊，闺阁中思妇相思愁苦的憔悴面容，情景交融，人花相映，创设出了一种凄苦绝伦的境界。

读这首词，似乎看见南宋词坛，易安人淡如菊，独对西风，神意自在。

元伊世珍《嫏嬛记》有如下一段故事：“易安以《重阳·醉花阴》词致明诚。明诚叹赏，自愧弗逮，务欲胜之。一切谢客，忌食忘寝者三日夜，得五十阕，杂易安作以示友人陆德夫。德夫玩之再三，曰：‘只三句绝佳。’明城诘之。答曰：‘莫道不销魂，帘卷西风，人比黄花瘦’，正易安作也。”不论这一故事的可信程度如何，单就“人比黄花瘦”的前无古人之言，就足见李清照独到的艺术匠心了。

全词开篇点“愁”，结句言“瘦”。人因愁而瘦，而贯穿全词的愁绪因“瘦”的形象而更深切。可以说，全篇画龙，结句点睛，相映生辉，创设出了“情深深，愁浓浓”的情境。

玉 楼 春

红 梅

红酥肯放琼苞碎①，
探著南枝开遍未②。
不知蕴藉几多香③，但见包藏无限意。

道人憔悴春窗底④，
闷损阑干愁不倚。
要来小酌便来休⑤，未必明朝风不起⑥。

注 释

① 红酥：此处指色泽红润的梅花。肯放："岂肯放"的省说。琼苞：像玉一样温润欲放的鲜嫩梅蕊、花苞。

② 探著：犹试问，宋代口语。南枝：向阳的梅枝。未：句末语气词，表示询问。初唐时李峤《梅》诗云："大庾敛寒光，南枝独早芳。"大庾在江西、广东交界处，为五岭之一。张方注："大庾岭上梅，南枝落，北枝开。"

③ 蕴藉：《汉书·薛广德传》："广德为人，温雅有酝藉。"蕴藉即宽和、宽容，与下句中的"包藏"（意为包容）意思相近。

④ 道人：一说"道人"系词人自指；一说"道"为"议论"，"人"为词人自指，合起来意为别人说我、议论我；一说"道人"即知人，"道"，即知觉，"人"指词人。这里拟用第三种含义。

⑤ 小酌：指比较随意的宴饮。便来休：就来吧。休：句末语助词，译作"吧"。

⑥ 未必明朝风不起：此句用典或出自居易《花前欢》："欲散重拈花细看，争知明日无风雨。"故此句应有双关意。

题 解

玉楼春，词牌名称，双调，五十六字，前后片格式相同。

这是李清照咏物词中的代表作品，托咏梅以寄寓词人心怀。词上片主要描写梅的形色、幽香、意蕴；下片写赏梅之人的惜花心态。

赏 析

作为咏物词，这首咏梅词，写法别致，耐人寻味，是李清照咏梅词中的代表词作。

“红酥肯放琼苞碎。”

首句写梅花含苞欲放。红酥，亦作“红苏”，形容红润柔腻。宋代陆游《钗头凤》词：“红酥手，黄藤酒，满城春色宫墙柳。”

枝头梅花，还未盛放，以“琼苞”比拟花苞待放，花色红润如酥，晶莹似玉；“肯放”，即为“岂肯放”。这句词的意思是说，这样宛如红色凝脂的花苞岂肯轻易放任它的盛意绽放？“琼苞碎”用字新巧，梅朵盛放，因花朵形小，用碎字摹写，最是传神。颇具人情人态的描写，将梅花像人一样恃姿自守的娇矜之态，表达得栩栩如生。

“探著南枝开遍未。”

苏轼《红梅》诗中“怕愁贪睡独开迟，自恐冰容不入时”两句，摹写梅花珍重迟开的姿态，贬词褒用，赞梅花不流于俗的个性禀赋，写法独出心裁。李清照这句词与之有异曲同工之妙，词人赏梅，心动之余，不禁试问早梅向阳的“南枝”怕是早已开遍了吧？李词也是描写梅花含苞迟放的姿态，却不直言，以借问向阳梅枝的口吻表达，曲笔而至，梅花自矜迟开、不与众群的个性隐含其间。

“不知蕴藉几多香，但见包藏无限意。”

句中的“不知”，并非词人真的不知，而是为了衬出下句中“但见”引出的“无限意”。目下的梅花，正含苞阖蕊，不知会在何时破苞而放，幽然的梅香，已在不经意间绵绵不绝地传出，让读者对花苞里蕴藏的芳意悬想良多。“几多香”

的时隐时现，与“无限意”的不能穷想，在工整的对仗句式中，合力将词人对梅苞待放、梅蕊微露的喜爱之情透露无遗。

下片写赏梅之人。

“道人憔悴春窗底，闷损阑干愁不倚。”

尽管窗外的梅花“蕴藉几多香”“包藏无限意”，可是过片所写的赏梅之人却憔悴闷损。此处“道人”释为知道词人。这两句词的意思是说：春日时节，赏梅人空坐窗下，容颜憔悴，身心委顿，愁闷至极，甚至连栏杆也懒得去倚。红梅含情未吐，让赏梅人的“无限”之思翻涌而至。梅就好像词人的知音，知道赏梅人形容憔悴是因为心思闷损。

“要来小酌便来休，未必明朝风不起。”

结句，词的情调忽然生变，词人邀约友人共赏梅花：要来小饮安慰我一番，便快来吧！造化弄人，良辰难再，美景无多！此时红梅含羞待放、幽香远播，未必明朝不被狂风折枝、冷雨欺花，到那时，花落香消，岂不徒然令人心碎！经历了太多花事凋零的李清照，太想珍惜眼下的枝上梅朵，唯恐明朝或有风雨来袭。这一笔别开洞天，引发读者的疑惑与联想，这风雨是否也有了一语双关的含义，从而获得对这首词词旨的深层开掘。好花不常，盛筵难再，这是人间常态，此处词人的珍惜之语中也隐含了几多人生哲思吧。

行香子

七夕

草际鸣蛩①，惊落梧桐②，
正人间、天上愁浓。
云阶月地③，关锁千重④。
纵浮槎来⑤，浮槎去，不相逢。

星桥鹊驾⑥，经年才见，
想离情、别恨难穷。
牵牛织女⑦，莫是离中⑧。
甚霎儿晴，霎儿雨，霎儿风⑨。

注释

① 蛩(qióng)：古书指蟋蟀。《淮南子》："飞蛩满野。"岳飞《小重山》："昨夜寒蛩不住鸣。"
② 梧桐：从立秋起开始落叶，故称"一叶知秋"的树木。
③ 云阶月地：云做阶梯月做地，指天宫。或语出唐杜牧《七夕》诗："云阶月地一相过，未抵经年别恨多。"
④ 关锁：关卡封锁。重：《花草粹编》作"里"。
⑤ 槎（chá）：传说中指来往于天河与海上之间的木筏。张华《博物志》载，天河与海可通，每年八月浮槎可往。
⑥ 星桥鹊驾：传说每年农历七月七日晚，有喜鹊在星河中搭桥，牛郎织女相会一次，称为"鹊桥"，也称"星桥"。
⑦ 牵牛织女：二星宿名。曹植《九咏》注曰："牵牛为夫，织女为妇。"
⑧ 莫是：莫非是，难道是。
⑨ 甚：意为"怎"。霎儿：一会儿。

想离情、别恨难穷

题　解

行香子，词牌名，此调短句多，上下片结尾以一字领三个三言句，这一字常用相同的字。

这首词《历代诗馀》题作“七夕”，大致作于李清照结婚三四年后，经历了“元祐党人碑”事件，回到原籍后，与夫婿赵明诚身处两地时期。与赵明诚身处两地的李清照，在七夕节前夕，触景生情，情思种种，形诸笔端，便铸就了这首凄婉动人的词作。

这首双调小令，通过对牛郎织女悲剧故事的诗化描述，艺术地表达了词人浓重的离愁别恨。

赏　析

宋徽宗崇宁二年（1103），李清照出嫁次年，七月，仅 19 岁的女词人，即因为父亲李格非身陷北宋朝廷著名的“元祐党人碑”事件而离开京城夫家，随父回到原籍明水。当又一个七月七来临的时候，李清照思人心切，作有此词。

“七夕”佳节，牛郎织女的悲情故事不可或缺，只是尺幅之间，词人如何叙述这古老而永久的传说故事，又如何借这个故事寄寓自己的一腔离怀？

“草际鸣蛩，惊落梧桐。”

首句描写秋景，营造悲凄的氛围。蛩，在古书中多指蟋蟀，俗称“秋虫”。蛩音愈响，则意味着秋声愈重。夜影婆娑的草丛中骤起的蟋蟀鸣声，倏地打破了夜的寂静，惊落几片摇摇欲坠的梧桐枯叶，于是夜色更浓，夜籁愈寂寥。蛩音虽然凄凉，但音量之高绝不至于“惊”落梧桐老叶，词人此处语带夸张，其真实用意在于，用寒蛩之音、枯桐落叶这样的声色世界渲染浓重的秋意，以此来表现词人内心不耐秋的寒意，就连叶落也能令其心惊的凄怆心情。

“正人间、天上愁浓。”

这一片秋色、秋声之中，天上人间正上演无数悲情故事。天上的牛郎与织女正经历着经年别离的愁情，人间的无数有情人也因为天各一方而别情离绪正浓。“正”字恰巧点化出值此七夕节，正是词人心上秋意浓时。

上片这四句词，一虫、一叶、一天上、一人间，概述七夕佳节，人间天上，秋凉浸骨，有情人难成眷属的悲剧。起笔看似极小，营造的诗境却极为阔大，天地之间，蛩鸣、叶落之景遍是，有情人生而分离之情遍布，以极简的勾勒，营造丰厚的诗境，以简驭繁，这是李清照词的常用之道，实为奇笔。

“云阶月地，关锁千重。”

这两句，用笔极富诗意：以云为阶，以月为地的云雾杳渺之处正是天上宫阙，只是牛郎织女远隔莽莽天河、重重关卡，经年不得相见。这两句类似素描式的简笔勾勒，仅用八个字就绘出了天宫的混沌之象，道出了牛郎织女传说的凄伤动人，笔意颇丰。牛郎织女的际遇，代言了七夕佳节不得相聚的所有有情人的遭遇，李清照仰望天上云月，内心何尝不生天河阻隔之叹，然而写得隐而不显，颇可玩味。

“纵浮槎来，浮槎去，不相逢。”

这三句李清照甚至从古人的神话传说中生发奇思，想象织女牛郎乘着木筏（浮槎）来往于天河两岸，只是道阻且长，别愁太重，词人不敢奢望有情人终得相聚，故言“纵”使有槎可浮，终“不相逢”。这种想象，奇异动人，却充斥着掩不住的哀戚之情，是对牛郎织女的同情，怕也是对自己的叹惋吧。

整个上片，词人的笔触开阖自如，上及天宫，下至人间，以秋意甚浓的秋景营造悲戚的抒情背景，以景叙事，意境凄美。

“星桥鹊驾，经年才见，想离情、别恨难穷。”

过片这三句写牛郎织女相见难：牛郎与织女经年分别，七夕之时鹊桥之上才得一夕相会，词人一想到牛郎与织女一年三百六十五日中除去今宵，日日都要承受别恨绵绵无绝期的愁思，似乎心中也为其忧虑不已。难穷的“别恨”，似乎含有李清照的个人之忧。

“牵牛织女，莫是离中。”

星桥鹊驾，可牛郎、织女莫不是仍未相聚，为何鹊桥上不见相聚的牛郎和织女？这番想象中的猜测，从天象起笔，却落笔在词人的内心深处，自己的鹊桥之会，还不知会在何日。

“甚霎儿晴，霎儿雨，霎儿风。”

结句词人写天象多变：再看那银河阴晴不定，怎一阵儿晴，一阵儿雨，又一阵儿风呢？这样的风云变幻，鹊桥如何搭成？牛郎、织女的相会又受到阻碍了吧！“甚”字此处作“怎么”讲，以疑问的口吻突出词人的担忧与关切。此处叠用三个“霎儿”，以口语形式出句，成排比之势，逼促急躁的音节，传达出词人内心欲喷薄而出的焦急与怨责，写得颇有节奏感。除语气之外，此三句更有藏妙之处，词人用天象阴晴隐喻人间的悲喜不定，语意双关，构思甚为新颖。

这首词结构精巧，圆和对称，颇富美感。首句以绘人间七夕之景起笔，结句以写天上七夕风云多变结笔，首尾遥相呼应：天上是风雨飘忽、阴晴不定的银河两岸，人间是蛩音低唱、梧桐叶落的庭际深深，天上人间，“离愁”同感，互为照应！

总的来看，这首词的艺术构思十分巧妙。一则，这首词以想象为经线，以自己的际遇为纬线，精心织文。全篇明写牛郎织女的离愁，暗写词人自身的绵绵别恨，令天上人间遥相呼应，开拓了词作的意境，也展示了词人丰富的想象力和阔大胸襟。二则，这首词叠句的运用，口语化的嵌入，合力锻造了这首词的千古佳句——甚霎儿晴，霎儿雨，霎儿风。

小 重 山

春到长门春草青[①]，红梅些子破[②]，未开匀。
碧云笼碾玉成尘[③]，
留晓梦[④]，惊破一瓯春[⑤]。

花影压重门，疏帘铺淡月[⑥]，好黄昏。
二年三度负东君[⑦]，
归来也，著意过今春[⑧]。

注 释

① 春到长门春草青：此句袭用《花间集》五代薛昭蕴《小重山》词原首句。长门：西汉宫殿名，汉武帝的陈皇后失宠后，被遣居长门宫。后长门在诗词中出现往往代表失宠后妃所居的冷宫。

② 红梅些子破：语本宋代张耒《减字木兰花》“只有江梅些子似”句。些子：一些，少许。

③ 碧云笼碾玉成尘：徐培均《李清照集笺注》谓：“宋人饮茶，碾碎再罗，然后入汤。”碧云：此指青绿色的团茶。笼碾：用碾茶的器具碾茶。玉成尘：即碧绿色的茶饼被碾成碎末。

④ 晓：《花草粹编》等作“晚”。

⑤ 瓯（ōu）：盆、盂一类的瓦器，此指茶盏。春：这里喻指茶。

⑥ 疏帘：雕镂着花纹的帘栊。

⑦ 二年三度：李清照身为元祐党人子弟，因诏禁离京距她因帝赦回京整整两年，农历遇闰年，一年中首尾常有两个立春日的情况，故言二年三度。东君：原指日神，见洪兴祖《楚辞补注》，后人则指代为司春之神。此处指美好的春光。白居易《送刘道士》：“齐心谒西母，瞑拜朝东君。”

⑧ 著（zhuó）意：专意，用心，好好地。

题 解

小重山，词牌名,《金奁集》入“双调”，五十八字。古人多用以写“宫怨”。

宋徽宗崇宁二年（1103），皇帝下诏禁止元祐党人子弟留居京城为官，次年李清照随父离京回归原籍。崇宁五年（1106），皇帝诏赦天下，解除党人一切禁令，李清照得以回京。从离京到回京，历时整整两年。

这首词李清照倾力描写早春佳景，借此表达经过长久的别离之后，词人在早春时节迫切盼望与君共度今春的心情。

赏 析

《小重山》是李清照的早期作品，词作绘春景、寄春思，景致极佳，情思极真，诗韵动人。

上片由门前春色写起，落笔在叫人回味无穷的春思春梦上。

“春到长门春草青，红梅些子破，未开匀。”

起首这三句，词人写早春之景，长门一词是解读关键。（清晨起来见到）长门前绿草如茵，三两个红梅破蕾成花，却尚未悉数开放。“春到长门春草青”句，李清照直接袭用五代时薛昭蕴《小重山》词的首句，应该是要借其中“长门”一词，寄托情思。汉武帝时陈皇后失宠后在长门宫幽居，她特意请司马相如作《长门赋》以挽回武帝之心，终而不得。词人貌似绘写景语，实则借用这个故事，将自己所居之处比作长门，别君独居的境遇与陈阿娇失宠幽居的境遇相似，词人借此寄寓自己被迫离京别夫返居原籍，一人孤居独处的冷落。草青梅绽，春已到长门，可是昔日同赏春光的人却不曾至。“未开匀”三字，描绘早梅初放的情形，一树梅花，有的先期而放，有的含苞待放，次第显露出参差错落的色彩。这三句词人绘制早春美景，语含惜春之情，更有伤别之思。

“碧云笼碾玉成尘，留晓梦，惊破一瓯春。”

这三句，词人写晨起烹茶。依照宋人饮茶之俗，词人把碧云团茶碾末烹煮，翠玉般的茶末在烹制过程中散发出阵阵清香。茶末成“玉”色，足见茶之清香透亮了。“留晓梦”，词人晨起凭几煮茶、品茗醒神时不由自主陷入了一段白日梦中呓语。可见这晨起时分烹煮的新茶未能将词人从一腔的心事里唤出。“惊破一瓯春”句中，将一盅新茶喻作“一瓯春”，颇有新奇之处，茶盏晃动使得盏中茶汁摇曳，梦中种种此际忆起不免心神荡漾讶异阵阵。茶是春茶，思是春思。梦中所忆究竟为何？我们不得而知，但恐怕与“长门”之春思不无关系吧。词人倚借“梦”的神秘让词风聊增几分含蓄，令人回味。

下片词人从临夜之景入笔，以直抒胸臆之笔结篇。

“花影压重门，疏帘铺淡月，好黄昏。”

“重门”即多重的门，词人幽居深宅重门后。早春时节，夜色初临，花影掩映之间，只见重重门禁，隐然其间；天近黄昏，月儿将薄薄银光铺洒下来，淡淡的月色隔着雕镂着花纹的竹制帘栊照进幽闺，词人不禁赞一声“好黄昏！”春色如是，美得不可方物，词人绘景如画，然而细一思量，“花影”藏于“重门”之后，词人孑然的身影也隐于门后，“淡月”映照着竹制帘栊，词人心底的幽叹也隐声帘栊之后：今夜好黄昏。然而长门内，唯有月光携带花影来陪孤身。“花影”岂有重量可言，可词人执意用“压”字饰“重门”，因而让花影也因此有了心思的重量。“淡月”近乎无色，可词人不惜用“铺”字饰之，让满屋清辉也因此有了凄凉的意味。这样的黄昏之境，岂是一个“好”字了得？这三句词，也因词境凄美成为这首词中最为人称道的三句。

“二年三度负东君。”

这一句，词人叹春惜春。京都的春光依旧迷人，可是离京的两年中我竟有三度把它辜负！被迫离京别夫的两年中，遇闰年有两个立春日，词人特意以“二年三度”强化自己错失赏春时节的痛惜之情。“东君”本为司春之神，此处借指春光，“君”字颇有人情意味，似乎春光是含有人情味的君子。所谓“负”字，意蕴丰富，不是春光不佳无可赏，而是词人自己无心大好的春光，孤身一人在凄清寂寞中白白让春光逝去。词人慨叹自己辜负的不只是春光，怕是还有自己随着这二年逝去的如花年华吧。

“归来也，著意过今春。”

结句直抒胸臆，表达“思归惜归”的主旨。不想再次辜负这一片早春时光，不想辜负这别后重聚的美好时光，既然已经归来，就让我们珍惜这美好的春光，趁它还在早春之际，尽情享受这无限的春色！词人一改前面隐晦含蓄的词风，以直言呼告的手法表达惜春思归的心绪，情感炽烈。

这首词写景如画，抒情率性，在早春美景中寓含惜春伤己之情，表达自己不愿辜负美好春光，不愿任生命韶光虚度，急盼与君共赏早春的心绪，词韵别致，值得一品。

忆 王 孙

帝里春晚①，重门深院。
草绿阶前，暮天雁断。
楼上远信谁传②？恨绵绵③。

多情自是多沾惹④，难拚舍⑤，
又是寒食也。
秋千巷陌⑥，
人静皎月初斜，浸梨花⑦。

注 释

① 帝里：指京城。
② 谁：《古今诗余醉》题作“难”。
③ 绵绵：接连不断。
④ 沾惹：招引。
⑤ 拚（pīn）舍：舍弃，屏除，割舍。拚：舍弃，不顾惜一切。
⑥ 巷陌：街道的泛称。陌：田间东西方向的道路，泛指道路。
⑦ 浸梨花：月光像水一样浸透了梨花，犹言梨花沐浴在月光里。

题 解

忆王孙，词牌名，单双调。单调三十一字，双调五十四字。

此词属存疑之作，如果确是李清照的词，当是李清照婚后的作品，大致作于汴京。这是一首典型的闺怨词，写闺中人暮春时节的一个黄昏，独居深院，楼上怀远，寒食夜阑之际，离愁难遣的伤情。

赏 析

词作上片写暮春之际，闺中人赏春无绪，意欲托书征鸿，而遍寻天际，征鸿无迹，唯余离恨绵绵。

前四句绘景，连用四个四字短句，结构工整，绘景迤逦。

“帝里春晚，重门深院。”

起句写景，时空兼具。帝里，就是北宋京城汴梁。汴梁城的暮春时节，正是春光四溢之时，然而闺中人却只身独处于府邸的重门深院中。上片首句词意写至此处戛然而止，然似有无尽深意恰在无言中：重门深院之中，被囚禁的不止是茕茕之身，还有一颗敏感多思的心；任院外春光荡漾，闺中人却无甚心思观之赏之。“重门深院”四字，喻深宅之中人儿满腹心事无可装载，煞是传神。满园春色，一如常年，正在寂然中渐次老去，赏春无绪的闺中人，怎堪忆起，往昔那人在旁的日子？

“草绿阶前，暮天雁断。”

阶前的草儿青绿如翠，深院上空暮色渐浓，连往日行经的大雁此际都了无踪影。大雁也称“征鸿”，自古离人多有寄寓。唐代王勃《滕王阁序》中有道是：“雁阵惊寒，声断衡阳之浦。”秋凉的天空传来雁群的惊叫，叫声延续到回雁峰的水边。王勃以雁群悲鸣之声表达了游子思乡的共鸣，成为千古名句，而易安此句中索性让大雁在自己仅有的一方天空中销声匿迹，连寄寓思情的载体也隐去，她心中之伤该是何其深重！归雁无踪，那人无音，心中的牵挂却更加绵长……

末两句运用设问句，貌似答非所问，实则构思工巧，愁浓语淡。

“楼上远信谁传？恨绵绵。”

没有了大雁，这绵绵离愁、幽幽别恨，凭谁相传？闺中人独坐楼上，望天空高远，雁阵竟无！心下思忖，征鸿既无，折梅寄驿旅吧？然而暮春时节，何来梅枝？梅枝既无，托青鸟探看吧？然而青鸟只在传说当中。远信不可传，怅恨久之，离愁郁积在寂寞人的心底，愈积愈浓，愈积愈长，绵绵无绝期。离恨之中恰是无尽思念，其情之浓，浓缩在“绵绵”一词之中。

词作下片写情难割舍，词人借浸月梨花浇心中情劫块垒。

前三句是易安词中难得的直抒胸臆。

“恨之绵绵”恰因情之深多。故而下片“多情”一句与“绵绵之恨”自然衔接，妙似天成，足见易安构思之工巧缜密。

“多情自是多沾惹，难拚舍，又是寒食也。”

是自己的至情才招致如此这般的离恨无穷，是自己的至性才沾惹如此这般的情愫万千。至情至性之人才会对一段情这般难以割舍。至情难舍，而时日却随流水同逝，眼见着就又是寒食节了。“难拚舍”用字很是着力，状写闺中人下定决心用心为情的样子，词人用情至深，由此可见一斑。寒食节亦称“禁烟节”“冷节”“百五节”，在夏历冬至后一百零五日，清明节前一二日。是日初为节时，禁烟火，只吃冷食，并在后世的发展中逐渐增加了祭扫、踏青、秋千、蹴鞠、牵勾、斗卵等风俗。寒食节前后绵延二千六百四十年，宋代名士邵雍说：“人间佳节惟寒食。”寒食又到，又是亲朋相聚踏青的好日子，心上离人却还未归来。“又是寒食”用字看似浅淡，言情却更显深重了。

后三句则将一腔情事融在静夜月华之下的一树梨花中，画面隽雅，情景悠然。

“秋千巷陌，人静皎月初斜，浸梨花。”

夜阑人静，秋千上人去座空，巷陌静谧，人声寂然，月儿初上，斜挂天际；如水的月光之下，一树梨花，晶莹如雪，伴以暗香浮动。月华如水流泻，梨花如雪散落，暗香如影相随，仿若闺中人心底悄无声息、飘然坠落的忧伤，缱绻无声，好似落雪成阵，馨沁人心。花事未消的暮春时节，离人何时才能归来与闺中人一同在月下共赏这将逝的春色？结末三句，词人融情于景，情景交融，境界美妙。“梨”与“离”，谐音双关，语含颇丰。白居易《长恨歌》中“梨花一枝春带雨”更赋予“梨花”若泪的喻意。此处皎月浸梨花的画面，颇易让人联想到清旷、空灵、寂静的风味中，闺中人离情难舍、满眸含泪之形象。

李清照这首《忆王孙》，以浅近之言，绘清新之景，创幽清之境，抒怨忆之情，发恨念之思，情思婉曲多致，语淡愁浓，读来每每令人心动。

满 庭 芳

小阁藏春，闲窗锁昼，
画堂无限深幽①。
篆香烧尽②，日影下帘钩③。
手种江梅更好④，又何必、临水登楼⑤？
无人到，寂寥恰似⑥、何逊在扬州⑦。

从来知韵胜⑧，难堪雨藉⑨，不耐风揉。
更谁家横笛⑩，吹动浓愁。
莫恨香消玉减，须信道、扫迹情留⑪。
难言处，良宵淡月，疏影尚风流⑫。

注　释

① 画堂：泛指华丽的堂舍。唐崔颢《王家少妇》诗：“十五嫁王昌，盈盈入画堂。”《水浒传》第四十五回：“此物只宜林下看，岂堪引入画堂中。”

② 篆香：即盘香。唐宋时将香料做成篆文形状，点其一端，依香上的篆形印记，烧尽计时。又称百刻香。它将一昼夜划分为一百个刻度，用作计时器，还有驱蚊等作用，在民间流传很广。秦观《减字木兰花》：“断尽香炉小篆香。”

③ 帘钩：卷帘所用的钩子。唐王昌龄《青楼怨》诗：“肠断关山不解说，依依残月下帘钩。”古人睡觉床上都有幔，睡觉时拉上，白天就用帘钩挂起在两旁（很像现在的蚊帐）。古人很有雅致，有时候就卧在床上赏景。

④ 江梅：是一种野生梅花，又称野梅，在古代全是野生，常在山涧水滨荒寒清绝之处生长，后来才被移植至园中栽培。江梅的花期有早有晚，但相对来说早花品种多些，花香浓郁，是冬春之季重要的观赏花卉。

⑤ 临水登楼：借指思念家乡。临水：典出屈原“望北山而流涕兮，临流水而太息”（《九章·抽思》）的诗句和宋玉《九辩》“登山临水兮送将归”的诗句。登楼：典出王粲的《登楼赋》，东汉末年“建安七子”之一的王粲在湖北当阳因其貌不扬、体弱多病、不为荆州刘表重用而心怀郁结，“登兹楼以四望”，作《登楼赋》以表达其怀才不遇之叹和望乡思归之情。

⑥ 寂寥：寂静、空旷。恰似：简直像。

⑦ 何逊在扬州：何逊，南朝梁诗人。明张岱《夜航船·思梅再任》载：“何逊为扬州法曹，公廨有梅一株，逊常赋诗其下，后居洛，思梅花不得，请再任扬州。至日，花开满树，逊宾醉赏之。”

⑧ 韵胜：指梅花的风韵逸群，超出一般。

⑨ 藉：踏，这里是侵害的意思。

⑩ 笛：指横笛奏笛曲《梅花落》。

⑪ 须信道：须知道。扫迹情留：语出南朝宋孔稚圭的《北山移文》：“乍低枝而扫迹。”原意为扫除干净，不留痕迹。此处反其意而用之，意为纵使落梅之迹扫除干净，它的香气仍在。

⑫ 疏影：梅花稀疏的影子。

题 解

满庭芳，词牌名。

这首《满庭芳》历来被认为是词人早期的作品。这是一首咏梅词，全词咏梅、相思并写，词人在娘家暂居“小阁”里，在寂寞幽怨中思夫念夫，并隐隐泄露自己的长门之叹。

赏 析

这首词录题为“残梅”，以残梅之象，托物言志，表达相思之愁情。

李清照在这首词中，善于画像，一个是清瘦秀挺的残梅之像，一个是神思奄然的赏梅人之像。梅花人面相交映，徒惹人生怜意。

“小阁藏春，闲窗锁昼，画堂无限深幽。”

起首三句所绘图景是赏梅人所处的深闺幽居：“小阁”即小小的闺阁，出嫁后回娘家暂居之阁，所谓“小”字也许是写实，但是词人逼仄的内心世界是否也因之而外现呢？“闲窗”一笔，强化小阁空间的封闭性，带了隔栏的窗子白昼时也紧锁不启。“藏春”与“锁昼”意为美好的春光和晴丽的白昼，一并被藏锁在闺阁之外，画面中唯余一个狭小死寂的空间。画堂深幽，堂舍依旧富丽堂皇，可是幽居其中的小阁里，难以感受到春的气息、白昼的生气，词人深感堂舍格外深长、阒静。

“篆香烧尽，日影下帘钩。”

计时用的篆香都已燃尽了，日影在不知不觉中已经移上了卷帘，蓦然间发现黄昏将近。时间无声地流逝，人静帘垂，灯昏香断，闺房中弥漫着无以言说的寂寞与失落，仿若词人内心深处不可触摸的一隅，隐匿着一份无言的心事。

“手种江梅更好，又何必、临水登楼？”

这一句写赏梅人出现在闲窗边：黄昏临近，倚窗而望，闲窗下那株自己亲手种植的江梅，此际虽已有残败之景，却让人心中生出欣慰感来。江梅比什么“更好”？应该是比闺阁外面的早春景致更好吧。任外面的世界春意烂漫，白昼欣欣，却悉数与词人无关，闲窗之下这一株自己亲手栽植的江梅，此际带给词人诸多安慰，是因为这株残梅的形状恰似此际憔悴清瘦的自己，还是因为这株江梅之中寄寓了太多值得回忆的往事？赏梅人似乎拥有此梅一株，心中足矣。她说又何必舍近求远去照临春水、登楼远望呢。如果自己也像屈子、宋玉一样临水太息，怕是只会空自生出无限春愁了；如若自己也像王粲那样登楼远望，恐怕只能徒然惹起满腹思君意。所谓“又何必”，十足是强言安慰自己的话了。词人化用屈原、宋玉的诗句，王粲的文赋，表达深重的相思之苦。

“无人到，寂寥恰似、何逊在扬州。”

赏梅人一脸寂然落寞之情。此际，除了幽闺之中的一室空寂外，没有知心的人儿相伴，没有特别的意趣可品，赏梅之举徒显寂寥，她深感眼下自己就如同何逊当年在扬州一样，只有寂寞相伴。恋梅成癖的何逊是南朝梁著名诗人，他的《扬州法曹梅花盛开》(亦作《咏早梅》)诗云："朝洒长门泣，夕驻临邛杯。应知早飘落，故逐上春来。”那早春之梅，或凋谢在幽居长门宫的汉皇后陈阿娇的一汪泪眸里，或飘落在被司马相如冷落后独自饮酒买醉的卓文君的酒盏之中。何逊在扬州的寂寞之情触动了词人那颗敏感多思的心，也许一向以幸福伉俪示人的李清照也遭遇了长门之叹，抱着一腔寂寞独处深闺的她，不由生出与当年的陈阿娇和卓文君自比的心。

“从来知韵胜，难堪雨藉，不耐风揉。”

这三句，词人开始写梅花之韵：梅花历来以韵致高标、气韵坚贞在群芳中卓然一枝，然而皎皎者易污，纤弱清瘦的梅花难禁风雨的摧残，此际正呈现出衰残的姿态来。梅以韵胜是文人的传统共识。唐人崔道融《梅花》诗："香中别有韵，清极不知寒。”宋范成大《梅谱·后序》说："梅以韵胜，以格高。”词人此处自然而然地以“韵胜”起句，引出下句对梅花形残的描写。“藉”与“揉”均有践踏、摧损的意义，这两个字采用互文的手法，运用整齐的对仗句，使表意更整齐精练，在尺幅之内兴行文之变化；用“雨藉”“风揉”二词来描写“残梅”的不幸，表现梅的处境艰难，客观而形象。

“更谁家横笛，吹动浓愁。”

赏梅人倚窗凝思，似在聆听：不知谁家院中的玉笛飞声，引得天边愁云积聚？落梅之韵，残梅之格，引发词人产生联想，幽闺逼仄的空间里回响起古曲《梅花落》的旋律，以凄伤哀婉之调，暗写词人的满腹“浓愁”无以排解，无法释放。梅花之残与相思之累并写，令人为之动容。

"莫恨香消玉减，须信道、扫迹情留。"

残梅飘谢凋零、暗香飘散。这样的残损飘零，赏梅人怎能不生春恨？然而赏梅人却言"莫恨"，因为，要知道，纵使落英殆尽，"扫迹难留"，却梅韵恒在。这三句，词人续写梅以韵胜，与过片的首句遥相呼应。"莫恨"与"须信道"以直言相告的口吻，劝慰自己，莫要遗憾，因为词人深信，纵使雨藉风揉，残梅仍然会在黄昏过后的月夜之下葆有着一份残梅之香、梅韵高标。

"难言处，良宵淡月，疏影尚风流。"

结尾三句，写这样美好的一个春夜，淡淡的月光铺洒万物，一株残梅婆娑的投影兀自横斜于庭际，只是这一份月夜之美中，蕴藏着多少难言的忧伤？这三句首先妙在赏梅人将"难言处"寄托在淡淡月色下横斜疏影的梅花之上。赏梅人从郁结中解脱出来，沉溺于这份溶溶月色中，看残梅摇曳着残枝且自风流，这于赏梅人而言似乎是一份别样的享受了。一句"难言处"，则强化了词人这首词中隐含的所有"情思"的繁复。

这首咏梅词，把人物的相思之情揉进对残梅之形、残梅之韵的描写中，托物言情，寄意遥深，构思新巧，颇耐品味。

多　丽

小楼寒，夜长帘幕低垂。
恨萧萧[①]、无情风雨，夜来揉损琼肌。
也不似、贵妃醉脸[②]，也不似、孙寿愁眉[③]。
韩令偷香，徐娘傅粉[④]，莫将比拟未新奇。
细看取[⑤]，屈平陶令，风韵正相宜。
微风起，清芬酝藉[⑥]，不减酴醾[⑦]。

渐秋阑[⑧]，雪清玉瘦，向人无限依依。
似愁凝、汉皋解佩[⑨]，似泪洒、纨扇题诗[⑩]。
朗月清风，浓烟暗雨，天教憔悴瘦芳姿[⑪]。
纵爱惜，不知从此，留得几多时。
人情好，何须更忆，泽畔东篱。

注　释

① 萧萧：淅沥的风雨声。一作“潇潇”。

② 贵妃醉脸：这是对牡丹的比喻。唐代中书舍人李正封《咏牡丹》有“天香夜染衣，国色朝酣酒”的诗句，使“天香国色”成为牡丹的雅号，唐玄宗认为牡丹之艳可比贵妃醉酒（见《松窗杂录》）。

③ 孙寿：东汉权臣梁冀之妻，色美而善作妖态，她画的眉，长而曲折，时号“愁眉”（见《后汉书·梁冀传》）。

④ 韩令：指晋人韩寿。韩寿是贾充的掾吏（佐吏），长得很俊美。贾充之女看上了韩寿，与他私下往来，并把皇帝赐给她父亲的外臣进贡的异香偷赠给韩寿。贾充闻到韩寿身上的香味，发现了女儿的私情，只好让他们成婚（见《世说新语·惑溺》）。徐娘：南朝梁元帝妃，人谓“徐娘虽老，犹尚多情”（见《南史·后妃传下》）。史载均无徐娘傅粉的故事。傅粉：应当为三国时魏人何晏的典故。何晏“平日喜修饰，粉白不去手”，人称“傅粉何郎”（见《世说新语·容止》）。此处“徐娘傅粉”当是化用两个典故，用徐娘的女子身份，用何郎的傅粉之典。

⑤ 看取：看着。取：语助词。

⑥ 清芬酝藉：比喻德行高洁，宽容含蓄。清芬：清香。酝藉（yùn jiè）：同“蕴藉”，宽容含蓄。酝谓醇，藉谓厚，言不露锋棱也。

⑦ 酴醿（tú mí）：又作荼蘼，落叶小灌木，专供观赏。即荼蘼花，花黄如酒，开于春末。

⑧ 阑：尽。

⑨ 汉皋（gāo）解佩：《列仙传》载：郑交甫经过汉皋，看见两个少女，佩两珠。交甫向她们求珠，这两个少女就解下珍珠送给他。走不远，二女不见，珍珠也忽然失去。

⑩ 纨（wán）扇题诗：班婕妤是汉成帝的妃子，失宠后退居长信宫，曾作《怨歌行》，以“秋扇见捐”自喻。

⑪ 瘦：一作“度”。

题 解

多丽，词牌名，双调。

这首赏菊词作，是《漱玉词》中最长的一首词作。词人通过写秋夜赏菊之举，表达词人对风雨摧花的敏锐感受，表现自己对残菊之高品的追求，并隐含自己的“婕妤之悲”。

赏 析

这首咏菊词，托物言志，寄寓深情。

“小楼寒，夜长帘幕低垂。”

昨夜小楼中寒凉之意四起，恁是厚厚的幕帐低垂也挡不住袭来的寒意阵阵。长夜漫漫，帘幕四垂，词人却无心睡眠，只觉得寒意侵心。词人渲染这样的氛围，起始基调略显悲凉。

“恨萧萧、无情风雨，夜来揉损琼肌。”

寒夜冷心，不能入眠，想那窗外的白菊，经过疾风骤雨一夜的无情摧折，纤纤玉骨该是怎样的衰残啊！以人的形止来描摹花的姿容，令花儿也具有了人的情态，这样的笔法，生动多致。譬如李清照在她的《孤雁儿》中以“笛声三弄，梅心惊破，多少春情意”描摹梅蕊初放的姿态；在她的《如梦令》中以“绿肥红瘦”描摹经过急雨击打的海棠花叶肥花残的情形。以人拟花，花具人态，状物颇具人情，颇具动人之处。这首词用“揉损琼肌”来描写白菊花凝脂般的花瓣饱受风雨摧折的形象，白菊花似是玉人受折，词人更用“恨”字直抒胸臆，表达词人对风雨揉损白菊的强烈的怜惜之情。

“也不似、贵妃醉脸，也不似、孙寿愁眉。韩令偷香，徐娘傅粉，莫将比拟未新奇。”

这五句摹写白菊姿态，词人将以人拟花的手法运用到了极致。白菊花姿典雅，不像那国色天香的贵妃的醉容般富贵雍容，也不像那色美妖冶的孙寿画出愁眉般妖娆作态；白菊花香悠远，不像晋人韩寿的异香那样浓香袭人；白菊花色莹白，不像梁元帝妃子徐娘傅粉争妍以显其白那样矫揉造作。词人化用四个历史人物的相关典故来与白菊进行对比，摹写白菊典雅自然的姿态、莹白清新的色彩，进而反衬出白菊不同寻常的形色。这样铺排典故，使这首词的状物含蓄蕴藉，给读者带来神奇的想象空间，词人不同寻常的审美品位，由此可见一斑。

“细看取，屈平陶令，风韵正相宜。”

紧承前文摹写白菊形色，这三句写白菊的风韵，词人仅以“屈平陶令”四字，化用屈原、陶潜的相关诗句，以此二人的高标之格、卓然风韵诠释白菊卓尔不群的风韵。屈原《离骚》有“朝饮木兰之坠露兮，夕餐秋菊之落英”之句；陶渊明《饮酒》诗之五有“采菊东篱下，悠然见南山”之句。词人暗写白菊为屈子所餐、为陶潜所采，暗示白菊的风韵，恰恰是屈子陶潜的风韵。屈子之风，香草美人之馨；陶潜之韵，清芬雅菊之致。以“细看取”领起这三句，实是虚写，白菊的风韵，可意会而难以言传，于是词人借屈子陶令之风以喻指。

“微风起，清芬酝藉，不减酴醾。”

白菊在不经意拂过的一阵秋风里更见其风韵了。风微香淡，清香宜人，宽容含蓄，其韵其姿绝不逊于开于春末的荼蘼花。荼蘼花是春天最后开花的植物，它的盛放往往预示着春之韵的最盛时期即将过去。而白菊清香柔和的秋之韵绝不逊色于荼蘼花盛开的春之韵，两相对比，足见白菊之韵胜。迎风赏菊，似是直面清风蕴藉之士，这样写菊，可见词人心中白菊正是高洁之士的写照。

“渐秋阑，雪清玉瘦，向人无限依依。”

下片起笔从晚秋之菊写起。秋意将尽，白菊“渐”趋清瘦，其色如玉似雪，“琼肌”仍存，风韵仍具。尽管秋肃渐紧，然而白菊在风雨中从开到谢，始终葆有一份冰清玉洁之质，词人所画，是花耶，是人耶？

“似愁凝、汉皋解佩，似泪洒、纨扇题诗。”

残菊之态惹人怜，似是愁思凝聚，似是别泪挥洒。郑交甫汉皋得珠继而又失珠，得而复失的惆怅凝结于心；汉成帝妃班婕妤纨扇题诗以表失宠之伤，宠而复失的伤痛郁结于文。李清照借用这两则典故所表现的极度愁伤来表达白菊由盛开而萎谢带给她的无限怅惘之情。赏菊引发的这种怅惘之情，又将读者带入一个逼仄滞涩的情感空间，为风雨无情而怅，为花自飘零而惘。

“朗月清风，浓烟暗雨，天教憔悴瘦芳姿。”

写到这三句，词人笔锋一转，将这份惆怅之情予以化解，以作慰藉。朗月清风、浓烟暗雨之中，词人心境为之一变：不同流俗的白菊，就连上天也嫉妒它，让它在如此清朗而又暗淡的世界憔悴萎谢了。对于白菊成残的宿命，词人心下怜之，却在言辞上以“天意弄人”来诠释它，表达了内心深处深重的惜花之情。

“纵爱惜，不知从此，留得无多时。”

纵使爱惜至极，不知从此留得几多之时？既然天意使然，词人更加慨叹自己不能留花于世的无奈。词人不胜惜花的情思中无可掩饰地流露着自惜之情，这句无须回答的质疑，表达了词人心中无限惋惜之情，颇有情不能堪之意。

“人情好，何须更忆，泽畔东篱。”

这首词最令人称道之处更是在结篇：情不能堪处，词人忽宕开一笔，做旷达之语——只要人情自适其好，在菊花仍在枝头的时候应时赏菊，何必一定要对屈子行吟泽畔夕餐秋菊之落英、陶潜采菊东篱悠然南山下的情结耿耿于怀呢？这样疏朗蕴藉的胸襟，非巾帼女杰所难有，这样旷达自适的结语，非易安之笔不可为啊。

新　荷　叶

薄露初零[1]，长宵共永昼分停[2]。
绕水楼台，高耸万丈蓬瀛[3]。
芝兰为寿，相辉映，簪笏盈庭[4]。
花柔玉净[5]，捧觞别有娉婷[6]。

鹤瘦松青[7]，精神与秋月争明。
德行文章，素驰日下声名[8]。
东山高蹈[9]，虽卿相不足为荣。
安石须起，要苏天下苍生[10]。

注　释

① 零：落。

② 长宵共永昼分停：喻指寿主的寿辰恰值秋分（夏历八月十四或十五日，公历九月二十三或二十四日）节气，昼夜平分之际。分停：平分。

③ 蓬瀛：蓬莱和瀛洲。神山名，相传为仙人所居之处。亦泛指仙境。此处喻指寿主家新近修葺的居所松菊堂有如仙居。

④ "芝兰"三句：祝寿用词。芝兰：香草，喻指寿主出色的子侄子弟。《晋书·谢安传》："譬如芝兰玉树，欲使其生于庭阶耳。"故有成语"芝兰玉树"比喻有出息的子弟。簪笏：官吏所用的官簪和笏板。这里借指前来祝寿的官吏子弟。

⑤ 花柔玉净：比喻女子容貌姣好，如花似玉。

⑥ 捧觞：捧杯献酒。娉婷（pīng tíng）：形容女子姿态美好的样子，此处借指寿主家美丽的女子。

⑦ 鹤瘦松青：鹤鸟寿命长，故称其为仙鹤；松柏常青翠，故取其青色喻指长寿。故多以鹤寿松青作为祝寿之词。今也有祝寿词"松鹤延年"等。

⑧ 日下：指京都。古人喻皇帝为日，帝居之地谓之日下。详见《晋书·陆云传》。

⑨ 东山高蹈：喻指寿主隐居赋闲在家。晋人谢安隐居会稽东山，寿主原籍齐州，宋时称东山，即今山东，此处李清照以谢安暗喻寿主。高蹈：过隐居的生活。晋代张协《七命》："嘉遁龙盘，玩世高蹈。"

⑩ "安石"二句：东晋名相谢安，字安石，初为佐著作郎，因病辞官，隐居东山，朝廷屡召而不出。后谢安出任征西大将军府司马时，时人因戏言："卿屡违朝旨，高卧东山。诸人每相与言：'安石不肯出，将如苍生何？'今亦苍生将如卿何？"谢安笑而不答。（见《世说新语·排调》）李清照此处化用此典意在期望寿主复出做官，实现救苍生之大任。须：一定。

花柔玉净，捧觞别有娉婷

题 解

新荷叶，词牌名，双调，上下片各八句。

李清照此词原见于明抄本《诗渊》第二十五册。这是一首祝寿词。据徐培均《关于李清照两首词的笺证》等专著可知，这首词是身为晚辈的李清照为晁补之所作。宋徽宗大观二年（1108），与李格非家素有通家之谊的晁补之，在闲居金乡六年、五十六岁之际重修其隐居之地金乡的松菊堂。作为文学忘年之交的李清照当时与赵明诚正屏居于距金乡不远的青州，词人或前往祝寿，故有此词。祝寿词多是应景之作，而对晁补之颇有景仰之情的李清照此词却在应景的套话中写出了独到雅致的韵味与巾帼女子的心志。

赏 析

这首词是祝寿词，寿主是晁补之。

词作上片写祝寿的场面。

“薄露初零，长宵共永昼分停。”

分停，就是平分的意思。正值秋分之际，昼夜均长，晨起时分，晶莹的露水刚刚凝结而成，天凉好个秋。中国古代以立春、立夏、立秋、立冬为四季开始，按农历来讲，“立秋”是秋季的开始，到“霜降”秋季终止，秋分日居秋季九十天的正中，平分了秋季。秋分时节，我国大部分地区雨季刚刚结束，凉风习习，秋高气爽，丹桂飘香，蟹肥菊黄，是美好宜人的时节。而寿主寿诞恰值秋分时节，秋高气爽，煞是宜人。词人淡笔交代寿主生日时间，实则语意丰赡，耐人寻味。

“绕水楼台，高耸万丈蓬瀛。”

寿主所居之处，有环水而起、高耸入云的楼阁亭榭，宛如传说中的蓬莱、瀛洲海上仙岛一般。词人摹写寿主居所，不仅有水榭亭台，而且还不惜动用夸张之词“高耸万丈”，令人不难联想到李白“危楼高百尺，手可摘星辰。不敢高声语，恐惊天上人”的诗句，词人似有将寿主暗喻为天上仙人的奇特想象，刻意营造出缥缈离奇、轩昂神秘的诗境，令人对寿主所处的环境竟然有了强烈的期待——什么样的主人，才会住进这样超凡轩昂的仙界？

“芝兰为寿，相辉映，簪笏盈庭。”

接下来，词人没有让寿主出场，而是采用烘云托月的手法，通过前来祝寿的众生相从侧面写寿主的品行。且看那前来祝寿的众人，寿主弟子，不乏芝兰玉树之才，风度非同寻常；更有风雅自许的达官显贵，气质脱俗超逸，令整个寿宴熠熠生辉。官场翘楚与布衣之士同处一堂，他们的风雅气度交相辉映，令整个寿宴别具清雅之韵。来宾的品位，反映了寿主的喜好；来宾的才气，呼应了寿主的才具。

“花柔玉净，捧觞别有娉婷。”

写至上片结句寿主仍未露面，词人把笔触移至热闹的寿宴上。寿筵已开，觥筹交错间，倾酒捧觞的人儿像花一般柔媚，像玉一样净洁，她们双手捧觞劝客饮酒的姿态，别具风致，真乃主人性情的代言啊！词人写主人家侍酒女子，以“花柔”喻指其姿容之美，本无甚新意，然而着以“玉净”一词，则寿主脱俗超逸的气质呼之欲出。花容而未着浓妆，只是如玉般净洁，洗却艳俗之色，呈现清新脱俗之美。此处暗写寿主之清雅品位，却不着痕迹，用笔之清淡，恰是易安风格。

上片写祝寿的场景，不写寿主之容，不写宾朋之言，而是熔铸良辰、美景、贤主、嘉宾四美，可谓尺幅之间兴波澜，用笔颇为讨巧，足见易安构思之缜密工巧。

词作下片写词人对寿主的祝福与赞颂。

“鹤瘦松青，精神与秋月争明。”

词人祝愿寿主：愿您清癯矫健，长寿永福，愿您精神光照万物与朗朗秋月竞比光明。用鹤寿松青恭祝寿主本是陈词滥调，词人紧跟其后又写寿主精神与秋月争明，则脱出祝寿词的窠臼，有寿主其质可“与日月争辉”之感。而“秋月之明”的比喻，是即景之喻，相比于“日月之明”的比喻更显寿主清逸超拔的气质。

“德行文章，素驰日下声名。”

词人称颂寿主：您的文德学问素来名噪京城。晁补之出身文学世家。《宋史·晁补之传》曰：晁补之为“太子少傅迥五世孙，宗悫之曾孙也。父端友，工于诗”。真宗时晁迥声名显赫，此后，晁氏“家传文学，几于人人有集”。晁补之工书画，能诗词，善属文，与张耒、黄庭坚、秦观并称“苏门四学士”。十七岁时，随父亲晁端友游宦任杭州，著《七述》一文，记述钱塘风物。时任杭州通判的苏轼是其父亲好友，称赞此文时说“吾可以搁笔矣”，又赞他“于文无所不能，博辩俊伟，绝人远甚，将必显于世”。

“东山高蹈，虽卿相不足为荣。”

词人称颂寿主：您的德行堪与东晋谢安媲美——隐居东山，却蜚声朝野，光耀无比，即使是在朝的王侯卿相，也不能与您相提并论！词人借助晋人谢安隐居东山的典故，称赞寿主高蹈出世、超然自得的精神境界，是溢美之词，更是写实之言，并无逢迎之虞。

“安石须起，要苏天下苍生。”

结句词人词风忽变，不再滞留于对寿主的祝祷，而是继续化用谢安的典故，暗写词人对寿主的殷切期盼：您定要像当年谢安复出一样，再度出山，力挽乱世狂澜，担负起拯救天下苍生的重担。女词人看重寿主乃清明廉洁、胸怀大志、志趣不俗的能担当者，故而在词作结末对其呼出殷切期盼。身为一介闺门女子，却心怀生民，志存天下，这首祝寿词，也因此句超越了应景捧场的套作之嫌，呈现出词人不凡的心性，词作因而得以升华到一个新的境界。

凤凰台上忆吹箫

香冷金猊[1]，被翻红浪[2]，起来慵自梳头。
任宝奁尘满[3]，日上帘钩。
生怕离怀别苦[4]，多少事、欲说还休。
新来瘦，非干病酒[5]，不是悲秋。

休休！这回去也，千万遍阳关[6]，也则难留。
念武陵人远[7]，烟锁秦楼[8]。
惟有楼前流水，应念我、终日凝眸。
凝眸处，从今又添，一段新愁。

注 释

① 金猊（ní）：即狻猊（suān ní），形似狮子，又称金狮，喜欢烟火，佛座上和香炉上的脚部装饰就是它的形象。此处指狮形铜香炉。

② 红浪：红锦被铺散乱摊在床上，有如波浪。语本宋代柳永《凤栖梧》“酒力渐浓春思荡，鸳鸯绣被翻红浪”之句。

③ 宝奁（lián）：华贵的梳妆镜匣。

④ 生怕：只怕，唯恐，最怕。

⑤ 病酒：指喝醉酒，饮酒过量而生病。语出《史记·魏公子列传》：“日夜为乐饮者四岁，竟病酒而卒。”明代陈汝元《金莲记·量移》有“枫凝血，草含秋，愁深如病酒”的诗句。

⑥ 阳关：语出《阳关三叠》，是唐宋时著名的送别曲。

⑦ 武陵人远：一说引用陶渊明《桃花源记》武陵郡渔人误入桃花源，离开后再去便找不到路径了的典故。一说用刘晨、阮肇桃林仙境遇仙女并与之相会的典故，见《神仙记》。

⑧ 秦楼：指秦穆公之女弄玉与恋人萧史所居之楼（详见《列仙传》）。此处应是借指李清照与赵明诚所居之楼。

题　解

凤凰台上忆吹箫，词牌名，双调九十七字，前段十句，后段九句。

这首词大概作于李清照结束青州十年屏居生活，赵明诚重得仕途、离家远游之际，之后的一段时日里，李清照将要独居青州了。词的上片描写闺内情状，隐含别情离愁，下片抒写思君深情以及词人内心不愿为人道的隐忧。

赏　析

词的上片写闺阁之内的散乱之状，着意刻画闺中人无心梳妆的慵懒情态，以及她“为伊消得人憔悴”的形象。

“香冷金猊，被翻红浪，起来慵自梳头。”

经夜之后，狻猊（狮子）形铜香炉里，熏香已经燃尽，香烟冷去，鸳鸯锦被胡乱摊放在床榻之上，晨光透过阁窗照在床榻上的红色锦被上，锦被波纹起伏，恍似红色波浪层层翻卷。造型考究的狮形铜香炉里熏香烟散，已无丝毫暖意，可是闺中人儿却无意续香；锦被乱陈，闺中人儿无意将它折起。起首两句，用一“冷”字兼一“翻”字，写出闺中凄清与凌乱的场景。闺中人儿虽已起身，却倍是慵懒，栖身卧榻上手持篦梳漫理发丝，一脸的慵懒与无绪。这三句，像一串连拍镜头，次第成序中渐见人情，闺中人儿的慵懒神态中，似乎更有种种情思掩抑其中，耐人寻味。

“任宝奁尘满，日上帘钩。”

任凭华美精致的梳妆匣上布满尘土，闺中人儿无心拂拭，日光已悄然爬升到卷帘的挂钩上了，她依然没有觉察。晨起不妆，一任“慵”态毕现，而且宝奁尘满，可见她无心梳妆不是一天两天，而是不知多少个日子了。

这五句词近似白描的笔法，让读者无从知道闺中人儿因何如此慵懒无绪，然而从其慵态中却分明感知到，闺中人内心深处似有隐忧。词意在徐徐前推中，暗藏变数，行文之间隐有跌宕。

“生怕离怀别苦，多少事、欲说还休。”

“生怕”即是只怕，闺中人儿直言最怕是难以为别之际，彼此泪眼相看，唯

惟有楼前流水，应念我、终日凝眸

余别情满怀。一腔哀怨，万种愁情，本欲一意倾吐，可是话到嘴边，却因之种种，又全数吞咽下去。青州十年的屏居生活，带给李清照的自然会有“归来堂”中归去来兮的惬意超然，会有闺阁之中赌书泼茶的琴瑟和鸣，可是似乎还有其他不宜为人道的事情，与赵明诚临别之际，她欲问又止，欲言又停，无奈作罢，空自留一腔无人可诉的心事与自己纠结。词写至此，闺中人的慵态顿失，愁象毕现，词风为之一变。这不宜言不能言的多少事儿，她宁可将之埋藏心底，自己消解，词人用心之良苦，用情之痴深，内心之纠结，都在这一个“休”字之中了。杨慎评此句说：“‘欲说还休’与‘怕伤郎，又还休道’同意。”（杨慎批点本《草堂诗馀》卷四）可见有些话一旦说出口，恐怕伤着的不只是自己，还有自己的郎君。

“新来瘦，非干病酒，不是悲秋。”

闺中人儿近来日渐消瘦，自言不是因为“日日花前常病酒”（南唐宰相冯延巳《鹊踏枝》），不是因为对花惜花喝酒沉醉；也非为“万里悲秋常作客”（杜甫《登高》），不是因为秋来悲意频频起。那么是因为伉俪之间伤离惜别这种不足与旁人道的缘由吗？对此，词人并不明言，留待读者细加思量。这般婉约抒情，很容易触动读者心扉。陈廷焯《白雨斋词话》：“‘新来瘦’三语，婉转曲折，煞是妙绝。”清人纳兰性德《忆桃源慢》有词云：“近来情绪，非关病酒，如何拥鼻长如醉。”拥鼻，掩鼻吟的省略语，指雅音曼声吟咏，这应当是檃栝了李清照这首词的成句。

下片着重写思君的痴情以及不宜明言的隐衷。

“休休！这回去也，千万遍阳关，也则难留。”

罢了！罢了！不要再一味缠绵、伤感不已，纵使我将离歌唱它千遍万遍，那即将远行之人终是难留。字里行间，除了惜别之情，似乎还有一份不得不放弃的无可奈何！《阳关三叠》的旋律虽然伤感，但去意已决的人儿，怎会为一曲离歌而停下脚步？“阳关三叠”被词人刻意夸张为千万叠，心中留君勿远的痴情由此传达出来。

“念武陵人远，烟锁秦楼。”

《神仙记》载刘晨、阮肇入天台山采药，遇二仙女，留住半年，思乡甚苦。既归，则乡邑零落，经已十世。仙女住在天台山上河之源头的桃林中，所以刘、阮与仙女相会之事，又称“天台之遇”。词人心中的“武陵人”越去越远了，身影渐渐消失在迷蒙的雾霭之中，她只身一人被留“秦楼”，呆呆地倚楼凝望，每每在孤身一人时念念难忘。李清照化用武陵人的典故，既是抒写她对丈夫赵明诚的眷念，也是含蓄表达她对赵明诚或有“天台之遇”的忧虑。以“武陵人”代指刘、阮之典，含义隐晦，细究方得词中深味，正与前面“多少事、欲说还休”句遥相呼应，这一笔写得丰富而又深刻。“秦楼”之典，仅用二字，言简意丰，秦楼本为神仙眷侣所居，而今词人只身一人独上高楼，烟雾缭绕中，望不见远人归来的身影，既写别后高阁独望的孤凄，又暗合了这首词的调名，照应了题旨，别具韵味。

“惟有楼前流水，应念我、终日凝眸。”

武陵人远去的不只是他的身影，或许还有他的心吧。独倚秦楼，凝眸终日，望不断的天涯路，无人会，登临意，唯有秦楼阁前潺潺的流水，映照出我竟日倚楼的身影，映照出我深情远望的双眸。张祖望《古今词论引》评此三句："痴语也。如巧匠运斤，毫无痕迹。”晚唐温庭筠《望江南》曰："过尽千帆皆不是，斜晖脉脉水悠悠，肠断白蘋洲。”描写思妇倚楼望江，企盼良人归来的图景，以悠悠流水言望归之情，颇为动人，成为千古名句。李清照此句与温词相较，写景之笔略显朴素，但终日凝眸的深情形象似乎较之断肠的心理描写更显蕴藉深婉，确如张祖望所言，痴语却毫无痕迹。

“凝眸处，从今又添，一段新愁。”

结末这三句紧承上句，写词人离情别思的绵延不绝。只是，凝眸处怎么会又添一段“新”愁呢？这“新”颇耐回味。“一段新愁”指什么？含蓄而又明确。沈际飞评云："清风朗月，陡化为楚云巫雨，阿阁洞房，立变为离亭别墅。”（《草堂诗馀》正集卷三）赵明诚再仕，夫妻别离，李清照愁虑不堪，而因为种种不可明说的原因，她心中对赵明诚或有“天台之遇”的隐忧，怕是“新添之愁”一段了。从今而后，山高路远，深情凝眸处，日日盼归的情思荡漾无边，愁与痛将与日俱增，愈发无从排遣了。

下片后半段抒情节奏回环往复，一唱三叹。因为词人妙用顶针格，将抒情推向高潮。“烟锁秦楼”“惟有楼前流水”中“楼”顶针描写“秦楼”在朝日夕霞的变换中恒久独矗的背景，“凝眸”顶针摹写词人日复一日深情望夫的双眸，画面唯美，情思深挚；又因为顶针格，各句之间衔接如行云流水，语势渐行渐紧，感情渐行渐强，“离怀别苦”的抒情最终达到了高潮，痴情眷念的词人形象也呼之欲出。

这首词为抒离情，层层铺垫，步步为营，词脉井然：开篇以“慵”态渲染诗境，紧接着以“瘦”摹写人的形容，其后以“念”深化人的情思，结末以“痴”来强化人的形象。唐圭璋《唐宋词简释》甚至评价此调“述别情，哀伤殊甚”，此言不虚。

念 奴 娇

春 情

萧条庭院，
又斜风细雨，重门须闭[①]。
宠柳娇花寒食近[②]，种种恼人天气。
险韵诗成[③]，扶头酒醒[④]，别是闲滋味[⑤]。
征鸿过尽，万千心事难寄。

楼上几日春寒，
帘垂四面，玉阑干慵倚[⑥]。
被冷香销新梦觉，不许愁人不起。
清露晨流，新桐初引[⑦]，多少游春意。
日高烟敛[⑧]，更看今日晴未[⑨]？

注　释

① 又斜风细雨，重门须闭：张志和《渔歌子》有“青箬笠，绿蓑衣，斜风细雨不须归”句。李词此处反其意而用之。重(chóng)门：多层的门。须：必须，一定。

② 寒食：我国古代一个传统节日，在冬至后一百零五天，清明前两天，按风俗家家禁火，只吃现成食物，故名寒食。由于节当暮春，景物宜人，也成为古人踏青游玩的好日子。

③ 险韵：诗韵术语，指用生疏冷僻、难押韵的字做韵脚，犹能化生僻为平妥。

④ 扶头酒：醇厚浓烈容易饮醉的酒。口语中常称上头、缠头。北宋贺铸《南乡子》：“易醉扶头酒，难逢敌手棋。”一说指用以提神、醒酒的低度酒。

⑤ 闲滋味：百无聊赖的滋味。闲：无聊。

⑥ 玉阑干：是栏杆的美称，即白石栏杆。

⑦ “清露”二句：词出刘义庆《世说新语·赏誉》“于是清露晨流，新桐初引”两句话。意为朝露晶莹，桐芽新生，春光尚未完全消逝。初引：初长。

⑧ 烟敛：烟收烟散的意思。

⑨ 晴未：天气晴了没有？未：同“否”，表示询问。

题 解

念奴娇，词牌名，双调，凡一百字，前片四十九字，后片五十一字。

这首词当作于李清照南渡之前，赵明诚在外做官，赵家人已经离开青州，李清照独自留守青州。恰逢踏青时节的寒食节前，深闺独处的李清照难脱离情别绪、孤寂伤感的困扰。这首词是一首怀人之作，以细腻曲折的笔触，描写春景，抒写闺情，情景交融，展示了词人独居深闺的心理情态。

赏 析

这首怀人之作，上片写庭院深深处，词人“万千心事难寄”，唯有以诗酒遣愁。

“萧条庭院，又斜风细雨，重门须闭。”

萧条冷落的庭院，吹来了斜风，洒过了细雨，一层层的院门定是紧紧关闭着。庭院深深处，纵使斜风细雨，却平添凄凉意。词人没有张志和和风伴雨、游兴盎然的意趣，她将自己“锁”在重重门扉之后，独自咀嚼寂寞伤感的况味。勾画细雨斜风的侵袭，正是词人借景象的萧条凄冷来烘托自己心境的凄苦，以景语诉情语。

“宠柳娇花寒食近，种种恼人天气。”

娇艳的春花初绽花容，拂堤的杨柳轻染春烟，寒食节即将临近，阴湿天气令人烦恼。王世贞《艺苑卮言》：“‘宠柳娇花’，新丽之甚。”所谓“新”，当是指“宠”“娇”二字，摹写花柳颇具人的情态，李清照笔下的花柳似是备受宠溺、娇弱可人的玉人儿，惹人怜爱；“丽”在“宠”“娇”二字摹写花柳，不着色彩，却已然是一幅色彩惊艳的春芳图，动人之目。宋代黄昇《唐宋诸贤绝妙词选》中评价此句说，前辈尝称易安“绿肥红瘦”为佳句，余谓此篇“宠柳娇花”之语，亦甚俊奇，前此未有能道之者。李清照言人所不能言，文字锤炼功夫了得。然而纵使花柳惹人娇宠，却奈何临近寒食清明这多雨时节，斜风细雨侵袭，游赏不成，只能深闭重门，关锁心扉，实在“恼人”。春景愈是新丽，词人心头的恼意愈是深重啊。

“险韵诗成，扶头酒醒，别是闲滋味。”

既然无意游春，那就在重门深闺里诗酒遣愁吧。推敲险仄生僻的韵律费心写成诗篇，从酣然的酒意中清醒过来后，发现诗成之后心事愈发重，酒醒之后惆怅愈发多，心头萦绕的是无以寄托的情绪：无聊、闲散，这一番情绪不知何处可诉。斜风细雨催花落，词人伤花更伤己，饮酒赋诗以遣愁绪，然而诗成愁重，酒入愁肠化作伤心泪。“扶头酒”本就是容易醉人的酒，词人饮之，初衷大概是为买醉，然而终不得长醉。所谓“闲愁”，乃是词人的心没了栖息之地，一腔心事无以倾诉，百般寂寥啊。这个“闲”字，真正是用的别有况味啊。

“征鸿过尽，万千心事难寄。”

阴郁的天空中，望见远行的大雁列阵飞过，心中更叹千言万语难以托寄。词人化用鸿雁传书的典故，暗寓接捧锦书的人远在千里之外，一片相思，虽欲倾诉，却无从寄托。“万千心事”，只能深埋心底，任它们噬啮千疮百孔的心。“心事”而言“万千”，可见愁肠百结、相思千遍，闺中人的痴情纠结尽在这无从诉说的心事中。

词的下片写闺中幽思，并写梦后晓晴引发了词人的游春之意。

“楼上几日春寒，帘垂四面，玉阑干慵倚。”

“春寒”却是“几日”，可见寒食节近时，正是词人笔下乍暖还寒，最难将息的时候。这时节，词人楼头深坐，让帘幕低垂赖以御寒，可是纵使把阑干倚遍，却只见征鸿尽过，不见锦书只言来！既关上重门，又垂下帘幕，词人将自己隐入了一个幽暗阴郁的孤独世界，词人慵懒无绪、百无聊赖、寂寞无言的神态似乎就在读者面前。

“被冷香销新梦觉，不许愁人不起。”

既然枯坐徒增寂寥，那么词人唯有思睡以解千愁。可是锦被不耐五更之寒，香火经宵业已燃断，词人刚进梦境却又倏然醒来。万千心事刚刚在梦境中找到倾诉的人，却偏偏被早春的晓寒唤醒，刚刚拾起的些许睡意，顷刻间消弭无踪了。词人为离情所苦辗转难眠，长夜漫漫何由彻啊？一个“新”字，将词人长夜难熬的凄苦，一个“不许”，将词人百般无奈的寂寥，暗暗逗出，用字颇为独到。清代邹祗谟《远志斋词衷》云：“李易安‘被冷香销新梦觉，不许愁人不起’，用浅俗之语，发清新之思，词意并工，闺情绝调。”清新之论，一语中的，确非虚誉。

"清露晨流，新桐初引，多少游春意。"

连日阴霾，独居深闺心儿快要窒息的词人迫切希望找到一个挣脱压抑的突破口。幸好，清晨的新露晶莹剔透，刚发芽的桐叶新绿初露，这样可爱的春光，让闺中人儿心中不由滋生出多少游春的意绪。

"日高烟敛，更看今日晴未？"

词之意境至此为之一变，之前的阴郁婉曲之貌一扫而光，代之以清空疏朗之调，令人眼前一亮。日升至空，烟散云敛，晨光初照之下，朝露清新，桐叶新绿，是大好晴天，可词人却有言，再看看今天是不是真正放晴的好天气？何也？因为早春时节，乍暖还寒，阴晴不定，即便天已放晴，她还放心不下；词人以问句作结，既表达自己伤春的犹疑心绪，更暗中与前面所写的"斜风细雨""楼上几日春寒"遥相呼应，有余味不尽的意蕴。这样的结句似乎脱出了闺怨词的常见轨道，引人深想，词人为读者留下了回味的空间。

这首词通常选本题作"春情"或"春日闺情"。词人写闺中人的心绪，景语、情语并行，语虽浅近，情却真切。而结末五句，从前文的愁伤至极处宕开笔墨，写自己对这深重闺愁的自我消解，消解与否，我们不得而知，留待不同的读词人做不同的解读；而恰是这样的笔触，让这首词比一般的闺怨词，多一份别出心裁处，值得品味一番。

点 绛 唇

闺 思

寂寞深闺，柔肠一寸愁千缕①。
惜春春去，几点催花雨②。

倚遍阑干，只是无情绪。
人何处③，连天芳草，望断归来路④。

注 释

① “寂寞”二句：语本宋晏殊《玉楼春》一词中“无情不似多情苦，一寸还成千万缕”二句。闺：过去妇女居住的内室。柔：明代长湖外史辑《续草堂诗馀》作“愁”。

② 催花雨：这里指催花凋落的雨，似乎也可指词人惜花之泪。

③ 人何处：所思念的人在哪里？此处的“人”，当喻指词人的丈夫赵明诚。

④ “连天”二句：化用《楚辞·招隐士》“王孙游兮不归，春草生兮萋萋”之句意，以表达亟待良人归来的愿望。望断：多次凝望，一直望到看不见。

题　解

点绛唇，词牌名，凡四十一字，上片四句，下片五句。

这是一首闺怨词，应当是李清照年轻时的词作。词作上片写闺中人深闺愁浓，叹惜春光渐残；下片写闺中人寂寞无绪，哀叹春光正盛却盼不到心上人的归来。

赏　析

清代陈廷焯在《云韶集》中盛赞李清照这首词“情词并胜，神韵悠然”，此言正得词中真味。词人精心遣词，巧手立意，写寸肠里的千缕浓愁，写得情曲思转，愁肠百结。

词作上片写闺中人惆怅之中叹春光渐逝，多惜春之伤。

“寂寞深闺，柔肠一寸愁千缕。”

首句“寂寞深闺”，从营造意境起笔，兼写情思，提纲挈领，点明这是一首闺怨之作。词人用字直白，抒情坦然，不做任何掩饰，将一腔寂寞倾吐殆尽，其情之切，直触心扉。“柔肠一寸”何其短也，“愁千缕”何其长也，二者并举，落差极大，营造出强烈的压抑感，仿佛是说只有一寸之长的柔肠，怎能承受千丝万缕、百转千回、剪不断理还乱的万千愁情。

“惜春春去，几点催花雨。”

恁是万般不情不愿，春天的脚步已然渐行渐远，尤其不忍看那窗外淅淅沥沥的春雨催逼春花落红满地的画面。深闺的寂寞无处不在，闺愁压得词人愁肠百结，然而词人没有紧承前两句直言自己寂寞惆怅的所在，而是将自己独守空闺、任凭岁月催人老去、青春不再的伤感寄寓在伤春惜春的隐喻之中。花易凋零草易生，青春易逝人易老，这样的隐喻暗合了中国古典诗歌中用花易凋零隐喻人易老的传统文化情结，诗意十足。

为何闺中只有闺妇一人，良人何在？下篇自然过渡到抒写对良人的企盼思念之情。下片词人凭栏远望，写离别之伤。

“倚遍阑干，只是无情绪。”

倚遍阑干，只是无情绪

古典诗词中,“倚阑”二字常常写寂寞失意之人的无奈，宋人欧阳修曾用“寒艳冷香秋不管，……凭阑尽日愁无限”(《玉楼春》)咏歌女迟暮之叹。李易安的“阑干”以“倚遍”来修饰，兼之“只是无情绪”的形象描绘，使得词人的心绪在寂寞之外更添百事皆厌的烦闷。词人的这一形象与起句的“深闺”“寂寞”的心绪遥相呼应，行文绾合自然，浑然一体。

“人何处，连天芳草，望断归来路。”

结篇处词人自问，自己的心上人身处何地呢？词人当然知道自己所思之人的去向，然而这一问并不为问而设，词人巧妙地安排了一个有问无答的布局，笔锋一转用自己那双多情的眼睛描绘了一幅春草覆路图：望不到尽头的萋萋芳草，正顺着良人归来时所必经的道路蔓延开去，一直延伸到遥远的天边。这幅图景中，充盈视线的是延伸到天边的萋萋芳草，走进读者心中的却是词人望断天涯路，不见良人归的纤瘦形象，只有素朴的白描没有刻意的言情，却令人煞是动容。

这首词上片以春逝写闺愁之情，以风雨催花隐喻对青春逝去的伤感；下片以闺楼望远写离别之伤，精选倚阑、无情绪、连天芳草、归来路四个意象剪裁，情切意真。全词以“闺愁”缀文，步步为营，巧设构思，仅用四十一字，却将女主人公痴情执着的思妇形象，刻画得“神韵悠然”。

蝶恋花

离情

暖雨晴风初破冻，
柳眼梅腮，已觉春心动①。
酒意诗情谁与共？泪融残粉花钿重。

乍试夹衫金缕缝②，
山枕斜欹③，枕损钗头凤④。
独抱浓愁无好梦，夜阑犹剪灯花弄⑤。

注 释

① 春心：被春景触动的心思。
② 夹衫金缕缝：金线缝制的夹衫。
③ 山枕：即檀枕。因其如“凹”形，故称山枕。欹（qī）：亦作“攲”，通“倚”。斜欹：斜靠。
④ 钗头凤：古代妇女的一种头饰，钗头作凤凰形。
⑤ 夜阑：夜深。灯花：灯芯余烬结成的花形，旧以为吉兆。杜甫《独酌成诗》：“灯花何太喜，酒绿正相亲。”

题 解

蝶恋花，原为唐教坊曲名，其作为词牌始于宋代晏殊。双调，凡六十字。

李清照这首《蝶恋花》大致写于李清照与赵明诚夫妇屏居青州十年后，赵明诚重新出仕，任莱州知府，李清照独居青州的时候。这首词的副标题为“离情”，抒写闺中人与良人离别之后的春怀离情。

赏 析

这首词诸多选本都题作“离情”。这首思妇之词的主题仍是渲染离怀和别苦，但经过李清照的另类点化，写得别具新意，被誉为宋代闺秀词之冠。

“暖雨晴风初破冻，柳眼梅腮，已觉春心动。”

词作上片从宜人时节的美景丽色起笔：“暖雨晴风”春风化雨，雨亦含春；“初破冻”，初春的暖意融解了一冬的寒意，万物开始复苏；“柳眼梅腮”，嫩柳枝儿绽出新绿，随风摇曳，如媚眼微抛，早梅枝头先放，似香腮染红，一脸娇羞。一派宜人的初春景象。“柳眼梅腮”句真正是造语新奇，用字慧眼独具，用意出人意表。以人情拟写花态，意蕴丰富，有双关之妙，既是描绘春日柳梅初绽的形象景语，又是素描闺中思妇含情的动人意象。这样的奇句或是源出李商隐在《二月二日》一诗中的“花须柳眼各无赖，紫蝶黄蜂俱有情”两句，“无赖”即“无心”，与“有情”相对，两相比较，各有其妙：李义山句妙在“花须柳眼”的“无赖”之象，正如人的无心之象；李易安句奇在“柳眼梅腮”虽则只是写意眼腮之形，眼中情腮边思却可任君驰骋想象，易安句所写的形象似乎更惹人遐思。闺中思妇，在又一个春天不期而至的时候，被春怀和离愁搅扰得“春心”萌动、如痴如迷，从而在读者眼前呈现出眉眼含情、香腮含思、风情妩媚的动人情致，令人不能不为之着迷。“春心动”一词，点化闺中人被春景感染触动的各种心思，言虽简，情却十分动人。

“酒意诗情谁与共？泪融残粉花钿重。”

这两句细化了闺中人被春景触动的心思：即使柳枝新萌，早梅初绽，春色诱人，闺中人也无心观赏，面对如斯春光，没了爱人的陪伴，独饮的是苦酒，独吟的是悲意，忆起昔日和赵明诚归来堂里共度的幸福时光，不知不觉中清泪沾湿了衣襟，弄花了精致的妆容，头上的花钿此时似乎也沉重不堪摇摇欲坠。一声“谁与共”正是闺中人内心的呐喊，她情到切时，直抒胸臆，道出此刻内心的苦涩与悲情。深闺寂寞，无心顾及精心修饰的妆容是否因泪而花残，就连“花钿”也“伤情”，细腻敏感的词人移情于物，借物象强化心事之沉重，笔意婉曲别有匠心。“谁与共”的一直笔与“花钿重”的一曲笔，令笔触跌宕多姿，摇曳其态，煞是动人。

词作的下片，词人移笔摹写闺中人儿寂寞生活的细节点滴。

“乍试夹衫金缕缝，山枕斜欹，枕损钗头凤。”

初春时节，乍暖还寒，把新近缝制的金缕夹衫取出来试穿，衣服合体，样式色彩也是中意的，可是转身就没了出门游春的心思，百无聊赖之余，闺中人斜倚山枕而卧，不成想压坏了头上的凤头金钗。女为悦己者容，此际没了可悦者，便没了妆容自己的心思，精心插在头上的钗头凤甚至因随意斜卧而被损坏，闺中人也不曾在意。

“独抱浓愁无好梦，夜阑犹剪灯花弄。”

这两句被后人称作“入神之句”（清人贺裳《皱水轩词筌》）。“浓愁”而“独抱”，可见词人愁情满怀，却无人分担，“灯花”而“弄”，点化词人无以驱遣愁意、百无聊赖的情态，一怀愁绪无以措置，寂寞无助的词人，欲到梦乡去寻求一丝慰藉，然而梦乡亦险恶，独抱浓愁，实难入眠，明灭不定的灯影闪烁中，夜色将近了，可是词人还是孤坐案前，独剪灯花，望其失神。古时习俗以灯花为喜事的预兆。词人心中忆及往日的喜，思及今日的伤，离情种种尽在这貌似喜兆的闪烁灯花中了。前人有诗“忽见陌头杨柳色，悔教夫婿觅封侯”（王昌龄《闺怨》），此际词人心中是否也滋生同样的念头呢？

“柳眼梅腮”“暖雨晴风”这般融融春意，在孤身独处的词人眼里带来的却是无情与冰冷，起句所绘大自然的宜人春光与后文所写深闺中的寂寞心境，形成丽景与幽情的强烈反差，极易引爆读者的审美情绪：一边是明媚的梅柳初绽，一边是黯淡的心事蕴藉；一边是大自然的万物勃发，一边是如花生命的寂寞凋谢。李商隐有诗道：“春心莫共花争发。”词人此际的万千心事，在暖雨晴风、柳眼梅腮的融融春意中愈发地繁复纠结了。

这首词作在融融春意里渲染离情之伤，丽景与幽情的鲜明对比成就了这首词的独到之处，这首词也因此将闺怨之情表达得别具新意。

蝶 恋 花

昌乐馆寄姊妹

泪湿罗衣脂粉满[1]，
四叠阳关[2]，唱到千千遍[3]。
人道山长山又断，萧萧微雨闻孤馆[4]。

惜别伤离方寸乱[5]，
忘了临行，酒盏深和浅。
好把音书凭过雁[6]，东莱不似蓬莱远[7]。

注 释

① 湿：《花草粹编》作“揾”。罗：《翰墨大全》作“征”。满：《花草粹编》作“暖”。罗：一种丝织品。

② 阳关：指王维《送元二使安西》诗，此诗和乐后成为送别名曲。之所以称为“三叠”，是因为按照曲谱的规定，“西出阳关无故人”一句在演唱时应反复三遍，以表现依依惜别之情，此处称四叠意为唱了无数遍的送别曲。唱：《历代诗馀》作“听”。

③ 到：《花草粹编》作“了”。

④ “人道”二句：人道是，青州到莱州山高水长，道路多阻，一路走来，此际孤身止宿馆驿，此处喻指馆外风雨交加。其实，从地理距离上，青州到莱州算不上山高水远，词人此处作夸张之词，恐是因为心理作用使然。山：《历代诗馀》作“水”。萧萧：风声，草木摇落声。

⑤ 方寸：即“方寸地”，指心。

⑥ 好把：《花草粹编》作“若有”。凭：托付，请求。

⑦ 东莱：即莱州，时赵明诚为莱州太守，今山东莱州市。蓬莱：传说中的海上仙山名，李商隐《无题》诗有：“刘郎已恨蓬山远，更隔蓬山一万重。”

题　解

蝶恋花，原为唐教坊曲名，其作为词牌始于北宋晏殊。双调，凡六十字。

宋徽宗宣和三年（1121）秋天，只身留守青州的李清照前往莱州，与之前一年即宣和二年前往莱州任知州的赵明诚团聚，行至昌乐，遭遇雨天，她止宿于旅馆中，旅馆中孤居的她，触景伤情，写下了这首《蝶恋花·昌乐馆寄姊妹》。这首词题旨另类，主要抒写词人自青州赴莱州途中的繁复感受，同时表达她希望姊妹们能够寄书东莱的深情企盼。

赏　析

与琴瑟和鸣的赵明诚诗词酬和，李清照的笔致往往会更加含蓄内敛一些；而写给乡居十年间的女伴，李清照的情感表达就带有了不加掩饰的直率与夸张了。正因于此，这首词较之一般的伤别辞，笔力更劲，情感更切。

这首词，双片六十字，主旨表达自己对乡居姊妹的依恋之情，有别于通常离别词先景后情的惯用结构，上下片均采用先情后景的结构，以情入文，情驱文行，以景结文，引人品景，耐人寻味。

“泪湿罗衣脂粉满。”

词作开首，李清照即工笔描绘一个特写镜头来凸现姊妹送别时难舍难分的情形：写“泪”落如雨——不愿也不忍别离的词人与姊妹们在临别之际都已是泪流满面；写“脂粉”妆残——抬起衣袖拭泪，结果泪水与脂粉沾满了衣袖。“脂粉满”的描绘固有夸张之嫌，然而在词人肆意的宣泄中，我们看到的是姊妹情深，谁人还会在意她是否在夸张呢？词人起句抒情直白坦荡，引人入诗——何种离情竟然致使词人和姊妹们泪雨纷纷？

“四叠阳关，唱到千千遍。”

次句写泪雨淋湿了离人的心，而这千般离情，万种别恨，在《阳关三叠》一唱三叹、回环往复的旋律中愈发深重。“千千遍”似乎再现了离歌在词人的心头来回唱起的凄凉场景，虽然是夸张用字，然而极力渲染离别场面之伤情，颇有此地一别无故人，他乡孤寂难耐的苍凉感。写姊妹的别离场面，用如此雄奇的笔触，营造如此苍凉的意境，颇具豪放特色，这也是易安体的一处个性之笔。

“人道山长山又断，萧萧微雨闻孤馆。”

末二句，词人在结拍处不再写别时伤情，笔触一折，落笔眼前即景。临别之际，姊妹们心忧此行，说词人这一路路途遥险，山长水远，而今自己已行至“山断”之处，远离姊妹们，偏偏又逢夜雨潇潇，困守孤馆，伴着寒灯长夜不寐，心上更添一层秋意，不禁潸然泪下。这两句奇在“山又断”的用字，“断”字当是形容山高道阻，隔断了来路，令词人望不见送别她的姊妹们，遮住了去路，也令她望不见夫婿的方向。“断”字较之“高”字，更有横绝之意，以山险之形写心事险恶，这样的奇笔，确是难得。

词作上片先从回忆别情离恨起笔，接着着力抒写现实中困居夜雨，从情到景，以情率景，词脉清晰。易安善画，在上片的景致描绘中，她用绵延的远山和潇潇的风雨勾勒了一幅夜雨怅惘图，黑夜孤馆中的女词人孑然思亲的形象更加突出。

“惜别伤离方寸乱，忘了临行，酒盏深和浅。”

下片起句，词人再写离别时刻，选用细节描写。临别之际，伤情离恨搅得词人心绪难宁，在饯别宴席上一杯接一杯，不知喝了多少杯酒，哪里还顾及酒是深还是浅，酒盅是大还是小呢？而因为惜别，姊妹们也是醉饮千杯不知杯盏深与浅，因为伤离，姊妹们更是恨唱《阳关》不知多少遍，大家的心里早已是乱了阵脚 。怎样的姊妹情深，才会让词人醉得连自己当初究竟饮下多少酒都记它不得？

“好把音书凭过雁，东莱不似蓬莱远。”

下片歇拍二句词人落笔眼前——自己只身一人独处孤馆，思绪却跨越高山长水回到了屏居十年的青州，满怀离情化作寄望与告慰：东莱并不像传说中的仙山蓬莱那般遥远，只要鱼雁频传，音讯常通，姊妹们还是如同厮守在一起。词人妙手无痕的一笔是，将东莱与蓬莱巧妙地加以衔接，表达了自己和姊妹们将要音书来往的寄望，既表达了思念姊妹们的题旨，也形成了音节上的间接反复，从而更具韵律美。

此词起笔于离情别意，缠绵动人，结笔于殷勤寄望，笔力疏朗，把这一份姊妹离情写得缠绵动人、疏朗有致。

蝶 恋 花

上巳召亲族①

永夜恹恹欢意少②。
空梦长安③，认取长安道。
为报今年春色好④，花光月影宜相照。

随意杯盘虽草草⑤。
酒美梅酸⑥，恰称人怀抱。
醉里插花花莫笑⑦，可怜春似人将老。

注 释

① 上巳：节日名。秦汉时，以阴历三月上旬巳日（是中国农历的纪日法，类似于中国农历的干支纪年法）为“上巳”（见《后汉书·礼仪志上》）。魏晋以后改阴历三月三日为上巳日。此日官民曲水流觞，祓除不祥。

② 恹恹（yān yān）：精神萎靡不振的样子，也用以形容病态。今有“恹恹欲睡”一词。

③ 长安：原为汉唐时故都，这里代指北宋的故都汴京。

④ 为报：听人说道。

⑤ 杯盘：代指酒食。虽：通“唯”，只。《管子·君臣》：“虽有明君，虽能决之，又能塞之。”草草：简单粗糙。

⑥ 梅酸：梅是古代必需的调味品。梅主要利用其果酸做调料，梅酸具有收敛固涩、健脾胃、增强肝脏功能的作用。

⑦ 插花：宋人有在头上插花为饰的习俗。李清照《减字木兰花》（卖花担上）结拍曾言她将花斜插在“云鬓”上，“教郎比并”而看，问是花好看还是她的脸儿好看。两宋时期，男人戴花甚至蔚然成风。宋代杨万里有诗道：“春色何须羯鼓催，君王元日领春回。牡丹芍药蔷薇朵，都向千官帽上开。”

题 解

蝶恋花，原为唐教坊曲名，其作为词牌始于北宋晏殊。双调，凡六十字。

这首词当是作于宋高宗建炎二年（1128）春，这年李清照初到江宁（今南京市），与任江宁知府的赵明诚会合。当时，汴京沦陷已经将近一年，身在江宁府的高墙深院里，在寂静的夜晚，李清照常思故都，每每情伤。这一年上巳节，词人虽然与亲人团聚，甚至弟弟也从外地赶来，但故国之忧时时搅扰得她心神难安，故而欢聚之余，悲情难抑。南渡之后，国仇家恨、个人之失，种种情愫，时时侵扰着词人敏感多思的心，这首词作将这种种情感寄寓其中。

赏 析

南渡以后，流落江南的李清照，生活凄凉，心怀悲怆，忧国伤时，词渐渐转向沉郁苍凉的风格。

宋高宗建炎元年（1127）四月，北宋王朝灭亡，康王赵构即位，南逃至江宁（今南京市），把江宁作为行在（专指天子巡行所到之地），并起用赵明诚任江宁知府。当时乡居青州的李清照，经历了青州兵变后，携带战火中劫余的夫妇俩收藏的文物，从青州南运到江宁，一家人方才得以团聚。然而客居异乡，李清照无时无刻不在思念故土。就在这样的环境和心境中，她迎来了一年一度水边修禊、祓灾祛病的上巳节。这一天，李清照诚邀南渡的赵、李两家亲族宴聚，并写下此作。亲朋聚首，原是乱世中的大喜，词人可以畅意宣泄胸中的郁积了，然而词人却在醉意熏熏中无可抑制地伤感不已。

词作上片写上巳月夜，词人难以入眠的情形。

“永夜恹恹欢意少。”

词人开门见山，将心中酝酿良久的悲意倾泻而出：虽然正值祈福驱灾的上巳佳节，词人心间却了无欢意，热闹的宴聚之后，接踵而至的漫漫黑夜似乎永无尽头，寡欢之心在醉意与睡意的纠结中愈发沉重。

“空梦长安，认取长安道。”

于是常常在梦中回到故都汴京，走在汴京的街道上，宫阙城池、故人家园，昔日情景历历在目。只是梦纵然是美，却着一“空”字修饰，就让一切美妙情景瞬间幻化成空，醒来时唯见江宁府宅月色满窗，刚才的一切只是一场梦而已！长夜无尽，词人辗转反侧，不能成寐。“长安”只能在梦中得以相见，是因为词人的乡土之思太深沉，而“空梦”愈发激起她强烈的思乡之愁、沉郁的亡国之痛；或许再想起偏安一隅的南宋统治者，词人的“梦”最终只能以“空”结束了吧。

“为报今年春色好，花光月影宜相照。”

上片结句写词人听闻人言，说汴京城里今年的春色一如往年的好，于是她猜测今夜的故都应该是夜色如昔，月光如故；花映月光，月照花影，光与影两相映照，花影婆娑吧。“为报”，字面上是说因为听人说道，虚写想象之景，与此刻词人心中的花光月影皆黯淡的心理形成强烈对比，因为身处乱世，虽则家人团聚，伤怀之事太多，再宜人的春光丽景，在词人心里却已是黯淡无光了，更何况而今置身之地是皇帝临时驻跸之地。心忧故国的词人身居江宁，心在汴京，以词人之心观江宁之夜，无心春光，何来春意？

下片写词人亲族欢宴团聚的场景，点出伤时感怀的题旨。

“随意杯盘虽草草。酒美梅酸，恰称人怀抱。”

身逢乱世，流徙之中的亲族却能够团聚宴饮，实为庆幸，然而亡国离乡的现实让词人很难耽于享受这久违的重逢。过片三句承上启下，点明题旨：饭食简单得只能用粗糙形容，词人本就无心饭食，梅本是古人常用的调料品，词人谓之以“酸”，意在取其味觉表达词人的心理感受；酸梅之味恰恰契合了词人的满腹辛酸，美酒之浓恰恰吻合了词人正欲买醉忘乡的心思。“恰称人怀抱”一句，充满自我宽慰的况味，以正话反说的方式，表现了词人强颜欢笑的心态。

“醉里插花花莫笑，可怜春似人将老。”

结拍二句，点化引发词人伤怀的原因，卒章显志。借着醉意词人将花儿斜插在云鬓间，而劝言“花”儿“莫笑”她老大不小还插花。李清照《减字木兰花》中“云鬓斜簪，徒要教郎比并看”两句写新婚词人簪花之后，叫良人比比看，她与花儿谁更美。同是插花鬓间，新婚之人的花格外美艳，沦落他乡者的花儿格外刺眼，思及此处，让人不禁生出唏嘘之叹：故人不再，故国难回，情何以堪？末句“可怜春似人将老”，以春光的无情逝去明喻自己年华的无声流失，春光将尽，有如人之将暮，词人心中忧时伤己的情思便在这句“伤春”之叹中延绵不绝了。“可怜”一词，极富人情意味。词人的春天已渐行渐远，故国之春再回的日子遥遥无期。日渐倾颓的国运，让词人无心赏春。词人的悲戚，岂是这笑她的花儿能理解的？“可怜”实为无奈的自怜。

这首题作“上巳召亲族”的《蝶恋花》，总共六十字，上片记梦而言“空”，下片宴聚而谓“怜”，情感丰厚，感伤深挚，寄寓着词人的家国沧桑和个人感慨，行文婉约，却不失恣肆之风，是篇不可多得的佳作。

临 江 仙

欧阳公作《蝶恋花》①，有“深深深几许”之句，予酷爱之。用其语作“庭院深深”数阕，其声即旧《临江仙》也。

庭院深深深几许②？云窗雾阁常扃③。
柳梢梅萼渐分明。
春归秣陵树，人老建康城④。

感月吟风多少事⑤，如今老去无成⑥。
谁怜憔悴更凋零。
试灯无意思⑦，踏雪没心情⑧。

注　释

① 欧阳公作《蝶恋花》：宋代欧阳修《蝶恋花》词："庭院深深深几许？杨柳堆烟，帘幕无重数。玉勒雕鞍游冶处，楼高不见章台路。雨横风狂三月暮，门掩黄昏，无计留春住。泪眼问花花不语，乱红飞过秋千去。"

② 几许：若干，多少。

③ 云窗雾阁：韩愈《华山女》诗有"云窗雾阁事恍惚，重重翠幔深金屏"句。意为云雾缭绕的窗户和居室，此处借以形容楼阁高耸入云。扃(jiōng)：上闩，关。

④ 秣陵、建康：均指今江苏南京。南京历代数次更名，秣陵之名始自秦始皇时；建康之名始自晋代；北宋时称江宁；宋高宗建炎三年(1129)，又改称建康。

⑤ 感月吟风：即"吟风弄月"，指以风月等自然景物为题材写诗填词，形容心情悠闲自在；也指李清照与赵明诚夫妇之间的风韵之事，形容夫妻情感融洽。

⑥ 如今老去无成：此处应当是指李清照老而无嗣。后无子嗣的女子，古时多被视为不全之人，被严禁介入红、白喜事。

⑦ 试灯：我国阴历正月十五为元宵节，晚上张灯以祈望来年丰稔。未到元宵节而张灯预赏为试灯，人们多选择正月十四这天试灯，是时家家户户提供花灯，选出比较好的，元宵节时候供人观赏。这种形式就是所谓的"海选"。而元宵节在北宋是万民同乐的灯节。词人在《永遇乐》中曾回忆当年元宵节的盛况："中州盛日，闺门多暇，记得偏重三五。铺翠冠儿，捻金雪柳，簇带争济楚。"

⑧ 踏雪没心情：据周辉《清波杂志》卷八记载："顷见易安族人，言明诚在建康日，易安每值天大雪，即顶笠披蓑，循城远览以寻诗，得句，必邀其夫赓和，明诚每苦之也……"，李清照在建康其间，冬日若逢大雪，喜欢出城踏雪寻梅，赋以诗作，与丈夫互为赓和，而赵明诚每每因才不如妻而苦之。

题 解

临江仙，词牌名称，双调，共六十字。

这首《临江仙》作于李清照避居福建建安其间，宋高宗建炎三年（1129）元宵节前后。词作感叹身世，曲折表达隐衷，颇有岁月流逝、人生迟暮、志事未成的感慨，是李清照晚期代表作之一。

赏 析

这首《临江仙》词旨丰厚，个人际遇、历史沧桑，种种慨叹，不一而足。

词作上片写初春时节，建康城里的词人幽居深宅，叹春兼自怜。

“庭院深深深几许？”

首句写深院重重，庭宇幽邃。这句源出欧阳修的名作《蝶恋花》。李清照在《词论》中评论欧阳修，说作小词对欧公而言“如酌蠡水于大海，然皆句读不葺之诗尔，又往往不协音律”。意思就是说，他写点小词是易事，但是写出来的小词于诗句读不通，于词音律不合。李清照相当不屑于欧阳修大人作小词，然而却不计前论在这首《临江仙》全句引用欧阳公《蝶恋花》的首句，并明言自己对此句“酷爱之”，究其深层原因，怕远不止音律用字这么浅表的缘故，一句之中，“深”字三次叠用，恐有深意。当时南宋小朝廷罢去抗金宰相李纲，偏安一隅，李清照身为一介女流，虽有忧时忧国之心，却无可投身，引“庭院深深深几许”一句，或是隐言自己人到晚年，独居深闺，纵使忧时伤世也只是徒然心语罢了。较之欧阳修的这句闺情“小词”，李易安这句引用，以闺情之笔写国运之艰，确确实实可以称之为时代“大词”了。

“云窗雾阁常扃。”

次句写深宅大院里，自己所居的楼阁高耸入云，自己常常扃门锁户而居，把自己和外面的世界隔绝开来。这一句典出韩退之的《华山仙女诗》“云窗雾阁事恍惚，重重翠幕深金屏”句，韩诗强化天险华山幽深静穆的环境，李清照似有和华山仙女比处境之幽的意思，暗言自己刻意自我封闭，几乎与世隔绝。“常扃”即“常关”，意同陶潜《归去来兮辞》“门虽设而常关”中的“常关”，李、陶二人皆是主动隔世，李词大意是取其乱世少知音，不如闭户谢客，以明己节的意思吧，暗中透露出词人孤寂忧愤的情怀。

上片起首这两句字面上不言愁苦，而字字蕴含愁意，笔意蕴藉。“庭院”句状写所居之深，“云窗”句状写所居之高，一纵一横，交相映衬，楼阁深幽，寂然隔世。词人善于状物，起句化用成句却了无陈意，皆因次句营造楼高阁危的意境与起句交相辉映，相得益彰。

“柳梢梅萼渐分明。”

第三句词人简笔描绘室外掩不住的春意：柳梢新绿，梅萼初青，早春花树，生长分明，初春之景，清新可人。“渐”有“成长、滋长”的意思，明代高启《书博鸡者事》：“自下之渐。”“萼”是指在花瓣下部的一圈叶状绿色小片，“梅萼”代指梅花初长新叶。春归大地，万物复苏，词人却只撷一缕柳梢一叶梅萼，代言春的生机；万物争妍，词人却轻描淡写，仅着一“渐”字，尽绘春意，这句堪堪是点睛之笔。刘义庆《世说新语·言语》中言“风景不殊，正自有山河之异”，桃花依旧笑春风，梅柳依旧舞春风，风景如旧，然而故土有失，山河异数，物是人非，词人再见昔日春光模样，袭上心头恐怕更多的是掩也掩不住的伤痛了。

“春归秣陵树，人老建康城。”

上片结末二句颇有老杜诗风，沉郁苍凉，历来为人称道。词人叹惋：建康城里，春意再度染上了柳梢头，而孤苦如我却正在老去，我再也不能与明诚同赏春光了，再也不能和女伴共结诗社、并赏花灯了。客寓南土，夫亡异乡（赵明诚于宋高宗建炎三年即公元 1129 年 8 月病死建康），时年四十五岁的李清照心中遍是人在他乡、老之将至的悲慨，她心中痛感将客死异乡。建康城里的春柳新芽与哀伤的漂沦北人形成鲜明的对比，营造出一种悲恸欲绝的境界，极富感染力，既写出了自身流离远徙、岁月如刀的身世之悲，也道出了南渡之人北归无望、故国不再的家国之伤，颇有沉郁苍凉的韵味。

词作下片，承上片追忆往昔曾引以为傲的诗词生平，对比目前老无所依的现状，叹物是人非事事休，慨叹虽逢佳节却无绪度过。

“感月吟风多少事，如今老去无成。”

南渡之前的时日历历在目，感风吟月、烹茗煮酒、赌书泼墨、共迷金石、唱诗和文，恃才而傲，诗书伉俪。“多少”这样的快乐事、自豪事，而今都成过眼云烟，空宅深院里徒留一介老朽身，万事无成啊；如今“风月”不敢触碰，词兴索然，再也写不出“南渡衣冠少王导，北来消息欠刘琨”那样激越的诗句。以李清照的词坛建树、巾帼志气而言，她岂是“老去无成”之人？记得与李清照同时代的陆游曾高声倡言“女子无才便是德”。晚年无嗣的词人青睐一个年仅十岁的少年才女，希望将自己平生诗学悉数传授给少年才女，岂料这孩子脱口说道：“才藻非女子事也。”老而无嗣，满腹才学被人视为无用之物，词人慨叹“老去无成”是实写，更是痛泣之声。

“谁怜憔悴更凋零。”

词人在心底近乎绝望地呐喊：谁人会怜惜一个流落他乡的老弱女子空自憔悴，一天更比一天衰朽呢？山河破碎，待从头收拾起旧河山，可是朝中无人，天子无意，词人为此消得形容憔悴，满腹悲怨无人可诉，只能任凭自己的憔悴日胜一日了。“谁怜”貌似疑问语气，实则是独处异乡之人孤寂地自怜自伤，韵味独具。

“试灯无意思，踏雪没心情。”

结句是近似呢喃的自言：元宵节已近，无意张灯、试灯，无心踏雪寻梅。宋人非常重视元宵节，每逢元宵节几乎是万民同乐，往往在节前几天人们就陆续张灯、试灯。而“踏雪”觅诗更是偏爱吟风弄雪的李清照由衷喜爱的乐事。可如今，词人却自言“无意思”“没心情”。避居建安的词人眼见得国势衰颓，北归无望，家国之痛、命运之殇远远超越了往日的佳节亲聚、离情别绪。故而结句看似闺中妇人口语化的抱怨生活无趣，实则是在凡常表述中传达词人的大悲大恸，没有哭天抢地，却令人难以为怀，痛达心扉。

下片忆昔思今，回首平生事，徒见老无所成的悲伤，看目下佳节盛日，徒剩无绪无心的黯然。将词人年老憔悴、心灰意冷的形象展露无遗，令人不能不为之动容。

这首《临江仙》是李清照后期作品中的代表作品，词意丰厚而笔意疏淡，用笔曲折婉约，词风沉隐悲怆，读之令人叹惋不已。

临 江 仙

梅[1]

庭院深深深几许，云窗雾阁春迟。
为谁憔悴损芳姿？
夜来清梦好，应是发南枝[2]。

玉瘦檀轻无限恨[3]，南楼羌管休吹[4]。
浓香吹尽有谁知，
暖风迟日也[5]，别到杏花肥[6]。

注 释

① 王学初《李清照集校注》把这首词列为李清照的存疑之作，唐圭璋《宋词互见考》指出此词或为李清照词，其《全宋词》收录了这首词，并附案语："赵万里云：'……以《草堂诗馀》所载前阕自序证之，自是李作无疑。'"本书从唐圭璋的说法。

② 南枝：指向阳的梅枝。

③ 玉瘦檀轻：谓梅花姿态清瘦，颜色浅红。檀：浅绛色。如檀口用以形容红艳的嘴唇。

④ 羌管休吹：意谓不要吹奏音调哀怨的笛曲《梅花落》。吹：《历代诗馀》等作"开"。羌管：即羌笛。

⑤ 暖风迟日：语出孙光宪《浣溪沙》词："兰沐初休曲槛前，暖风迟日洗头天。"兰沐，以兰香洗头。初休，刚洗完。曲槛，弯弯曲曲的栏杆。迟日，春日，语出杜审言《渡湘江》诗："迟日园林悲昔游，今春花鸟作边愁。"

⑥ 肥：《历代诗馀》等作"时"。

题 解

临江仙，词牌名称，双调，共六十字。

这篇《临江仙》如果确实是李清照的作品，写作时间与前面《临江仙·云窗雾阁常扃》一词大体同时期。这是一首咏梅词，托物言志，以梅喻人，叹青春易逝、忧闺中隐痛、伤国家之亡。

赏 析

词作上片，词人绘制了一幅春梅迟放图。

“庭院深深深几许，云窗雾阁春迟。”

庭院深深处，幽居于高耸入云的楼阁之上，只觉得庭院中花木森森，清寒之气时有袭来，今年的春天似乎来得比往年更迟一些。所谓“迟”字，或是语义双关。早春的清寒让词人感觉春天的脚步似乎放慢了，而长期漂沦无依、而今山河不再的种种凄凉伤痛更容易使词人感受不到春意的降临，故而言春“迟”。起首二句以写景之句传情，词人借春光迟来的艺术构思来表现春闺思妇的殷忧惆怅。

“为谁憔悴损芳姿？”

清寒阵阵，院中梅花迟迟不能开放。深居幽闺隔窗望向庭际的人儿不禁要问梅花，你为谁人这般形容憔悴芳姿凋萎？这没有答案的一个问句，暗中以花喻人，回扣上文：闺中人赏春无绪、芳姿悴损，正是因为沉浸在对远人远乡的牵挂与思念之中。词中“谁”之所指，无须做实，因为人事种种，历经漂泊的词人一言难尽。

“夜来清梦好，应是发南枝。”

幽深的庭院中，梅花黯然敛容不见绽放，向阳的梅枝先期盛放的情景只是在夜半才来的“清梦”中一闪而过。“清梦”，即是美梦。宋代陆游《枕上述梦》诗：“江湖送老一渔舟，清梦犹成塞上游。”词人的美梦中，这先发的南枝，应当是见证了词人昔日的美好一刻。或是归乡梦，或是见人梦。然而词人终究让这一切“好”都只是一场梦，欢愉幸福都是昙花一现。

词作下片绘制了一幅春梅凋谢图。

“玉瘦檀轻无限恨，南楼羌管休吹。”

以“玉”来形容梅花，似乎对梅花有“冰清玉洁”的隐喻。“玉”字而缀以“瘦”字，可见梅朵衰残的姿态。“檀”本为浅绛色，檀轻，应该是浅红色。梅色浅红略显黯淡。庭院里的梅花业已凋零，憔悴不堪，枝头空余一腔哀怨与遗憾，不堪此境凄凉的词人吟哦——那南楼的羌管不要再吹奏那哀怨凄伤的笛曲《梅花落》了吧。其实在词人心里，那憔悴不堪的除了香消玉殒的梅花，更有词人再也追不回的青春胜日。无限恨，不仅生在梅枝头，更生在词人心里。词人以梅喻人，梅之恨中，隐含着词人难言的闺中殷忧、青春之叹。

“浓香吹尽有谁知，暖风迟日也，别到杏花肥。”

浓郁的馨香纵使随风散尽又有谁人会知晓呢？春日的暖风徐徐而来，却拂不上梅花的枝头，因为梅花早已零落成泥，梅香早已散失殆尽，只见那暖风已然拂上了在枝头灿然绽放的杏花。李清照词中，常有以“肥瘦”二字形容花姿的奇句。末句“别到杏花肥”中的“肥”字，引人遐想，颇具艺术张力。春花烂漫时，杏花盛放枝头，花朵饱满，色泽莹润，与前句中梅花“玉瘦檀轻”的孱弱纤瘦形象形成鲜明的对比，红杏的饱满莹润，让梅花的枝残色黯愈发显得凄凉不堪，这亦与前边梅花“无限恨”“南楼羌管休吹”的悲凉情思遥相呼应，强化梅花“芳姿损”的形象。词人摹写“梅”的悲苦形象，意在托物言志，暗写南渡漂泊的词人心绪：无心赏识灿烂绽放的梅花，幽居深闺，独品苦涩，空任大好春光在身边悄悄流逝。

这首词作在结构上更有妙合之处：上下片巧妙关联。上片从早梅绽蕊起笔，下片以杏花开遍结拍。这种上下片关联而成的时空跨度，令这首词的抒情空间陡然扩大，词人的悲情瞬间充溢读者心怀，令人动容。

身为一介弱女子，面对国破家亡、复国无望的现实，李清照既不能像辛弃疾一样横刀立马，拼杀疆场，也不能像嘲讽她的陆游一样向朝廷一进忠言，闺房外面的世界，让她徒唤奈何。内心的悲苦词人诉诸笔端，借梅喻人。这样的托物言志法，所蕴含的词旨更深沉，别具意味，耐人品读。

诉衷情

夜来沈醉卸妆迟①，梅萼插残枝②。
酒醒熏破春睡，梦断不成归。

人悄悄③，月依依④，翠帘垂。
更挼残蕊⑤，更捻余香⑥，更得些时⑦。

注　释

① 夜来：昨夜。沈醉：大醉。
② 萼：在花瓣下部的一圈叶状绿色小片。梅萼：借指梅花。
③ 悄悄：忧愁的样子。语本《诗经·邶风·柏舟》"忧心悄悄"句。
④ 依依：留恋难舍，不忍离去的意思。《诗经·小雅·采薇》："昔我往矣，杨柳依依。"
⑤ 更：又。柳永《雨霖铃》："便纵有千种风情，更与何人说。"挼（ruó）：揉搓。
⑥ 捻：用手指搓转。
⑦ 得：需要。些：《花草粹编》作"此"。

题 解

诉衷情，词牌名，原为单调，后演为双调。

这首《诉衷情》是赵明诚任江宁太守时，李清照所作的一首闺怨词，抒写了女主人在春睡中沉醉难醒，酒醒梦回后空余无限伤情的闺思。

赏 析

这首《诉衷情》寥寥四十四字，写出了词人暗夜之中漫漫无尽的等待，午夜梦断的无可奈何，竟日独守空闺的百无聊赖。种种心理，含蓄以达，惟妙惟肖。

“夜来沈醉卸妆迟，梅萼插残枝。”

词人醉了，醉得沉酣。因为醉意太重，所以词人迟迟没有卸掉头上重重的簪饰，迟迟没有洗去脸上经宿的妆容，鬓发之间还插着一枝梅，梅朵残损难看，词人就沉沉睡去了。词人因何而醉，我们无以得之。只是首句起笔便让词人醉得如此深酣，不免会引逗得读者意欲一探究竟了。起首“夜来”句化用了《诗经·邶风·柏舟》的诗句“耿耿不寐，如有隐忧。微我无酒，以敖以游”。《柏舟》原意是说：不是要喝没有酒，也不是想游无处游，而是我心中别有隐忧。李清照开篇以大醉妆残之态示人，怕是因为词人正像《柏舟》篇的作者一样，心中也另有隐忧。“梅萼插残枝”，写梅而残，是否暗示了词人内心的情感世界有一种残缺的遗憾呢？

“酒醒熏破春睡，梦断不成归。”

词人酒醒了。因为酒劲渐消，醉意渐淡，梅花浓郁的香气将词人从沉沉的春睡中唤醒，使词人不能在梦中返回日夜思念的遥远故乡，不得重温往日夫妻恩爱的美梦。“春睡”一词，语带双关，是春夜的一场梦，抑或是一夜的春梦？抑或两者兼而有之。一缕梅香也能打破词人的春梦，可见词人内心深处情感积怨的深重了。“春睡”被“熏破”，这个“熏”字用得极其刻意，足见梅花香的浓郁、幽长。窗外的梅花开得应该正盛吧。可是，往昔成梦皆成空啊。

“人悄悄，月依依，翠帘垂。”

因为春睡被破，美梦被中断，不得归梦的词人怅然良久；回神四望，凝神静听，唯觉心怀忧戚，唯见月影依依，隔着低垂的帘幕照在无眠的词人身上。这三句，看似白描，实则真情语也。连用三个三字句，寥寥数语，勾画了一幅春夜无眠图。“人悄悄”句化用《柏舟》篇的“忧心悄悄”之句意，极言忧愁的深重。月华依依，就像多情的人儿依恋不舍，而低垂的帘幕之后，不是酣眠的人儿，却是无眠的词人啊。

“更挼残蕊，更捻余香，更得些时。”

夜色沉沉，此际万籁俱寂，月辉清寒，唯有悄然绽放的梅花，在似水的月华清辉里熠熠生辉。如水的月色下，词人耽于心事，手中却下意识地一瓣一瓣掰下梅朵的残蕊，又一点一点地将花蕊捻碎，在百无聊赖中借此打发着寂寂长夜。香熏酒醒，团圆梦断，扰了词人美意，词人无以宣泄，索性让手下梅朵做了替罪羊，用揉搓残梅来消磨难熬的时光。结构上，三个“更”字叠用，含蕴无穷，将词人的感情表现得婉曲有致；所用排比句式，既合格律，又灵活多变。

这首咏梅词笔法简约，缘梅抒情，以残梅幽香为引线，串联全篇，笔意疏朗。全词起笔于带着残梅之妆沉醉入睡，继之以梅香“熏破春睡”使“梦断不成归”之笔承之；最后以挼捻残梅结篇，婉曲多致地表达词人的愁思。

全词抒情含蓄，不着一个“愁”字，却处处含愁，笔意蕴藉。一腔怨恨，借梅而发。咏梅而意不在梅，正是这首咏物词的特点。

殢人娇

后亭梅花开有感

玉瘦香浓①，檀深雪散②，今年恨、探梅又晚③。
江楼楚馆④，云闲水远。
清昼永，凭阑翠帘低卷⑤。

坐上客来，尊前酒满，歌声共、水流云断⑥。
南枝可插⑦，更须频剪，
莫待西楼⑧，数声羌管⑨。

注　释

① 玉瘦：指纤瘦的白梅花。
② 檀：即檀香梅，蜡梅的一种。宋代范成大《范村梅谱》："（蜡梅）凡三种……最先开，色深黄，如紫檀，花密香浓，名檀香梅，此品最佳。"一说，檀，浅绛色。檀深：意为深红色。
③ 探：看。又：《梅苑》作"较"。
④ 江楼楚馆：临江的楼阁馆舍。江楼：临江的楼。"楚馆"的"楚"字，本指春秋战国时的楚地，即今之湖南、湖北一带，此处泛指江南。
⑤ 凭阑：倚栏。
⑥ 水流云断：指歌声随着流水和白云传到极远的地方。
⑦ 南枝：向阳的梅枝。
⑧ 更：《梅苑》作"便"。西楼：借指思念者所居的阁楼。青州的顺河楼，在李清照诗词中被称为"西楼"。相传赵挺之在京为相时，将其家由诸城迁来青州时建造。因地处深涧之中，绿树浓荫，酷夏无暑；严冬背风向阳，流水不冻，一年四季景色宜人。
⑨ 羌管：即羌笛。古代羌族的一种乐器，多奏悲凉之音。

题 解

殢（tì）人娇，词牌名，双调，六十四字，上下片各六句。

李清照在赵明诚逝世之前的两年里，陆续写了七八首咏梅词。此为其中一首。

这首词是词人李清照赏梅所作，大致写于赵明诚离世之前的两年里，彼时，李清照素喜踏雪寻梅。该词借物抒情，感伤光阴流逝，花开花落，容颜易老，聚少离多，倡言人生得意须尽欢，但得相聚须尽情欢畅。

赏 析

李清照素来属意梅花，南渡之初，刚到江宁，因为赵明诚常常忙于公务无暇旁顾，她自己则植树观花，冒雪寻诗。在这首《殢人娇》中，词人赏梅赞梅，也伤梅惜梅，更借赏梅感受抒写人生苦短，得意之时须尽欢的感悟，这样恣意的词旨别具一格。

上片词人写赏梅之际，隐露伤感。

"玉瘦香浓，檀深雪散。"

起句以梅的形香色入词。纤细盘曲的梅枝上，玉琢一般的雪白梅朵清瘦雅致，色淡香郁；更有深红如紫檀的檀香梅，在正在消融的冰雪世界中盛然而放，色艳香浓，尤为醒目。以"玉"字绘梅之色，可见梅朵晶莹润泽，而着一"瘦"字修饰，更为出奇，古人赏梅贵瘦不贵肥，摹写梅花的清瘦仿若在摹写人的风骨不群，用字别致，兼之写幽香阵阵，更好像在写人的魅力不凡；次句以冰雪世界为背景描绘檀香梅的美丽，怎一个"艳"字了得？词人把梅花视为解语之人，赋予她冰清玉洁、美艳卓然的品性，观之令人不由心生敬慕之情。宋人姜夔曾言"梅边吹笛，唤起玉人"，月下一树淡梅边，吹奏出幽幽的笛声，伴以玉人搔首，对梅吹笛，就像是对人心语。词人赏梅赞梅，这样诠释的情思，诗意唯美。

"今年恨、探梅又晚。"

白雪正在消融，那踏雪寻梅，观雪压梅枝，千树万树梨花开的时节已然逝去，真真令人遗憾，不料今年赏梅竟然又来晚了。“又晚”，可见词人多年探梅亦多年错过赏梅最佳时节；探梅而已，错过了观赏的时节，就“恨”之不已，这样深厚的恋梅情结，隐隐透露出词人对梅花的挚爱之情。更让人意欲一探其源的是，词人既然爱梅成痴，为何会一而再地“探梅晚”呢？她有什么不得已的缘故吗？

“江楼楚馆，云闲水远。”

在长江之滨的荆楚之地，有无数亭台馆楼，可以遍赏梅花竞放，仰望白云闲悠悠，似闲庭信步，俯视碧波逐江远去，似乎永不回头。尽管江南多有这样的赏梅佳地，词人却生生错过了赏梅的最佳时节，只看得一方云淡风轻、山闲水静的所在。词人缘何错过赏梅佳时呢？

“清昼永，凭阑翠帘低卷。”

词人是感觉这清凉的白昼如此漫长呢，还是希望这有清新之欢的白昼永在？读词至此，我们不得而知。词人置此悬揣，留待读者在下片词中寻得真意。白昼时间，“清”是清凉，还是清欢？词人不言，留待读者猜想。这个“永”字，撩起了读者几多情思啊？文辞婉曲，颇有韵致。鼻闻梅花的馨香，目观梅的玉瘦之姿，探梅人凭倚着楼阁雕栏放眼远眺，信手抚弄低垂着的翠绿色帷帘。幽深的景致之中，凭栏远眺的词人，信手弄帘的时候，是否也像其他闺中思妇一样，盼归不得而怅惘失意呢？

下片词人回忆往昔邀友赏梅，纵酒诗兴的情景。

“坐上客来，尊前酒满。”

下片起句一改上片所营造的凄凉意境，词人邀来诗朋酒侣，高朋满座，良友盈室，纵情诗酒，举杯飞觞间，逸兴遄飞。座上嘉宾似乎皆叹酒遇知音千杯少，人人酒满盈樽，大有一醉方休之态。词人是在怎样欢愉的氛围中赏梅啊？

“歌声共、水流云断。”

文人聚首，雅士相对，共赏冰肌雪骨、玉洁冰清的梅花，歌诗唱和，你吟我酬，你唱我和，真乃人间妙事！歌声响彻云霄，遏止了流云，阻断了流水。水流云断，固然是词人的夸张之语，然而我们却从字里行间窥到了词人奇高的兴致。

“南枝可插，更须频剪。”

那南边向阳枝头上的梅朵煞是惹人喜爱，词人劝言诸君：此枝梅花先期放，诸君可要趁着它方开未残，快多采撷些。宋人簪花，是习俗，在天子的引领之下，男人簪花更是蔚然成风。词人自己或是簪花鬓间之后，又诚邀众友人采下南枝之梅。之前四句所生发的情绪随着歌声渐歇，词人之思里生出一份理性，梅之易凋，正如人生韶光易逝。这八个字，貌似叙事，实则言情，感伤容颜如花易逝。

“莫待西楼，数声羌管。”

词人指点着眼前的梅树，劝言世人莫要待到梅落成泥，《梅花落》的曲调奏起，羌笛声声泣别离之时，让铺天盖地的离愁别怨痛人心扉。与上片“清昼永”之句遥相呼应，解答了之前的悬想，词人多盼望白昼赏高雅梅花所得的清欢能永久留存啊。“莫待”两个字，语含急切，表达了词人惜花叹花，感喟人生短暂，时不我待的情思，然而后半句词人以羌管悲声代言人生悲音，含蓄蕴藉，颇有言外之意：花堪折时直须折，莫待花谢空折枝，词人借物抒情，劝言今朝有酒今朝醉，人生得意须尽欢。这种感喟，意味隽永。

这首《殢人娇》以梅写人，笔触灵活，情思雅致。写梅，梅枝的清瘦之姿，梅朵的如玉之象，梅香的沁人之味，令人心仪；写探梅之人，飞觞纵酒之姿，引吭高歌之音，指梅生叹之形，令人流连玄想。描绘梅的形象，婉约、雅致；借梅抒怀，超然、多思。多经离别的李清照，对聚散的感悟更多人生况味，人生别多聚少是常态，故此她咏叹那些生长在清寒之中的早春梅花，劝言诸君须格外珍惜眼前欢景，情怀别样。

菩 萨 蛮

风柔日薄春犹早[①]，夹衫乍著心情好[②]。
睡起觉微寒，梅花鬓上残[③]。

故乡何处是，忘了除非醉。
沈水卧时烧[④]，香消酒未消。

注 释

① 风柔：指春风和煦。日薄：指日光微柔宜人。薄：近，迫近。
② 乍著：刚刚穿上。
③ 梅花：这里或指梅花妆，或指李清照鬓间插有梅花。《太平御览》卷九七〇引《宋书》，谓南朝宋武帝女寿阳公主，人日卧于含章殿檐下，梅花落于公主额上，成五出之花，拂之不去，自后有梅花妆。
④ 沈水：即沉香，一种贵重的熏香。可去恶气，清人神。

题　解

菩萨蛮，唐教坊曲，后用为词牌，又名《子夜歌》《重叠金》等。唐宣宗（李忱）大中年间，女蛮国派遣使者进贡，使者身上披挂着珠宝，头上戴着金冠，梳着高高的发髻，号称菩萨蛮队，当时教坊就因此制成《菩萨蛮曲》，后来菩萨蛮演化成了词牌名。双调，四十四字。

赵明诚于宋高宗建炎三年（1129）二月被罢江宁守，三月迁离，李清照大致于赵明诚被罢官之前写下了这首词。这首词上片写早春之喜，下片写思乡之苦，表达深切的家国之思。

赏　析

怀乡之思是李清照南渡之后尤其是其后期词作的大主题，这首怀乡词写得尤其耐人品味。

这首《菩萨蛮》，表面上用字清浅，却抒情深沉，笔致含蓄，富有张力。

“风柔日薄春犹早，夹衫乍著心情好。”

起句是“春犹早风柔日薄”的倒装句，早春时分，虽然日光仍然微弱淡然，但春风已是柔和宜人，冬日寒风已经在无声无息中收敛了凛冽的寒气，天气渐趋暖和。词人描绘早春图景，不言乍暖还寒，冷热难料，却道春风柔和，日光南移，春的暖意悄然来临。这样强化早春的暖意，旨在为下一句的“心情好”做铺垫。春暖吹开了词人被经冬的冰雪冻结的心扉，词人褪去厚重的冬装，换着轻便的夹衫，对镜梳妆，化的是自己喜爱的梅花妆，内心充溢着掩不住的欣喜。

“睡起觉微寒，梅花鬓上残。”

三、四两句紧承起句写词人在容易春困的早春白日，小憩之后醒来的情形。春困嗜睡，一场小憩醒来，早春时节乍暖还寒的天气，令词人欲醒不醒懒起床榻。慵懒倚镜而望，发现晨起时精心描画的梅花妆早已是凌乱不堪。冬去春来，就连拂面的春风也是闲适恬静的，词人的心情随同这春风变得更加恬淡自安。

这样的迟日惠风中，素来敏感多思的词人会想到什么？是“争渡，争渡，惊起一滩鸥鹭”的那次郊游？是“和羞走，却把青梅嗅”的少女时光？是“醒时空对烛花红”的刻骨相思？

“故乡何处是，忘了除非醉。”

出乎读者意料的是，眼前的丽景却引发了词人深重的哀情。词的下片笔锋陡然转变，词人抒写思乡之苦。风和日丽的早春三月里，在故土曾经倚门嗅青梅、曾经赌书泼墨、曾经把玩金石的日子似乎就在昨天！如今身处异乡，多少次引颈远眺乡关所在，可是隔着千山万水，隔着世事沧桑，故土邈远难归，乡关何处是？过片采用设问手法，在一问一答间隐露词人深重的乡情。范仲淹《苏幕遮》有“黯乡魂，追旅思，夜夜除非，好梦留人睡”之句，范仲淹一缕乡魂只能借助夜夜好梦栖身；李清照的乡思之痛唯有在醉乡中借虚幻的世界淡退片刻，这两首词都是以虚驭实的佳作。“除非”二字强调借酒浇愁只能是暂时的解脱，而清醒时则无时无刻不被思乡之情所苦，越想“忘”乡，越难挣脱“望”乡织成的密网，词人将内心的繁复挣扎、矛盾痛苦强化到一个极致，真正是言简意丰。

“沈水卧时烧，香消酒未消。”

结篇二句紧承上句具体描写词人的“醉”意。一番大醉之后沉入醉乡，待到睁开蒙眬醉眼，只见入眼前所烧的沉香已燃尽，香气已经消散殆尽，然而胸中的酒意还正浓，一时间竟分辨不清自己身处何方。正因为醉得深沉，词人才会沉睡难醒，正因为乡愁深重，词人才会酣饮求醉。末句间隔叠用“消”字，既加强了词句的节奏感，也强化一种转折语气，真切地表达了南渡词人沉醉难消、乡愁难释的慨叹。

这首《菩萨蛮》尤为别致的是，通篇采用对比手法却着笔清淡，笔意疏朗。词的上片写早春之喜，景色宜人，下片写思乡之苦，其情动人，以美好的春色反衬有家难归的悲凄，以乐景写哀情，对比鲜明，反衬有力，虽然用字清浅，却抒情深切动人。

菩萨蛮

归鸿声断残云碧①，背窗雪落炉烟直②。
烛底凤钗明③，钗头人胜轻④。

角声催晓漏⑤，曙色回牛斗⑥。
春意看花难，西风留旧寒。

注 释

① 归鸿：本义是指春天归来的鸿雁。碧：青绿色。

② 背窗：身后的窗子。

③ 凤钗：古代妇女的一种首饰。钗名有时因钗头的形状而异。

④ 人胜：古时正月初七为“人日”，传说女娲创世在依次造出了鸡狗猪羊牛马六种动物之后在第七天创造了人，因此初七这一天就成了每个人的生日，亦称人日、人胜节、人庆节或七元日。剪彩为人形，故名人胜。胜：古代妇女的首饰。南朝梁宗懔撰《荆楚岁时记》载：“人日（旧历正月初七）剪采为人……又造花胜以相遗。”宋时风俗，于立春日戴人胜，表达乡思。

⑤ 角：古时军中乐器。有彩绘者，也称画角。漏：古代滴水计时的器具。

⑥ 牛斗：即牛宿（二十八宿之一，相当于摩羯座之一部分）、斗宿（二十八宿之一，相当于人马座一部分）。非一般的所说北斗星和牵牛星。

归鸿声断残云碧

题　解

菩萨蛮，词牌名，双调，四十四字。

李清照这首《菩萨蛮》大体写于赵明诚被罢离江宁守前后。

这首词摹写早春时节景致，寄寓词人浓郁的思乡之情。

赏　析

李清照这首怀乡词，写思乡之情，语淡情切，意境幽远。

“归鸿声断残云碧，背窗雪落炉烟直。”

起句“归鸿声断残云碧”写苍穹云天中的鸿雁：早春时节，暮色渐临，北归鸿雁的鸣声划过天空，在天尽头消失，极目仰望天穹，唯见碧青色的流云或有或无，像残缺了一般。王勃在《滕王阁序》一文中以“雁阵惊寒，声断衡阳之浦”（成队的鸿雁因为感到寒意而惊叫的声音，回响在衡水岸边）状写游子的思乡之情，引发古今多少他乡飘零者的共鸣。李清照此处化用其意不着痕迹，写景声色兼具，创设闻声凄清看色惨淡的氛围，描绘寥廓高远的意境，意在衬托词人的悠远深切的思乡之心。第二句写室外的雪、室内的烟：夜来窗外春雪满地，室内暖炉的烟静静直升。“炉烟”而言“直”字，字里行间隐匿着一份静谧无息，室内空气似乎完全静止了，连一丝风儿也没有，炉烟垂直上升。这一句与王维《送元二使安西》的名句“大漠孤烟直”有异曲同工之妙，均以轻烟之直升来反衬烘托周围环境的阒寂无声。再者引人探问的是，静谧无声的居室内，背窗而坐的词人似乎并不属意窗外迷人的雪色世界，那么她的内心做何思想呢?

“烛底凤钗明，钗头人胜轻。”

三、四句描写词人精心装扮的容饰，只见在烛光的映照下词人头上的凤钗流光溢彩，凤钗上所装饰的用彩绸或金箔剪成的人胜（或花胜）轻盈动人。词人的妆饰如此靓丽动人，只是在一、二句词所营造的阒寂无声的诗境里，这个“明”字和“轻”字，分明带有一份讽刺的意味，凤钗的明丽夺目，此际却显得更加刺眼；人胜的轻盈动人，此刻却分明压得人抬不起头来。人胜节本应具有的明快轻盈，因为今日思乡情浓，无绪过节的哀愁而更加深重。原来词人借人日戴人胜这一细节暗写隐匿心中的乡愁。

词作上片以苍穹的阔大辽远与词人居室内的阒寂幽冷形成鲜明对比，意在衬托在狭小空间中词人一颗被乡愁搅扰得无可安放的心，尺幅之内，也能大开大合，收放自如，实在难得。

词作下片以词人夜不成寐来侧面表现词人的乡思之重。

“角声催晓漏，曙色回牛斗。”

远处传来军中的角声，让词人恍然间意识到，天色渐明，自己竟然一夜未眠。“催”字运用拟人笔法写破晓时分，似乎是待晓前的角声把晓色催逼而来的。从昨日傍晚时分听鸿断声到今日闻角声催晓，词人挨过了一个怎样备受煎熬的不眠之夜？牛宿、斗宿间曙色渐露，晓色淡去，斗转星移，心中多少沧桑事啊？“回牛斗”的细节刻画中，“回”字隐含回归之意，我们仿佛看见词人凝神远望牛斗的许多个夜晚。

“春意看花难，西风留旧寒。”

春意已到，词人忆起旧日与友结伴出游一赏花姿的日子，不禁兴致骤起。然而，窗外铺地的雪迹，让词人又心生叹惋：早春时节，春寒料峭，乍暖还寒，花儿岂肯在寒风中瑟缩开放？更何况西风送寒不知在何时？“西风”，即秋风。此时正值早春时节，暑夏未至，何言西风？词人说这西风留住的是“旧寒”，这“旧寒”是天色之寒，更是内心之寒。旧乡之思时时萦绕在词人心头，旧时秋风渐紧时，她也曾寒意彻骨，思归不得。故而既想赏花，又怕春寒，这是词人的曲笔，表现了婉约词写情宜隐的艺术魅力，增强了抒情力度。

这首词淡笔写景，多白描笔法，直抒胸臆之笔几乎无迹可寻，但抒情深婉，耐人寻味，堪称绝笔。

鹧 鸪 天

寒日萧萧上琐窗①，
梧桐应恨夜来霜。
酒阑更喜团茶苦②，梦断偏宜瑞脑香。

秋已尽，日犹长，
仲宣怀远更凄凉③。
不如随分尊前醉④，莫负东篱菊蕊黄。

注　释

① 寒日：晚秋时节霜降的早晨，气温很低，人们感觉不到阳光的热量，故称寒日。萧萧：这里是冷落凄清之意。琐窗：窗棂做连环形的图案，名琐窗。琐：即连环。

② 团茶：即压紧茶的一种，称为茶饼。宋朝多制团茶，有为进贡而特制的龙团、凤团，印有龙凤纹，最为名贵。

③ 仲宣怀远：王粲，字仲宣，山阳高平（今山东邹县）人，“建安七子”之一，十七岁时因避战乱，南至荆州依附刘表，却因其貌不扬、体弱多病而不受刘表重视，他曾登上湖北当阳县城楼，写了著名的《登楼赋》，抒发壮志未酬、怀乡思归的抑郁心情。其中有“情眷眷而怀归兮，孰忧思之可任！……悲旧乡之壅隔兮，涕横坠而弗禁”的句子。

④ 随分（fèn）：此处意为随意、随缘。

题 解

鹧鸪天，词牌名，五十五字。词的上片第三、四句和下片两个三字句一般宜对仗。

这首《鹧鸪天》大体作于宋高宗建炎二年（1128）秋，赵明诚当时正任江宁知府。

这是一首怀乡词。词作写晚秋时节，晨起霜降寒气肃杀的庭院景致，渲染凄寒死寂的氛围，词人借酒浇心中块垒，抒家国之思的情感。

赏 析

这首词以醉酒织文，写词人醉赏秋景，寄寓乡愁难解的情绪。

"寒日萧萧上琐窗，梧桐应恨夜来霜。"

起始两句写景凄寒，奠定了全词冷寂凄凉的基调。晚秋时节一夜霜降之后，侵晓时分，寒意袭人，晨曦渐起，投影在窗棂上，影影绰绰显得煞是萧条。"萧萧"意为冷落、凄清。晨"日"生"寒"意，"萧萧"更是平添冷意。这一句中"上"字别具匠心，它形象地再现了寒日徐升，寒意缓释的画面，似乎琐窗内的闺中人眼见得日影徐升的同时，心中随之渐生浓浓的寒意。词人以一字见情，写思乡的词人心无可栖的失落与哀怨。梧桐易凋，古人云"一叶落而知天下秋"，梧桐"恨"寒日秋霜凋落了一树叶子，"恨"字令梧桐有人之情态，焉知词人不是以梧桐之恨来写词人之恨，笔法婉曲。

"酒阑更喜团茶苦，梦断偏宜瑞脑香。"

这两句写词人借酒浇愁。词人以"酒阑"二字隐括自己千杯买醉的艰难过程，用字极简，含情却极丰富。思乡而不得归，于是借酒排遣乡愁。只是借酒消愁愁更愁，买醉而不得，半醉半梦之间，更是喜欢豪饮团茶，以苦醒酒，可是酒醒之后，梦境转瞬全无，唯觉一室的瑞脑熏香沁人心脾。这里的"喜"字和"宜"字别有洞天，强词言喜，以乐写哀，更显无奈。"喜欢"团茶之苦，是因为苦能解酒，是因为词人归乡不能以求买醉的苦衷；瑞脑熏香宜心，是因为它将词人从乡思之梦中唤醒，暂得脱离相思累。可是这一醉未驱乡思，醒后徒增乡愁啊！

“秋已尽，日犹长，仲宣怀远更凄凉。”

“秋已尽”，正值晚秋时节，夜越来越长，昼越来越短，可是词人却说“日犹长”。因为乡愁太深重，纵然是在白日，词人就饮酒买醉，可是千杯不醉，词人觉得漫漫长日似无尽头。“建安七子”之一的王粲，字仲宣，他在《登楼赋》中以“悲旧乡之壅隔兮，涕横坠而弗禁”句宣泄怀乡之思，历来引人共鸣。“仲宣怀远更凄凉”句化用这一典故，以王粲思乡的心情自况，隐喻词人南渡之后孤身漂泊、思归不得的幽怨之情。自古逢秋悲寂寥，深秋之伤叠加不能痊愈的思乡之疾，词人的心情，用“凄凉”一词怎么能道得尽？王粲之所以羁留他乡，是因为个人仕途不得意，不愿回去；而李清照则是家国之难兼具，旧乡难返，所以词人自言“更凄凉”。

“不如随分尊前醉，莫负东篱菊蕊黄。”

结句词人陡然宕开一笔，不再言愁，只道不如随分。“随分”在此处取随缘的意思。词人化解痛苦的方式，细究并无新意，仍是借酒排遣，所谓“随分”并非真的是字面上所讲的随缘，而是无可奈何之余的自我宽慰。既然归乡已然无望，不如任旧乡远在千里之外，目下就对着樽中美酒随性痛饮，别辜负了这篱笆外秋菊初放的景致。李清照化用东晋陶潜“采菊东篱下，悠然见南山”（《饮酒》）的诗句，貌似用陶公的悠然出世来洒脱消愁，其实不过借此自我宽解，以期能暂时抛离怀乡之愁啊。

这首《鹧鸪天》旨在写乡愁，全词却仅有“怀远”一词语涉思乡，词人用醉酒串起全词，让醉意驱动乡愁行文，情景交融，而结句又以乐写哀，用洒脱之词诉家国之思，全词写得景致凄凉，情感悲慨，词情动人。

南 歌 子

天上星河转[1]，人间帘幕垂[2]。
凉生枕簟泪痕滋[3]。
起解罗衣聊问、夜何其[4]？

翠贴莲蓬小[5]，金销藕叶稀[6]。
旧时天气旧时衣。
只有情怀、不似旧家时[7]。

注 释

① 星河：银河。
② 帘：《历代诗馀》作“翠”。
③ 枕簟：枕上铺的细竹席。簟（diàn）：竹席。蕲竹，一名笛竹，以色润者为簟，节疏者为笛，带须者为杖。泪痕滋：眼泪越来越多，痕迹越来越扩大。滋：滋长，滋生。
④ 夜何其（jī）：夜到几更了。《诗经·小雅·庭燎》：“夜如何其？夜未央。”其：语气词，表示疑问。
⑤ 贴：大概与现在将另做好的图案缝贴在衣裳上的方法相同。
⑥ 金销藕叶稀：配以金色制成的荷叶图案作为衣饰，因陈旧而褪色。
⑦ 旧家：从前。宋元时诗词中常用此词。宋代杨万里《答章汉直》：“老里睡多吟里少，旧家句熟近来生。”

题解

南歌子，词牌名，双调，二十六字，开篇例用对句。

这首《南歌子》大体作于宋高宗建炎三年（1129）。

这是一首悼亡词，上片写彻夜的深情追念，下片写物是人非的伤感。

赏析

这首悼亡词以景入词，以罗衣织文，以情结笔，行文讲究。

“天上星河转，人间帘幕垂。”

工整的对句，令词作开篇整饬有序，读来节奏铿然。这两句所写景象意境宏大：广袤的天空中银河转动，星河璀璨，夜不能寐的人儿，看人间万户家家闺中帘幕低垂。“天上”“人间”用词本为寻常，然而在对句中成双并举，却有了非同寻常的效果：秋夜已深，人间万户已是入梦之时，然而在“天上人间”这个巨大时空中，渺小的词人不禁心生天人相隔的殷忧。起句就以这样大开之笔先声夺人，没有哭天抢地，只是平静铺叙，却隐含词人心中多少郁结。

“凉生枕簟泪痕滋。”

秋凉如水，枕上竹席更添凉意，前思后想，心结难解，不知不觉中，恣意流淌的泪水洇湿了竹席。天凉枕簟，换取暖枕就好，然而词人无意于此，任凭无声的泪水流淌，用有迹的泪痕，诉说心中无限的伤心事。词人移情于物，伤情含蓄。

“起解罗衣聊问、夜何其？”

夜深，原本是和衣而卧的词人，欲解罗衣之际，问侍女夜是几更了。这样一个片段描写，让人不禁联想到，词人和衣而卧时的辗转难眠，解衣卧榻之后长夜煎熬，将会怎样伴着词人度过漫漫长夜？

“翠贴莲蓬小，金销藕叶稀。”

词人正欲宽衣，低头却看见当年自己亲手贴制在罗衣上栩栩如生的莲蓬、荷叶已变得稀疏残缺了，罗衣上的金线已经备受磨损，鲜艳的花纹已经褪色不少。经历时日，不仅艳丽的罗衣会陈旧褪色，奢华惬意的生活也会被消解褪色。

莲、藕是民歌常用意象，它与怜、偶谐音，多用来表现爱情生活，引起对男女情爱的联想。南朝乐府《西洲曲》:“采莲南塘秋，莲花过人头。低头弄莲子，莲子清如水。”末句谐音为“怜子情如水”。李词“莲蓬小”，似乎语含“怜惜”莲蓬残缺之意，“藕叶稀”似乎语含佳偶落单之意。一件罗衣，含情几多。

“旧时天气旧时衣。”

还是昔日自己喜欢穿着的那件罗衣，还是旧日自己欣喜度过的那样一个秋夜，身穿罗衣的人儿也还是旧时的人儿。一句之中两次用到“旧时”一词，以反复手法刻写旧日时光的刻骨铭心，隐含今日生活的凄凉不堪，言辞之间，颇有物是人非之叹。

“只有情怀、不似旧家时。”

旧家，意为从前。用在此处就带有了双关意，从前的家是佳偶成双，琴瑟和鸣，而今只见“藕叶稀”，人还是旧家人，只是旧人的“情怀”却与旧时大不相似了——物是人非事事休！寻常言语，形同口语，然而反复诵读，只觉字字悲咽。

这首《南歌子》表达颇显功力。两组对句起句，有朗朗上口的音节美，更有开阔的诗歌意境；过片的细节，用罗衣陈情，抒写旧情深重；结句的三个“旧”和“时”反复入词，以寻常口语直抒胸臆，显示了词人精练圆熟的诗歌技法。

忆 秦 娥

临高阁，乱山平野烟光薄①。
烟光薄，栖鸦归后②，暮天闻角③。

断香残酒情怀恶，西风催衬梧桐落④。
梧桐落，又还秋色，又还寂寞。

注 释

① 乱山：起伏相叠的群山。平野：空旷的原野。
② 栖鸦：指归巢的乌鸦。栖：鸟禽歇宿。
③ 暮天：暮色遍布的天空。角：古代军中的一种乐器。
④ 西风：喻指金兵每当秋季对南宋南扰、东进。衬：衬托，垫，托着。梧桐落：梧桐一叶落而知天下秋。

题 解

忆秦娥，词牌名，又名《秦楼月》《碧云深》《双荷叶》等。相传该词牌名最早出自李白《忆秦娥·箫声咽》“秦娥梦断秦楼月”句，意为纪念过去的情人。

南渡之后，家国之伤，成为李清照词作中不可回避的主题。这首《忆秦娥》是首悼亡词，寄寓词人满怀的家国之痛，词人登高凭吊乱世之中的半壁河山，祭奠旧日生活和亡故的亲人。

赏 析

李清照的这首《忆秦娥》写得独出机杼，词人登高望远，借以凭吊残存的半壁河山，追念旧人旧土，情感炽烈，却都隐寓在凄惨的秋色、无言的秋声中，笔致婉曲动人。

这首词的上片写词人登临高阁，远眺半壁河山的所见所闻。

“临高阁，乱山平野烟光薄。”

登临高高的楼阁之上，放眼远眺，只见群山起伏相叠，原野平坦广阔，无际山野笼罩在一层薄薄的烟雾之中。起句“临高阁”，让词人置身高处，她独伫高阁，凭栏远眺，所见景致不是“波撼岳阳城，气蒸云梦泽”的浩大景象，却是“乱山平野”的不堪景象，其中“乱”字，是点睛之笔，似乎正应了时下乱世乱象横生的现实，甚至连“烟光”也是薄薄的，竟然遮不住这一切的乱象。

“烟光薄，栖鸦归后，暮天闻角。”

“烟光薄”采用顶针手法，反复描述遮不住乱山平野之象的薄薄烟光，不但强化了诗词音节的流畅感，更加强了残山剩水在旷野之中倍显荒凉萧瑟的感觉，营造出凄凉、压抑的诗歌氛围，进而烘托出词人不胜凄凉的心境。乌鸦带着被人们厌恶的叫声归巢了，在萧条荒凉的秋日黄昏里，暮色四起，那叫声显得更加阴森凄苦。乌鸦鸣啼的声音渐渐远去，远处又隐隐传来了军营中的阵阵角声。乌鸦之啼虽然凄凉，乌鸦却终是有巢可归；而这远渡之人，要到哪儿才能找到归家的路呢？悲壮的军中角鸣，加倍地渲染出自然景色的空旷悲凉，意境开阔而悲凉，词人或许联想到这军队带着南人回到北地的日子不知会在哪一

临高阁，乱山平野烟光薄

天降临啊。在这素描式的画面中，隐含着词人多少流离失所、无限忧愤的身世之伤啊。

这首词的下片，词人触景伤情，忆起故人、故事，祭奠追怀，情怀深沉。

“断香残酒情怀恶，西风催衬梧桐落。”

下片起句，词人写惨淡的景色，抒心中的郁结。“断香残酒情怀恶”一句直抒“情怀”而饰以“恶”字，词人情感的炽烈，由此可见一斑。“香断”了，记忆却连成了线；“酒残”了，情却更加浓郁。暗示出往日生活加诸词人的影响是如何的刻骨铭心。在那温馨的往日，词人也曾燃香品茗饮酒，也曾“沉醉不知归路”；而此时却香已燃尽唯余香烬，温酒已残唯余醉意，欲要品茗而却没了伴饮的人儿，欲要酣醉而迟迟不得醉眠，历历旧事悉数不可循迹，词人的心情确是难以言喻的“恶”。西风无情，任落叶在风中凄然飘零；落叶伤情，任西风一阵紧似一阵。西风肆虐，将秋意吹遍了每一个角落，连词人小小的心室也不能幸免。

“梧桐落，又还秋色，又还寂寞。”

片片落叶带着无尽的秋意，落在词人的心上；阵阵秋风，带着锋利的针刺扎入词人受伤的心灵，金瓯不全、爱人已去、背井离乡，种种辛酸际遇，一起涌上了心头，却无人可诉，只见秋色寂寥，只余秋声寂寞。“梧桐落”也运用顶针的手法，形象地描述落叶遍地的情形，进一步渲染秋意浓郁的意境。这个叠句与上片的叠句“烟光薄”遥相呼应，前者以落叶知秋的寓意渲染秋意，后者以大空间的景色凄凉渲染秋殇，各具其妙，却又遥相呼应，共同烘托词人在感情上受到的挫伤。“又还秋色”显肃杀色惨，“又还寂寞”显阒寂无声，这一“色”一“寂”，声色同现，创造了更丰富的抒情空间。两个“又”字，既写秋色与寂寞的绵绵不绝，更写词人对秋色带来的寂寞的惧怕。词人惋惜逝去的温馨喧闹，却不得不承受失亲失国之痛，长期积郁的孤独之感，种种复杂难言的心情，都隐含在这淡淡的八个字中了，含蓄，蕴藉，悠长。

渔家傲

记梦

天接云涛连晓雾，星河欲转千帆舞[1]。
仿佛梦魂归帝所[2]。
闻天语[3]，殷勤问我归何处[4]。

我报路长嗟日暮[5]，学诗谩有惊人句[6]。
九万里风鹏正举[7]。
风休住，蓬舟吹取三山去[8]！

注　释

① 星河：银河。转：移换位置。《历代诗馀》作“曙”。千帆：这里喻指群星。

② 梦魂：指梦中所思。帝所：天帝居住的地方。

③ 天语：天帝的话语。

④ 殷勤：情意恳切深厚的样子。

⑤ “我报”句：我长叹一声回复天帝说，去路正长，而日色已暮啊。报：回答。路长：语出屈原《离骚》“路漫漫其修远兮，吾将上下而求索”。嗟：慨叹。日暮：语出屈原《离骚》“欲少留此灵琐兮，日忽忽其将暮”。

⑥ “学诗”句：意谓徒有诗才，志事难酬。王灼《碧鸡漫志》云：李清照少时便有古诗名气，“才力华赡，逼近前辈”，但男女不平等的封建社会，其才华被扼制，不能有所作为，故说“谩有”。谩有：原意是指轻慢无分寸或空泛的意思。谩：徒、空。惊人句：化用杜甫《江上值水如海势聊短述》“语不惊人死不休”的诗句。“学诗谩有惊人句”当是反语，语带自嘲。

⑦ “九万里”句：语本《庄子·逍遥游》“鹏之徙于南冥也，水击三千里，抟扶摇而上者九万里”，李清照借以抒自己的南行意向。鹏：古代神话传说中的大鸟。扶摇：旋风名。九：虚数，多的意思。举：高飞。

⑧ 蓬舟：比喻轻如蓬草的小舟，极言所乘之舟的轻快。吹取：吹得，吹到。三山：《史记·封禅书》记载：渤海中有蓬莱、方丈、瀛洲三座仙山，相传为仙人所居住，可以望见，但乘船前往，临近时就被风吹开，终无人能到。

题　解

渔家傲，词牌名，双调，六十二字。

这首《渔家傲》，大致作于宋高宗建炎四年（1130），是李清照的一首记梦之作。建炎四年，宋高宗驻跸温州。词人为洗却他人对赵明诚“玉壶颁金”的诬陷（俞正燮《易安居士事辑》：“初，学士张飞卿者，于明诚至行在时，以玉壶示明诚，语久之，仍携壶去。时建康置防秋安抚使。扰攘之际，或疑其馈璧北朝也。言者列以上闻，或言赵、张皆当置狱。”），携带家中铜器等所有贵重文物，追赶高宗，欲要奉上家中所有珍藏，然而终究未能遇上高宗，失望之余，在温州的李清照作了这首词。

这首记梦词，上片写词人在梦中遇到天帝，有幸被天帝询问词人的归宿；下片写词人回答天帝的问语，并借以倾诉自己的隐衷，表达了词人对人生去向的哲理思考。

赏　析

这首《渔家傲》，是记梦之作，宋代黄昇编《花庵词选》题作“记梦”，李清照以梦游为线索串起全词，在词人与天帝的一问一答中，暗写词人的人生思考。全词既有游仙体诗词的神秘感，又有李词中少有的炽烈豪迈。近代梁启超评价这首词：“此绝似苏辛派，不类《漱玉集》中语。”

“天接云涛连晓雾，星河欲转千帆舞。”

水天相接，天幕四垂，晨雾蒙蒙，云海茫茫；银河流转，群星随之翻转，犹如千帆逐浪而行。首句所写天宇神秘，令人神往；而次句所写星光流转，如梦如幻。天宇之上，银河之中，风起云涌，星河竞辉，词人描绘如此神异奇特的仙境，为下文抒写奇情异思奠定了基调。

“仿佛梦魂归帝所。闻天语，殷勤问我归何处。”

词人日夜追赶高宗而不得，于是寄望于梦中，她魂归天帝所居之处，在那儿见到了天帝，天帝善解人意，传话相邀，殷勤探问——君之归宿意在何处？古代诗人魂归“帝所”历来有渊源：陶潜言“帝乡不可期”（《归去来兮辞》)，王勃言“怀帝阍而不见”(《滕王阁序》)，就连李白也在梦游天姥山时，也幻想“虎鼓瑟兮鸾回车”的天帝居所。诗人往往把现实中的仕途失意投射到梦境中美妙的天上宫阙中。而在李清照的梦境中，天帝态度亲和，亲自询问词人的归宿。“殷勤”一词，写得真切动人。乱世流离让李清照对自己的人生归宿产生前所未有的疑惧。多年流徙中，李清照有多少心事，可是，凭谁诉？天帝此问犹如知音之问，令她倍感温暖。只是，梦中天帝越亲和，词人在现实中的失落就越深重。

“我报路长嗟日暮，学诗谩有惊人句。”

过片二句词人回答天帝问话。我回报天帝说，人生路遥，连屈子也曾叹“路漫漫其修远兮”啊，我更嗟叹，又逢日暮之时，时日已晚，纵使少年学诗即得名，到而今，人生已至暮年，枉有妙句佳词为人称道。“路长日暮”，语本《离骚》，屈子原诗表达了不惧终日劳苦，为理想终生上下求索的情怀。而李清照化用此句时，中间着一“嗟”字，就把乱世加诸词人身上的种种阻碍寄寓其中。“谩”字意为空，一向恃才傲物的词人，面对满腹才华无处施展的巨大苦痛，奋力挣扎，到了竟自言才华徒有，这番自我否定，是词人乱世流离，怀才不遇，文章无用的种种遭遇后无奈的牢骚。

“九万里风鹏正举。”

天帝的问询，仅仅停留在同情的层面上。面对冰冷的现实，恐怕天帝也无能为力。于是词人离开天帝，借由梦境中的海天相接处，联想到庄子《逍遥游》中的鹏鸟，借六月之息南飞的壮举。词人明写“鹏正举”，暗写自己意欲从现实的桎梏中挣脱的心愿，由实到虚，境界愈加阔大，笔锋愈益恣肆。李清照这句词一洗女性词人的脂粉之气，写得大气磅礴，令人生叹。

“风休住，蓬舟吹取三山去！”

梦中，词人意欲振翅高飞，她将自己的归宿定在何方呢？词人呼喝托举大鹏的南海旋风：切记不要停息，请一力鼓荡，将我的一叶蓬舟，吹到蓬莱仙山去。传说中的三座仙山渺不可及，而词人却执意前往，义无反顾。现实的逼仄令词人艰于呼吸，她要借助这股鹏举九天的旋风，脱离现实，到心目中自己的归宿“三山”去，这样的想象，奇异非凡，词境因之高远。词人自己的归宿设在蓬莱仙山，回答了天帝的殷勤探问，前后呼应，结构缜密。只是细思量之，不禁为词人的境遇而倍感沉痛，帝乡不可期，仙山不可至，词人的归宿竟是不可至的地方。这样看似洒脱的超脱之词，背后隐含着词人多少无言的痛。

这首充满了浪漫主义色彩的游仙词，梦境简单，只是天帝与词人之间的一问一答，然而却隐含词人的深刻思考，词旨颇有升华。全词写梦境，入仙境，写景变幻多姿，状物寄意深远，意境阔大，格调雄奇，颇有豪放之风。

好 事 近

风定落花深①，
帘外拥红堆雪②。
长记海棠开后，
正是伤春时节。

酒阑歌罢玉尊空③，
青缸暗明灭④。
魂梦不堪幽怨⑤，
更一声啼鴂⑥。

注 释

① 风定：风停。唐代张泌《惜花》："蝶散莺啼尚数枝，日斜风定更离披。"深：落花成堆，堆积深厚。
② 拥红堆雪：凋落的花，花瓣有红有白，落花聚集、堆积。
③ 酒阑：喝完了酒。五代毛文锡《恋情深》："酒阑歌罢两沉沉，一笑动君心。"
④ 青缸：青灯，即灯火青荧，灯光青白微弱之意。《广韵》："缸，灯。"缸：《花草粹编》等作"红"。暗明灭：指灯光忽明忽暗，一直到熄灭。
⑤ 幽怨：潜藏在心里的怨恨。
⑥ 鴂（jué）：亦作鹈鴂。一说指杜鹃、子规。说法不一，有注者认为它是与杜鹃、子规不同的鸟儿，辛弃疾《贺新郎》词："绿树听鹈鴂，更那堪、鹧鸪声住，杜鹃声切。"可见，此鸟啼声悲戚。

题 解

好事近，词牌名，又名《钓船笛》。凡四十五字。

这首《好事近》为李清照后期的词作，抒写了词人的伤春心绪及对丈夫的怀念之情。

赏 析

这首词上片，字面上是写伤春时节的自然景象。

“风定落花深，帘外拥红堆雪。”

外边夜色正浓，呼啸的寒风渐渐收住风势，敛了声息，闺中之人，居帘幕低垂的屋内，想那屋外庭院里，定然是落花遍地，红白堆积。韩偓《懒起》诗云：“昨夜三更雨，临明一阵寒。海棠花在否？倒卧卷帘看。”韩偓对风雨后花的状况虽有关注，却无定论，虽有怜花之意，却终究没有李易安心中的那份怜惜之情浓烈。在词人的潜意识中，这样的用笔，多少带有以落花自况的成分，起始二句虽为摹景状物，但伤春之情已隐然可感。

“长记海棠开后，正是伤春时节。”

紧接着三、四句，词人陷入回忆，但对回忆的具体内容却避而不谈，只是说海棠花落之时，亦常常是自己伤春时节。“长记”，即常记，说明往日“伤春时节”的历历往事，时常萦绕于心。李清照少女时代所作的《如梦令》词云：“昨夜雨疏风骤，浓睡不消残酒。试问卷帘人，却道海棠依旧。知否？知否？应是绿肥红瘦。”借闺中之人探问雨后海棠花貌这样一个细节表达对海棠的钟爱怜惜之情，其抒情方式与这首词上片极为相似，然而经历了人事变迁的种种之后，潜藏于此词中的伤感远远重于少女时期的“故作”伤情，情感也自然更为深重。

词的下片，从抒写“人事”上来抒发伤春之情。李清照集中笔墨描绘闺门独处、孤寂苦闷的生活。

“酒阑歌罢玉尊空，青缸暗明灭。”

天下没有不散的筵席，昔日歌酒以对、诗文互唱的喧闹，在忽明忽暗的油灯下全都成了记忆的投影。词人在这里并没有直言孤居生活如何的孤寂、愁苦，而是通过四个极富象征意味的物象——酒阑、歌罢、空的酒杯以及忽明忽暗的油灯，来刻画一幅幽暗、凄清、空冷的画卷。此情此景此际，身处其中的词人，所忆起的昔日温馨已然成了最冰冷的刺痛，它们仿佛那盏忽明忽暗的油灯终将坠入幻灭的结局。

“魂梦不堪幽怨，更一声啼鴂。”

白日的伤时之痛还未淡去，夜色降临之际词人借酒浇愁，醉入梦中，然而梦中依旧魂魄幽怨哀愁。梦醒时分，却偏偏听到窗外凄厉的“啼鴂”声，心头平添悲怆的情感。没有哭天抢地的尽情宣泄，仅借一只啼鴂来代言，倾诉心中无限悲伤。易安之笔，委曲见长，由此可见一斑。

这首词抒写的是伤春凄苦之情，但词人并没有正面来抒写自己的情感，而是通过室内外景物的刻画，把自己的凄情浓愁寄寓其中，因而全词读来，更感其情深沉、凝重。

摊破浣溪沙

病起萧萧两鬓华①，卧看残月上窗纱。
豆蔻连梢煎熟水②，莫分茶③。

枕上诗书闲处好④，门前风景雨来佳。
终日向人多酝藉⑤，木犀花⑥。

注 释

① 病起：患病，得病。萧萧：形容鬓发花白稀疏的样子。

② 豆蔻：多年生草本植物，开淡黄色花，果实种子可入药，性温辛，能祛寒湿。豆蔻连梢：语见于宋张良臣《西江月》："蛮江豆蔻影连梢。"熟水：宋时的一种药用饮料。陈元靓《事林广记》："夏月凡造熟水，先倾百盏滚汤在瓶器内，然后将所用之物投入。密封瓶口，则香倍矣……白豆蔻壳拣净，投入沸汤瓶中，密封片时用之，极妙。每次用七个足矣。不可多用，多则香浊。"

③ 分茶：宋杨万里《澹庵座上观显上人分茶》诗："分茶何似煎茶好，煎茶不似分茶巧。"分茶是宋人加工茶水的一种方式，大致是用茶匙取茶汤注盏中，技巧高超的分茶者能使盏中之茶水呈现图案花纹，甚至文字诗句。

④ 书：《历代诗馀》作"篇"。闲处（chǔ）：就是闲着居住。

⑤ 酝藉：宽和，包容。《汉书·薛广德传》："广德为人，温雅有酝藉。"

⑥ 木犀花：桂花，属于木犀科，木樨系桂花的学名。

题 解

摊破浣溪沙，词牌名，较之《浣溪沙》，它上下片各多一个三字结句，因此有“添字”“摊破”的名称。双调，四十八字。

李清照曾大病两次。第一次大约在赵明诚去世后，李清照为他料理后事，伤心劳累过度所致；第二次是李清照追赶宋高宗行踪不及，卜居他人宅邸时珍贵书画又被邻人穴壁盗走，故而致病。病还未愈，小人张汝舟骗婚骗财，李清照为了与他离异甚至身系牢狱……这一切苦难过去，大病初愈之时，约在宋高宗绍兴二年（1132），身在杭州的李清照写下了这首词。词中叙述词人在养病期间的寻常小事：看月、煎熟水、读书、赏景、观花。词人将淡淡情怀寄寓其中，耐人寻味。

赏 析

这首《摊破浣溪沙》创作于李清照的晚年，第二次大病初愈时，身上沉疴、心中病结，双重纠缠，搅扰得词人难起卧榻。卧床休养之际，静观周遭景致，细思量目下生活，将种种情思寄寓景中，全词读来情味深隽。

上片写词人月夜之下的活动：望月、煎熟水。

“病起萧萧两鬓华，卧看残月上窗纱。”

两次大病之后，往日满头的乌丝如今已是花白稀疏，大病初愈之际，病体尚弱，又正值秋夜，心情闲散的词人懒起床榻，于是卧床倚榻望向窗纱上缓缓爬升的月影。这里“上”字用得极妙：一则缓缓上升的月儿投影在窗纱上，天然一幅剪影画；二则阒寂无闻的秋夜世界与一轮残月的缓缓移升，一静一动，写得动静相生，煞是动人。首句以萧萧鬓发写哀象言哀情，次句用观月悦心来把自己从哀情中超脱出来，是绘乐象论乐事，只是残月之象似乎在隐喻自身的衰朽之态，词人笔锋转换中，贯穿始终的实际是一份身心老去的无言哀伤，景色素淡，情愫浅淡。

“豆蔻连梢煎熟水，莫分茶。”

“分茶”本是宋人加工茶水的一种方式而已，词人却郑重其事地说“莫分茶”，其间隐含着词人怎样的情思呢？词人似乎是为养病，而将“豆蔻连梢”煎了“熟水”用以祛除寒湿之气，刻意提醒自己莫分茶，或许是因为“分茶”技巧高、难度大，或许是因为流徙他乡并无友人相聚，沉疴初愈的词人没有精力，更没有雅兴来分茶。秋夜凉如水，卧榻养病的词人从那一杯豆蔻熟水中感到几分暖意。这里词人以药代茶，与首句“病起萧萧”遥相呼应，行文有圆和之美。缺月初上，人倚榻上，室中清香散逸，一派闲静气氛，词人似乎在享受大病初愈后的片时安闲。

下片写词人白天的消闲事情：读书、观景、赏花。

“枕上诗书闲处好，门前风景雨来佳。”

大病初愈，闲居无事，却正好有了时间卧看诗书，品赏美景，就是那门前时来的风雨也成了一幅风景画。没了往日必读的书目，没了素日必赋的诗作，想看什么书，想吟什么诗，不必刻意，随性就好。词人内心犹如目下的情景忽而安闲宁静，忽而急厉喧嚣，丰富自在，随性转换。“枕上诗书”，安然细品，烂熟于心，竟得真味。句中所谓“闲”字，一语道尽词人心中之好，安闲自在的诗书生活令人心生羡意。虽然“门前”的“风雨”难免会带有风风雨雨的昔日生活的印记，但词人却以“佳”字收束，足见词人将深深的悲戚暂时隐于心底，笑对生活的情怀。

“终日向人多酝藉，木犀花。”

末句词人将木樨花拟人化，把木樨写得多情动人：木樨花花形小，色淡黄，香味悠长，终日宽和含蓄开向观者，若以花拟人，此花颇有古代名士的风范，宽和有涵容。词人常常观花，故而能够看到桂花终日“向人”，词人对木樨的喜爱就隐藏在她终日赏花这一细节中了。只是乱世之中，何人可以终日蕴藉呢？

这首词与李清照同时期的其他作品颇有不同，格调清新，情思怡然。李清照在乱世流徙中，大病初愈，感受了世态炎凉、世事沧桑之后，似乎想要借助静观周遭事物来获得身心上的自我安适，所以这首词几乎通篇用白描，将郁结痛惜潜藏于自然清新的语言表达中，细细品来，情味深长。

摊破浣溪沙

揉破黄金万点轻[1]，剪成碧玉叶层层[2]。
风度精神如彦辅[3]，太鲜明[4]。

梅蕊重重何俗甚[5]，丁香千结苦粗生[6]。
熏透愁人千里梦，却无情。

注　释

① 黄金：喻指桂花。桂花从颜色上分为金桂、银桂等。此处以黄金作比，应当是指金桂。轻：四印斋本《漱玉词》作“明”，这里应当是指金桂颜色明丽。

② 碧玉：喻指金桂的枝叶。

③ 彦辅：即西晋乐广，字彦辅。《晋书·乐广传》记载乐广“神姿朗彻”（神清气朗），“性冲约，有远识。寡嗜欲，与物无竞。广与王衍俱宅心事外，名重于时。故天下言风流者，谓王、乐为称首焉”。（生性淡泊，富有远见，清心寡欲，与人无争。不耽于是非，在当时负有盛名，世人每每论及风流才俊，都说王衍和乐广是首屈一指的。）

④ 太：四印斋本《漱玉词》作“太鲜明”，《花草粹编》卷四作“大鲜明”。在古代，大通“太”“泰”。鲜明：分明确定。“太鲜明”三字出自《世说新语·品藻》：“刘令言始入洛，见诸名士而叹曰：‘王夷甫太解明，乐彦辅我所敬。’”《晋书·王衍传》说王衍（字夷甫）“有盛才美貌，明悟若神”。“鲜明”是指王衍聪颖精明。词中将“太鲜明”一词用于乐彦辅身上可能有误。

⑤ 梅蕊重重：梅花花蕊重叠。

⑥ 丁香千结：毛文锡《更漏子》：“庭下丁香千结。”丁香千结应当是指丁香花花瓣重生。苦粗生：意为太粗。苦：很、甚。生：形容词词尾。如李白《戏赠杜甫》：“借问别来太瘦生，总为从前作诗苦。”

题 解

这首《摊破浣溪沙·揉破黄金万点轻》写于李清照晚年大病初愈后。全词倾力描写盛放的桂花，托物言志，借以抒发词人浓重的家国之情、身世之慨。

赏 析

这是一首咏物词。词人咏桂花而志不在桂花，托物言志，借写花形、花态、花性引出词人胸中的种种感慨。

“揉破黄金万点轻，剪成碧玉叶层层。”

起句摹写桂花形色：那仿若黄金揉碎后化成的万点耀眼金花，那仿佛碧玉剪裁出的千层翠叶，恰是三秋桂子所独有的。词人状物，取譬富于个性化。桂花花朵娇小不以形取胜，词人独辟蹊径，围绕丹桂的金玉之质展开笔触，以黄金揉碎设喻，别具一格。“黄金”而言轻，取其形的轻柔、色的亮丽；“碧玉”而言层层，取其色泽莹润、质感剔透。朱熹的《咏岩桂》曰：“叶密千层绿，花开万点黄。”与此颇有相似处，然而朱词明显露拙，李词胜在巧丽。

“风度精神如彦辅，太鲜明。”

这一句词人从实写转入虚写，以古代名士的风度精神来摹写桂花的气质：据《晋书·乐广传》记载，西晋末年，时任太子舍人的乐广被时人赞誉“此人之水镜，见之莹然，若披云雾而睹青天也”，意思是说彦辅这个人就好像人中的清水明镜，晶莹剔透，看见他（听他谈论）像是拨开云雾看见了青天。这一树桂花的金玉之质与彦辅的淡然睿智一脉相承，它的个性气质都鲜明得很。从花到人，以花喻人，以人拟花，词人笔下的桂花因而有了人的灵性与气质，金玉之色与碧玉之质兼而有之，形象鲜明，气质独到，惹人敬慕。词人属意“太鲜明”的个性，或是因为词人本就是位个性“太鲜明”的女子。

“梅蕊重重何俗甚，丁香千结苦粗生。”

过片两句，词人用对偶出句，摹写梅花与丁香的姿容，不吝贬词：梅花重重叠叠拥成一簇一簇，以繁盛婀娜示人，有矫揉造作之嫌，难脱俗气之面，丁香花似有郁结绾成千千结，姿态纠结不能舒展，颇有粗陋苦楚之相。李清照素来是爱梅之人，她曾经有词“莫辞醉，此花不与群花比”（《渔家傲》），盛赞梅花之美，而芳香科植物丁香，幽香袭人，隐含忧伤气质，颇得诗人青睐。但这里词人不惜以“俗”“粗”二字形容它们的形象。为什么呢？因为这首词的主角是桂花，词人以梅花丁香的“俗”与“粗”来对比衬托出桂花的雅与清，故而暂时不吝贬词了。

“熏透愁人千里梦，却无情。”

结句实为点题之笔，词人的深重愁情卒章出之。宋代柳永《望海潮》有词：“三秋桂子，十里荷花。”“三秋”意指桂花花期长，馥郁芬芳，长久不散，丹桂飘香，十里可闻，历来为人称道。然而词人竟然责怪这桂花的馨香太“无情”，一树浓郁的桂香在夜半时分，惊扰了词人魂游千里之外的好梦，梦中所思家国、所念远人，在梦被惊醒的那一刻都消遁无形，徒留惆怅满怀，实在太无情，太不解人意了。这是典型的贬词褒用，说桂花无情竟是因为花香太浓郁，这样曲笔描写桂花芬芳馥郁，别具特色。

这首咏物词，词人借花抒情，写就了一篇让人回味无穷的小调，读词人在馥郁的丹桂香飘中，依稀看见词人怅惘梦断的形象。

武 陵 春[1]

风住尘香花已尽[2]，
日晚倦梳头[3]。
物是人非事事休，
欲语泪先流[4]。

闻说双溪春尚好[5]，
也拟泛轻舟[6]。
只恐双溪舴艋舟[7]，
载不动、许多愁。

注　释

① 这首词在不同选本中，标题各异，有“春晚”“暮春”“春晓”等题。清代孙致弥所辑《词鹄》词调为“武陵春第二体”。

② 风住：风停。尘香：花落到地上，尘土也沾染上落花的香气。花已尽：《词谱》、清人万树《词律》作“春已尽”。

③ 日晚：《花草粹编》作“日落”，《词谱》《词汇》、清代万树《词律》作“日晓”。

④ 泪先：《彤管遗编》《彤管摘奇》作“泪珠”，沈际飞本《草堂诗馀》注：“一作珠，误。”《崇祯历城县志》作“欲泪先流”，误删“语”字。

⑤ 闻说：听说，听闻。清人叶申芗辑《天籁轩词选》作“问道”。春尚好：明代程明善辑《啸余谱》作“春向好”。双溪：水名，在浙江金华，是唐宋时有名的游览胜地。有东港、南港两水汇于金华城南，故曰“双溪”。

⑥ 拟：准备、打算。也拟：也想、也打算。宋代姜夔《点绛唇》：“第四桥边，拟共天随住。”轻舟：清代陆昶《历朝名媛诗词》作“扁舟”。

⑦ 舴艋（zé měng）：小舟，两头尖如蚱蜢。唐代张志和《渔夫》词：“钓台渔父褐为裘，两两三三舴艋舟。”

题　解

武陵春，词牌名。李清照这首词是《武陵春》词的变体，较之正体，变体下片末句添一字，四十九字。

这首《武陵春》大致写于李清照晚年避乱金华期间（大约在宋高宗绍兴四年，即公元1134年以后），词人时年五十岁。词作写词人春日里触景伤情，上片极写眼前景物的不堪、心情的凄苦；下片写词人意图通过春游消解这份凄苦而不得的愁苦。整首词表现出了词人深重的故国之思。

赏　析

这是一首别具一格的闺怨词。人到晚年，饱经离乱的词人其言也哀，绘悲景，诉悲情，写得怨愁深重，情味深挚，读来格外动人。

“风住尘香花已尽，日晚倦梳头。”

起句词人绘制了一幅春残图：一场狂风肆虐过后，风势已住，花期已尽，一树残红零落成尘，马踏人踩，不见花红，只闻得残留于尘土中的花之香气仍在隐隐散逸，春光似乎在这一刻遁形了。一树春花原本如画，孰料一场劲风不仅残损了花容，而且残损了词人的惜春之情，引发词人对昔日如画生活的眷念。目睹这样的残衰之景，纵使日上三竿，词人临镜而坐良久，却迟迟无心梳妆。笔者以为第二句中的“日晚”按《词谱》等选本作“日晓”亦可，因为以“日晓”起句，把词人自朝至暮，愁倦之情不曾断绝的形象呈现纸上了，为全词的抒情奠定了基调。这一句中的“倦”字与词人早期词句“起来慵自梳头”（《凤凰台上忆吹箫·香冷金猊》）中的“慵”字比较而言，前者是身心俱疲的心灰意冷，后者是甜蜜的相思之怨，显然在艺术表达力度上，“倦”字易动人心，“慵”字易显愁之闲，前者表达情感更深沉。

“物是人非事事休，欲语泪先流。”

第三、四句，词人酝酿了一晚的愁情，此刻奔涌而出，她不惜直抒胸臆：目下依然是春天，可是人世剧变，往事不堪回首，而今万事且休矣。避乱金华的词人，曾经经历过的幸福都已烟消云散，现如今她孑然一人，染疴在身，看旧景，不由万念俱灰，感到万事俱休，万千心语，无人可诉，千言万语最终化作一行行清泪长流不止。“事事”皆“休”，“事事”是家事国事天下事，家国之事，俱往矣，一个“休”字写尽词人心中了无生趣、万念俱灰的心态，这一笔可谓神来之笔。

上片一、二句曲笔蕴藉，以景言情，三、四句纵笔直书，直呼心曲，看似笔锋各异，却因为词人将景语写成了情语，情语表达直白不掩，使得抒情委婉而不失深挚，强烈而不失真切。

“闻说双溪春尚好，也拟泛轻舟。”

长流的清泪加重了词人心中的凄苦悲愁，她意欲寻觅一方山水来消解这份凄楚：听说位于金华城外的双溪，春光依旧，词人尽管心灰意冷，闻听此说，也动了心，打算乘坐一叶小舟前往观赏。“闻说”是听说的意思，然而用于此处，词人似有他意？听说而已，出游的念头也只是一闪而已。一个“尚”字，一个“也”字，颇有无意、无趣的意思，将词人其实无心游春的心理泄露无遗。

“只恐双溪舴艋舟，载不动、许多愁。”

如果说愁情也有重量的话，那么我带着这满怀的愁情前往双溪泛舟，这叶舴艋舟只怕会承载不了这重量而倾覆的。“愁”本无形，更遑论重量，这当然是词人的艺术夸张，然而正是这一笔艺术的夸张，将下片起始两句酝酿的自我消解的情绪一扫而光，词人最终又以伤春伤己的形象出现，与词作首句遥相呼应，首尾圆和，结构精巧。

这首《武陵春》历来备受词家称颂，尤其是结句摹写愁情别出心裁，将抽象的愁情形象化，愁情居然有重量可感，有数量可论，新颖别致，因而成为千古名句。宋代苏东坡《虞美人》中也写过“无情汴水自东流，只载一船离恨向西州”的诗句，同样是以船载愁情，可是与李易安的这句词相比，不免多了一份拘泥固化，少了一份创意灵动。

转调满庭芳

芳草池塘，绿阴庭院[1]，晚晴寒透窗纱[2]。
玉钩金镍[3]，管是客来吵[4]。
寂寞尊前席上，惟愁语、海角天涯[5]。
能留否？
酴醿落尽[6]，犹赖有梨花。

当年曾胜赏[7]，生香熏袖[8]，活火分茶[9]。
拟游龙娇马，流水轻车[10]。
不怕风狂雨骤，恰才称、煮酒笺花[11]。
如今也，
不成怀抱，得似旧时那？

注 释

① 芳草池塘，绿阴庭院：前句语出南朝宋谢灵运《登池上楼》："池塘生春草，园柳变鸣禽。"后句源出后蜀毛熙震《浣溪沙》词："花榭香红烟景迷，满庭芳草绿萋萋。"

② 晚晴：傍晚雨后初晴。唐司空图《山中》："昨夜前溪骤雷雨，晚晴闲步数峰吟。"

③ 玉钩金锞：一作"轻掀金锞"。"玉钩"二字为阙文所补。玉钩：新月。唐李白《挂席江上待月有怀》诗："倏忽城西郭，青天悬玉钩。"锞（suǒ）：古同"锁"。

④ 管是：必定是；多半是。元代董解元《西厢记诸宫调》卷一："这妮子慌忙则甚那？管是妈妈使来吵！"吵（shā）：语气词，相当于现在的"啊"。

⑤ 海角天涯：形容非常偏僻遥远的地方，这里喻指宋朝沦落的国土。唐白居易《浔阳春三首》："春生何处暗周游，海角天涯遍始休。"

⑥ 酴醾：花名，本作"荼蘼"。《群芳谱》称，因该花色黄如酒，故加"酉"字作酴醾。产于陕西秦岭南坡以及湖北、四川、贵州、云南等省。属蔷薇科落叶小灌木，于暮春时（4—5月）开花，有香气。宋王琪《春暮游小园》诗："开到荼蘼花事了，丝丝天棘出莓墙。"

⑦ 胜：名胜。

⑧ 生香：即芸香，香草名。夏季开黄花。花叶香气浓郁，可入药，有驱虫、驱风、通经的作用。

⑨ 活火分茶：旺火分茶。分茶：宋杨万里《澹庵座上观显上人分茶》诗："分茶何似煎茶好。煎茶不似分茶巧。"是宋人加工茶水的一种方式，大致是用重茶匙取茶汤注盏中，技巧高超的分茶者能使盏中之茶水呈现图案花纹，甚至文字诗句。宋苏轼《汲江煎茶》诗云："活水还须活火烹，自临钓石取深清。"活水即流动的水，活火即旺火。

⑩ 游龙娇马，流水轻车：化用南唐李煜《望江南》句："还似旧时游上苑，车如流水马如龙。"

⑪ 笺花：比喻美妙的词章。唐李元纮《奉和圣制送张说上集贤学士赐宴》："馔玉趋丹禁，笺花降紫墀。"（紫墀，借指宫殿庭阶）

题 解

满庭芳，词牌名。《词谱》卷十三曾觌（dí）《转调踏莎行》调下注：“转调者，摊破句法，添入衬字，转换宫调，自成新声耳。”

李清照这首词原有数处阙文，后多有评家补阙。

李清照写这首《转调满庭芳》，时年五十四岁。这首词，上片写词人孤居之苦，无春之伤；下片写词人忆往昔。词作在今昔对比中，寄托了词人深沉的故国之思。

赏 析

这首词，虽然脱文较多，但补阙之后仍然能显示出李词的不凡笔力。

词作上片从所居环境起笔。

“芳草池塘，绿阴庭院，晚晴寒透窗纱。”

池塘边香草馥郁，庭院里绿树成荫，傍晚时分，雨后初晴的空气里氤氲着丝丝寒意。寒意浸透薄薄的窗纱，让窗内人顿觉寒凉。怡人的暮色春景，因一个“寒”字而消弭了满庭的春意。傍晚雨后初晴，谓之晚晴。白天一场雨带来的寒意令池水生寒、庭际树荫平添凉意，春景无暖意。更有“芳草”雨后独幽，春树雨后独阴，伴随词人的唯有雨后寒凉。

“玉钩金锁，管是客来唦。”

天上的一弯新月高挂，门上的铜锁紧扣。词人老来无子，更无伴，卜居他乡，陪伴她的多是令人望之思人的月儿和门上形同虚设的铜锁。如若是在汴京时，家中常高朋满座。“玉钩金锁”四字，是不加修饰的白描笔法，在简单的景语中寓含深重的故土之思；“管是客来唦”以宋时口语入词，在如话家常般的叙述中表现词人孤独凄凉中亟盼友人来访的心境。有的版本补文“玉钩”二字作“轻掀”，这种补阙，亦有其妙：晚年久经颠沛漂泊的词人最惧只身独处，哪怕是极轻微的门锁响动，词人也会欣喜地当作有客人来访了。这一细节描写，传达词人内心的孤寂无依之感，有以简驭繁之妙。

“寂寞尊前席上，惟愁语、海角天涯。”

面对席上的美味佳肴，词人持箸的手迟迟不愿抬起，只把樽中美酒，一杯接一杯地饮下，而心中的寂寞，却是一重又一重，堆积起来。久居远在天涯海角的他乡，一腔愁语无人倾诉，沦陷的故都，似乎再难回去。词人不惜直抒胸臆，直言因为离乡太遥远，“寂寞”满怀，全化作愁语，纵有满席美味珍馐，也无法慰藉她的思乡之心。

“能留否？酴醿落尽，犹赖有梨花。”

满院的春光还会在此停驻多久？暮春时节盛放的荼蘼花花事已了，空余枯枝，春光即逝，不过幸好还有雪白的梨花正灿然开放，聊以慰藉我一颗惜春的心。荼蘼花花落意味着春将尽，更易引发词人伤春之怀，“犹赖有梨花”，不过是词人的自慰之词，物是人非，梨花怕是离花的隐喻。

词作下片写词人忆往昔。

“当年曾胜赏，生香熏袖，活火分茶。”

当年曾经与君同游的“胜”地，想来必定是风景依旧，词人遥记得自己意兴盎然地为朋友煮水分茶，淡淡的芸香馥郁从衣袖间缓缓释出，跳动的火苗沸腾了烹茶的水。这些当年旧事如今忆起历历在目。只是，凡此种种皆是“当年”事，无关今日了。这三句不着一“愁”字，却将一腔愁绪写得跃然纸上，其妙在于以乐景写哀情，其情倍加伤感。

“拟游龙娇马，流水轻车。”

拟，想，设想，猜想意。远在“海角天涯”的临安，忆起昔日故都的繁华似锦，大街上，曾经车如流水马如龙，人来人往，熙熙攘攘，可是一个“拟”字却不无讽刺意味：而今可以想见，曾经车如流水马如龙的繁华京都，在金人铁蹄下该是怎样的情形。

“不怕风狂雨骤，恰才称、煮酒笺花。”

想当年，彼时彼地的词人哪管外面风狂雨骤，才思涌动，煮酒赋词，刚好相称赋写好诗的气氛。系出名门、才气早播的词人，曾是率性生活、随性为文的才女，她笔下情思多致，风景动人，“恰才称”，是词人才气难掩的自信，也是词人诗家本性的外现。她煮酒所笺之花，多是脍炙人口的佳作名篇。身处“女子无才便是德”的时代，才女李清照卓然出世，恣意享受着煮酒笺花的快意，只是当年赖以自矜的笺花种种，如今身处“海角天涯”，怎堪再读？

“如今也，不成怀抱，得似旧时那？”

而如今，心中承载着万千心事，故土难回，故人已去，那些曾经美好的时光，怕是再也不会有了。“不成怀抱”直抒胸臆，语含沉痛。句末“那”字，古汉语中是表示疑问语气的语助词，《后汉书·韩康传》：“公是韩伯休那？乃不二价乎？”李词用于结尾，含有强烈的叹息、反问语气，表达了词人故土难归的无奈之叹。

这首词，词人率性而作，在今昔对比中隐含物是人非、归返家乡无望的深沉哀怨，笔意清晰，笔力沉重。

浪淘沙

帘外五更风[1]，吹梦无踪。
画楼重上与谁同[2]？
记得玉钗斜拨火，宝篆成空[3]。

回首紫金峰[4]，雨润烟浓。
一江春浪醉醒中。
留得罗襟前日泪，弹与征鸿[5]。

注　释

① 五更：旧时自黄昏至拂晓，分为甲、乙、丙、丁、戊五段，谓之“五更”。又称五鼓、五夜。此处特指第五更的时候，即凌晨3—5点，天将明时。
② 画楼：雕饰华丽的楼阁。唐代李峤《晚秋喜雨》：“聚霭笼仙阁，连霏绕画楼。”
③ 宝篆：熏香的美称。焚烧时烟如篆状，故有此称。
④ 紫金峰：一说“紫金峰”即建康（今南京）的钟山。
⑤ 征鸿：意为“远飞的大雁”，古人常借其寄寓思归的情怀。

题 解

浪淘沙，词牌名，原为唐教坊曲，又名《浪淘沙令》《卖花声》等。唐人多用七言绝句入曲，南唐李煜开始将其演化成为长短句。双调，五十四字。

《全宋词》卷二刊这首《浪淘沙》为李清照存目词。全词写词人追念往事，怀想故人，眷恋故乡，今昔对比中，抒发了词人孑然一身、孤苦伶仃、故土难归的感慨。

赏 析

这首《浪淘沙》，其声哀凄、其思哀怨，将词人晚年的凄苦颠沛熔铸其中，颇具艺术感染力。

词作上片写词人被晓来之风惊醒梦境，昔日温馨转眼成空的凄凉。

"帘外五更风，吹梦无踪。"

凄冷的"五更风"透过轻薄的帷帘，直向屋内袭来，晓寒之气惊醒了梦中的词人。上片起句，极为精练，以细节描写营造词人所处之境的凄凉：五更时分，一阵风裹挟着寒气直入室内，将梦中的词人惊得睡意全无。两句之中"五更"二字尤有点睛之妙，五更寒气尤重，宋人柳永《雨霖铃》词有"今宵酒醒何处？杨柳岸晓风残月"句，用晓风砭骨加重离别之后情伤之深。"吹梦无踪"言风吹梦醒，一梦无痕，所有美好倏然遁形，词人怅然若失的神态，呼之欲出。一场梦灭而已，词人却在词作起句郑重道出，可见梦境中种种，当是词人念念难忘的事。

"画楼重上与谁同？"

梦境中，词人或许与知音之士同上"画楼"，齐赏远景，共赋新词。而如今，清梦被扰，画楼依旧，而昔日携手同游的那个人再也不会伴她同上画楼了，词人愈发感觉到枕冷衾寒，孤独无依。昔日双双把楼上，而今孤身倚画楼，倍添凄凉意味。

"记得玉钗斜拨火，宝篆成空。"

梦中的温馨历历在目：犹记得昔日与他一同以玉簪拨火，熏香袅袅，闺阁之内温馨宜人。而梦醒时分，只见香盒里宝篆熏香已空，词人兀自手持玉簪，却无香可拨。词人清晰地记得“执子之手，同拨香火”这样的闺中细节，透露出当初二人世界的甜蜜，故而“宝篆成空”隐含了词人心室也被现实掏空的喻意。

词的下片写词人此际忆起往日伤心旧事，遍寻身边却无人可诉的伤感。

“回首紫金峰，雨润烟浓。一江春浪醉醒中。”

紫金峰，即建康城里的钟山，这里代指建康城。建康城里承载了词人太多的悲与愁。“回首”一词，或许是说词人不得已随天子南逃的途中，回望建康城，忆起和赵明诚在建康城里度过的最后时日，想起愈来愈远的北国故土，泪眼但见“雨润烟浓”，烟雨迷蒙的紫金峰，隔断了北望的视线，一任心底烟雨霏霏。为了消解这悲愁，词人以醉解千愁，只是醉终有醒时，于是无论醉时、醒时，那悲愁恰如一江春潮排闼而来，流无尽时，无可阻逆。“一江春浪醉醒中”句化用南唐李煜《虞美人》“问君能有几多愁？恰似一江春水向东流”词意，抒情却较李煜词意更为直白坦率，词人心中的大悲恸，因而宣泄得更直接、更有力。

这三句词抒情强烈，然而用字几乎皆以写意笔调出之，似绘景，绘烟雨蒙蒙中的紫金峰，有雨洗青山的润泽，更有雨烟氤氲的秾丽；绘一江春水推浪翻涌，有春潮扑滚之势。实则是言情，词人在这番绘景之后仅着以“醉醒中”一词，就将前面的景语化作了情语，将词人一腔心事诉诸笔端。

“留得罗襟前日泪，弹与征鸿。”

这两句词化用宋代康与之《忆秦娥》一词的结句：“天寒尚怯春衫薄。春衫薄，不堪揾泪，为君弹却。”不尽的伤心事，惹得词人泪流不止，“前日泪”流的痕迹，隔日还“留得”罗襟之上，可见词人伤情非为一时情伤，而是日日伤心。“弹与征鸿”，意为弹泪与南飞的鸿雁。多少次北雁南飞，曾带来远人的音讯，而今又是雁南飞的时节，远人已逝，思念亡人的泪犹在襟前，而人间已无亲人可诉，心中余悲只能诉与天上征鸿。全词以挥泪征鸿作结，将抒情推至高潮，直可令读者不忍卒读，为之怃然掩泣。

陈廷焯在《白雨斋词话》中评价这首词：“凄绝不忍卒读，其为德甫（赵明诚字德甫，又作德父）作乎！”这样让人动容的悼亡之作，确实令人读来每每叹惋不已。

清 平 乐

年年雪里，
常插梅花醉①。
挼尽梅花无好意②，
赢得满衣清泪。

今年海角天涯，
萧萧两鬓生华③。
看取晚来风势④，
故应难看梅花。

注 释

① “年年雪里”二句：踏雪寻梅是李清照的癖好，而不论男女，宋人戴花是习俗。
② 挼(ruó)：以手揉搓。无好意：心事重重，没有什么好心情。
③ 萧萧：头发稀疏枯少的样子。华（huá）：头发花白。
④ 看取：看着，观察。取：助词，表动态，犹“着”“得”。

题 解

清平乐，原为唐教坊曲名，取用汉乐府“清乐”“平乐”这两个乐调而命名，后演化为词牌名，又名《清平乐令》《醉东风》等。共四十六字，八句。

李清照素来爱梅，南渡之后，更是多有咏梅之作。这首咏梅词高度凝练，词人借不同时期的赏梅感受隐喻自己三个人生阶段的心路历程，对自己一生的哀乐做了形象的概括与总结。

赏 析

李清照对梅情有独钟，曾经以“此花不与群花比”赞誉梅花为花中魁首。这首《清平乐》通过赏梅的三种情态，隐示词人的三种人生处境，寄意遥邃。

“年年雪里，常插梅花醉。”

词的上片从忆旧起笔。早年每到冬日雪天，李清照常常踏雪寻梅、折梅插鬓，时常陶醉在那样的快乐时光中！插花鬓间，不过是女子爱梅、爱美的寻常举动而已，然而以“醉”字形容便有了别样情趣。李清照踏雪寻梅，是为赏梅，为觅诗，为寻趣，这样的举动中，隐含着词人沉醉其中的幸福快乐。词人早年所写的《渔家傲》云：“雪里已知春信至，寒梅点缀琼枝腻。……此花不与群花比。”可见，昔日“年年雪里”梅花插鬓，或许是因为“此人不与群人比”的词人，常常就此沉醉于“此花不与群花比”的梅花卓尔不凡的姿态中，忘情之余，将自己的幸福也骄傲示人了。词人第一阶段的生活，充满恣意的欢乐与幸福。

“挼尽梅花无好意，赢得满衣清泪。”

胜景难常，盛筵难再，幸福总是难以长久。建康城里，伴她走过大半生的那个人永远地去了。再去踏雪寻梅，觅得新词，又有谁人与她相和呢？一腔心事无人可诉，插于鬓间的梅花不知何时已被词人揉搓成泥，恁是这般也无以遣愁，只能任长流的清泪沾湿了衣襟。李清照曾有词曰“更挼残蕊，更捻余香，更得些时”（《诉衷情》），写词人用揉搓残梅来消磨难熬的时光。然而花还是昔日的花，当年盼归的人早已不在，无人可盼，更兼国之不国，无国可归，昔日的幸福时光早已远去，生活尚且无依，更遑论赏梅的雅兴？每思及此，唯有泪千行。“挼尽”二字写泪洒梅朵的悲戚，上句中的“插梅”二字写醉赏梅花的喜悦，一悲一喜，对比分明，不加渲染，却勾勒出鲜明各异的形象，堪称妙笔。词人的人生第二阶段，充溢了满衣的清泪。

词的下片以伤今为主题，写词人晚年生活的寂寥凄凉。

“今年海角天涯，萧萧两鬓生华。”

“生华”意为生长白发。昔日曾经的恩爱伉俪，如今却阴阳两隔，词人远离故土，漂泊天涯，华发早生，两鬓斑白，晚年孀居的词人伴随岁月滋生的不仅是一头华发，更有海角天涯不能归的他乡之叹。词人意在抒情，表达漂沦无依的游子之叹，却倾力于描摹画面，这一句所塑造的华发老妇形象与上片第二句所描写的梅花簪发的幸福女子形象遥相对照，对比显豁，岁月变迁，沧海桑田之慨，以不言之言言之。词人第三阶段的生活，怎一个“凄凉”了得？

“看取晚来风势，故应难看梅花。”

“难看梅花”正是词人晚年生活的写照。这两句是白描式的心理描写：看着那傍晚时吹来的疾风，一夜风霜之后，明朝晨起后看到的恐怕就只有满地凋零败落的花瓣了，我纵有心赏梅恐怕也无梅可赏了吧。早年时，青春佳偶相伴，人倚梅花相映红；中年时，佳偶卒丧，国土沦丧，梅花失心，人心共梅花同落泥尘。梅花委地飘零，就好似词人晚年漂沦无依，词人怎会有心去簪梅鬓间，又怎能忍心亲眼目睹梅的萎落？李清照历来是女中须眉，所谓“看取晚来风势”，也许还寄托着词人对国事的忧怀，在自己有限的生涯里想看到收复北方、重返汴京恐怕是很难了，故“难看梅花”。这一句中身世之苦、家国之难糅合在一起，词的思想境界为之升华。词人人生的第三阶段，饱受忧患漂沦之伤。

这首小词构思精巧，个人身世与赏梅之思相勾连，寄托遥邃。词人没有工笔描绘，运用了白描、对比等艺术手法，简笔勾勒，形象动人，情真意切。李清照离世七十年后，南宋末年词人蒋捷有词《虞美人·听雨》：“少年听雨歌楼上，……壮年听雨客舟中，……而今听雨僧庐下，……”这应当是后人师法李清照这首词的构思最为成功的词作了。

行香子

天与秋光①，转转情伤②，
探金英知近重阳③。
薄衣初试，绿蚁新尝④，
渐一番风，一番雨，一番凉。

黄昏院落，栖栖惶惶⑤，
酒醒时往事愁肠。
那堪永夜，明月空床。
闻砧声捣⑥，蛩声细⑦，漏声长⑧。

注 释

① 与：赐予、给予。

② 转转：转来转去，总是。

③ 金英：热带地区的植物，灌木，高 1—2 米，花瓣黄色，椭圆形，蒴果球形，直径约 5 毫米。花期 8—9 月，果期 10—11 月。一说指黄色菊花。本书采用后一说。重阳：农历九月九日为重阳节。按照古老的习俗，人们在这一天要团聚、赏菊、饮菊花酒、插茱萸等。孟浩然《过故人庄》："待到重阳日，还来就菊花。"王维《九月九日忆山东兄弟》："遥知兄弟登高处，遍插茱萸少一人。"

④ 薄衣：粗糙的衣服。《梁书·武帝记》："菲饮薄衣，请自孤始。"绿蚁：新酿的酒还未滤清时，酒面浮起酒渣，色微绿（即绿酒），细如蚁（即酒的泡沫），称为"绿蚁"。后世用以代指新出的酒，并延伸开来有多个称呼，如：蚁绿（有浮沫的酒）、蚁尊（酒杯，借指酒）、蚁瓮（酒坛）等。

⑤ 栖栖惶惶（xī xī huáng huáng）：栖栖，忙碌的样子；惶惶，心不安定的样子。形容忙碌不安。

⑥ 砧（zhēn）：捶、砸或切东西的时候，垫在底下的器具，如砧板。此处当是指捣衣的砧板。

⑦ 蛩：是指蟋蟀。或泛指虫鸣声。细：此处意为清晰。杜甫《促织》："促织甚细微，哀音何动人。"古人常用蟋蟀的哀吟衬托愁人的悲哀心境。促织，即蟋蟀。

⑧ 漏声长：漏是更漏，是古时利用滴水来计时的器具。亦称漏壶，是用铜制成的计时器具，通过有刻度的立箭浮起的高度表示当时的时间。有漏尽更深或漏尽更残之说。

题　解

行香子，词牌名，双调小令，六十六字，亦可略加衬字。短句多，上下片结尾以一字领三个三言句，这一字常用相同的字。

这首《行香子》是李清照的存疑之作。迄今，只有民国铅印冷雪庵本《漱玉词》收入。全词描写某年"近重阳"时节，秋光正盛，词人却近节情更切，追念故人，感伤自己孤凄的处境。

赏　析

当年赵明诚别家远仕，李清照遥寄一曲《醉花阴·重阳》以飨思念良人之情，其中尤以"莫道不销魂，帘卷西风，人比黄花瘦"之句打动了赵明诚的心，更打动了后世多少读诗人的心魂。造化喜欢作弄人，岁月轮回，不知不觉又近重阳佳节，然而那个写下五十首词欲与妻子的《醉花阴》词一比高下的人已不在了，孤身漂沦的词人，回忆往昔，心中涌起太多过往幸福的片段，此际生死离情、悲凉叹惋，尽意化作一曲流转动人的《行香子》。

上片写又近重阳佳节，天气逐渐转凉，女词人百感交集，格外伤情。

"天与秋光，转转情伤，探金英知近重阳。"

天地造化赋予秋天气爽天高的同时，每每带给人们萧瑟的秋意、寂寥的伤感，故有刘禹锡"自古逢秋悲寂寥"的诗句。岁月更替，时节轮回，仔细探看，那盛开的金菊似曾相识，词人恍然道：哦，又将是天高气清的重阳佳节了。《文心雕龙》云："物色之动，心亦摇焉。"当年重阳节，婚后小别，词人为伊消得人憔悴，伤情之余兀自慨叹"人比黄花瘦"；而今又是重阳佳节，身经国破家亡之创，自己曾经如花般绚烂的生命也有了萎谢的迹象，故词人言秋景"转转"变来变去，却总是难免让人"情伤"。

起句写秋光遍是的大意境，引逗得读者无限向往之；次句"转转情伤"则将词人自身从秋光遍野的大意境中抽离出来，聚焦成一个浓重的点，渲染秋意寂寥的氛围；第三句一个"知"字，又将这个点浸水晕染开来，绘成一幅秋花写意图，令读者随词人一同陷入回忆。这种骤开骤阖的笔调，令词作行文曲折多致，摇曳生姿。

“薄衣初试，绿蚁新尝。”

词人穿上新做的粗织衣裳，品酌新近酿制的美酒。秋来寒意渐重，词人心上的秋意渐浓，添加薄衣是为御寒，酌饮新酒是为驱寒，并非只为依照重阳旧俗品酒赏花。昔日小别饮酒是为思君，今朝阴阳两隔新尝绿蚁是为驱散心头的寒凉，薄衣能否御寒未为可知，而满怀酸楚，在一杯又一杯的新酿绿蚁中发酵、酝酿，愈发浓重了。看似平常举动，词人却有万般滋味在其中，这正是“易安体”以简驭繁的风格。

“渐一番风，一番雨，一番凉。”

秋意渐浓，秋雨秋风时至时去，反复无常中，眼见得，每刮一次风，每下一次雨，天气便渐次转凉了。此句大有别致之处，三句之中，“一番”一词反复三次出现，这种排比句式，强化了词人在风雨带来的秋凉之中心意转寒的心绪，以写景的笔调加强抒情意味，以复沓的句式使词韵自然流动，从而具有了音律美。辛弃疾有《三山作》：“放霎时阴，霎时雨，霎时晴。”《问蘧庐随笔》认为此句“胎易安语也”。清代纳兰性德的《长相思》中有“山一程，水一程，身向榆关那畔行。……风一更，雪一更，聒碎乡心梦不成”之句，似有典化易安此词的意味，与易安词同样具有以简驭繁的艺术魅力。

下片写临近重阳，词人凄然独处，永夜难眠的凄伤。

“黄昏院落，栖栖惶惶，酒醒时往事愁肠。”

黄昏降临，落日的余晖渐渐退去，昏黄黯淡的庭院里，秋风拂过，树叶窸窣一阵，之后又陷入寂寂无声中。凄凄惨惨戚戚，词人独自一人在院中徘徊，心里满是惶惑不安。白日绿蚁醉了喝它的人，然而伴着寒意降临的夜色，驱散了醉意，之前借着醉酒暂时忘却的旧事，此刻再次涌上心头。宋代范仲淹《苏幕遮》词有“酒入愁肠，化作相思泪”。愁肠，极言愁事煎熬心肠。而此刻的李易安，酒过愁肠，除了相思泪，更多地化作了漂沦之泪、亡国之泪。

“那堪永夜，明月空床。”

明月当空，朗照依旧，勾起词人多少美丽的遐思，只是漫漫长夜里，当这一轮朗月把一片银光尽情倾泻在词人空空如也的床畔时，词人却不堪月明，因为当年那个共枕望月的人儿再也不会陪着她对月吟诗了。《古诗十九首·明月何皎皎》“明月皎皎照我床，星汉西流夜未央”句借月照床畔，女子无眠，写女子思念丈夫的深情。李清照“明月空床”句或是由此点化而成，抒情较之《明月何皎皎》却更强烈、更直白。写“床”而言“空”，暗中以词人的满腹孤苦尽意填满，词人之笔，妙在一字点睛，较之典出，似乎更胜一筹。

“闻砧声捣，蛩声细，漏声长。”

李白《子夜吴歌》诗云：“长安一片月，万户捣衣声。……何日平胡虏，良人罢远征。”古时妇女多在秋季拆洗衣服，缝制冬衣，送给在外服役的丈夫。明月之夜闻听捣衣声，自然引发女子怀念远征良人的情怀。夜长难寐之际，时有捣衣声传入词人的耳中，只是良人已去，词人竟无衣可捣，无人可送衣，偏偏院中又传来蟋蟀细长的哀鸣声，于是倍觉满怀凄伤。漏壶报更，就像一曲哀歌传进词人耳际，永夜不眠的词人叹惋：这漏声何故这般幽长！这三句与上片结句，同样以排比形式作结，令易安此词音节铿然，流韵天成，实乃妙笔独出。

这首《行香子》善于使用叠句、巧用叠音词，在艺术构思上别具魅力；词旨写亡别之痛，悲苦之情深重，声声凄切，字字含泪。细细品来，绝不逊色于同是以重阳为题的名作《醉花阴》。

孤 雁 儿

世人作梅词，下笔便俗；予试作一篇，
乃知前言不妄耳。

藤床纸帐朝眠起①，
说不尽、无佳思。
沈香断续玉炉寒②，伴我情怀如水。
笛声三弄③，梅心惊破④，多少春情意。

小风疏雨萧萧地⑤，
又催下、千行泪。
吹箫人去玉楼空⑥，肠断与谁同倚⑦？
一枝折得，人间天上，没个人堪寄⑧。

注 释

① 藤床：用藤、竹编制的轻便床榻。纸帐：用藤皮茧纸制成的帐子。宋人林洪在《山家清事》的“梅花纸帐”条目中描写道：于独床四周立柱，挂瓶，插梅数枝；床后设板，可靠以清坐；床角安竹书柜，床前置香鼎；床上有大方目顶，用细白楮（纸的代称）作帐罩之。

② 沈香：一种熏香的名字，也叫“沉水”。 玉炉：玉制香炉。也泛称高级香炉。

③ 笛声三弄：古笛曲有《梅花三弄》，此处意为用笛子吹奏《梅花三弄》。

④ 梅心：梅花的苞蕾。惊破：指梅花花苞初绽。

⑤ 萧萧：《花草粹编》作“潇潇”。

⑥ 吹箫人：此处借指已故的赵明诚。先秦之时，秦穆公之女弄玉喜好吹箫，嫁给擅长吹箫的萧史之后，二人随凤飞去（见《列仙传》）。

⑦ 肠断：指人极度哀伤，柔肠愁断之意。《世说新语·黜免》：“桓公入蜀，至三峡中，部伍中有得猿子者，其母缘岸哀号，行百余里，不去，遂跳上船，至便即绝。破视其腹中，肠皆寸寸断。”

⑧ “一枝”三句：三国时吴国陆凯与范晔交谊甚深，陆凯从江南遥寄一枝梅花给长安的故人范晔，并赠诗曰：“折梅逢驿使，寄与陇头人。江南无所有，聊寄一枝春。”表现对挚友的慰藉和深厚的情谊。

题 解

孤雁儿，词牌名，多写离别悼亡等悲伤之情。

这首词原见于《梅苑》卷一。这是李清照晚年卜居杭州期间所作的一首悼亡词，词作借咏梅表现了词人对亡故之人的缅怀、悼念之情。

赏 析

这首《孤雁儿》词前有小序："世人作梅词，下笔便俗。予试作一篇，乃知前言不妄耳。"李清照以自谦的口吻告知读者，她所摹写的梅花，或许会落入俗笔；她所咏叹的情感，或许会陷入俗套。李清照实在是故作谦辞，以引出她笔下形容不俗、气质更脱俗的梅花，全词以"梅"为线索，串起全文，构思别致。

词作上片写词人自己因赏梅而生的哀伤之情。

"藤床纸帐朝眠起，说不尽、无佳思。"

起句不言梅花，却有梅香，起笔不俗。藤床，是用藤竹编制的简便卧榻，类似于今天的藤制躺椅。纸帐，是用藤皮茧纸制成的帐子。晨曦才露，藤床上悬挂的纸帐就已被绾起束好，一夜难眠的词人晨起待妆，然而昨夜所梦，仍盘绕在脑际，纠缠不已，纵然纸帐四支撑柱中所插的梅花仍幽香缕缕，却恰如说不尽的梦中愁思，令人"无佳思"。"藤床"是临时坐卧之具，可见词人原本就无意安睡，"纸帐"传香，词人却是全无佳思，断然没有宋人朱敦儒《鹧鸪天》词"道人还了鸳鸯债，纸帐梅花醉梦闲"二句所言的慵闲享受之意。首句以这两种意象起笔，看似淡笔，却写出词人内心世界的纠结，笔意深婉。

"沈香断续玉炉寒，伴我情怀如水。"

沉香香尽断烟，插香的玉炉继而生出阵阵寒意，一室的凄冷，任谁人有万千情怀也都寒凉如水了。心境如水，却不是止水，一腔心事都化作绵长悠远的春水滔滔东流了。此中"寒"字，倾泻了词人心中千般寒凉之感。

"笛声三弄，梅心惊破，多少春情意。"

行文至此，"梅"字始出现。然而伴以"惊破"二字，梅的形象就格外惊艳了。

沉寂之中，是谁家玉笛吹起了哀凄的《梅花三弄》？不成想，这笛声惊破了梅的花苞，催绽了一树梅花，也吹醒了词人深埋心中的记忆种种。“笛声三弄”，或是实写，或是虚写，若是虚写，词人的想象力则太过惊人，将一树梅开想象为笛声所惊，易安用字，想象旖旎，可谓脱俗之至；“梅心惊破”则一语“惊人”，一则乍现一树梅花放的惊艳，带给读者强烈的视觉冲击，二则突显词人内心在那一刻骤然被激起的心灵波澜，引发读者丰富联想。“谁家玉笛暗飞声？散入春风满洛城。”（李白《春夜洛城闻笛》）闻笛思乡怀人，是古典诗词的经典意象，而因梅思春则是易安词中的多见之笔。词人兼用二者，借助上片结句，词作自然地过渡到下片着重写怀人上。

“小风疏雨萧萧地，又催下、千行泪。”

萧萧，意为冷落没有生气。门外疏雨潇潇，绵绵不绝，词人目之所及的世界陷入没有生气的冷清之中，引逗得门内枯坐之人，潸然落泪，千行不已。绝妙之处恰是李清照在词中刮小风、落疏雨，以雨催泪，情随景迁，词人感情，愈写愈悲。

“吹箫人去玉楼空，肠断与谁同倚？”

千行清泪为何人而流？为“吹箫人”。“吹箫人”典出《列仙传》，擅长吹箫的萧史是秦穆公之女弄玉的心上人，传说二人结为夫妻后，穆公专为二人造楼，弄玉学箫成功后吹箫之声引来凤听，后二人双双随凤而去。李清照心中的“吹箫人”当是赵明诚。赵明诚逝去之后，人去楼空，纵有梅花惊艳，又有谁与她倚栏同赏呢？当年循城远览，踏雪寻梅，归来与赵明诚酬诗唱和的情景，如今还历历在目。寡居多思的词人，每每忆及此景，不啻是肝肠寸断。较之《行香子》中“酒醒时往事愁肠”句，一者愁肠百结，纠结难释，一者肝肠寸断，不能自已，悼亡之情，更加深挚。

“一枝折得，人间天上，没个人堪寄。”

结尾三句化用三国吴人陆凯赠梅与范晔的故事，陆凯当年思念远在长安的友人范晔，曾折下梅花赋诗以赠。自《赠范晔》诗之后，“折梅”成为彼此馈赠的代语，词人想效仿当年的陆凯，折一枝早春的梅花，赠给自己心中最爱的那个人，可是词人今天折下梅花，找遍人间天上，四处茫茫，没有一人可供寄赠。其中“人间天上”一语，写天地之间，世界之大，却“没个人堪寄”，写环顾四周，独身之孤。两相对比中，无助个人之于偌大世界的无能为力、怅然若失愈加分明。全词至此，戛然而止，而一曲哀音，却缭绕不绝。

这首词以咏梅抒悼亡。全词，用梅香起笔，用《梅花三弄》曲引悲凄，用梅心惊破写惊艳，又用折梅无可寄以宣郁结，情辞动人。更兼词人口语入词，以俗写雅，笔法新巧，富有艺术感染力。

长 寿 乐

南昌生日[1]

微寒应候[2]，望日边，六叶阶蓂初秀[3]。
爱景欲挂扶桑[4]，漏残银箭[5]，杓回摇斗[6]。
庆高闳此际[7]，掌上一颗明珠剖[8]。
有令容淑质，归逢佳偶[9]。
到如今，昼锦满堂贵胄[10]。

荣耀，文步紫禁[11]，一一金章绿绶[12]。
更值棠棣连阴[13]，虎符熊轼[14]，夹河分守[15]。
况青云咫尺[16]，朝暮重入承明后[17]。
看彩衣争献[18]，兰羞玉酎[19]。
祝千龄，借指松椿比寿[20]。

注 释

① 南昌：寿主韩肖胄母亲的诰命。诰命，皇帝封赠官员的专用文书。

② 应候：应合时令。候：时节。

③ 六叶阶蓂（míng）：蓂荚草长出六个叶，意思是指生日在初六。《帝王世纪》载，帝尧时，有一种奇异的小草生于天帝庭院，小草由每月的头一天开始，每日生出一片叶子，十五天后，每天落一片叶子，至月尾最后一天刚好落尽；如果此月为小月（少一天），最后的那片叶子就只凋零而不落下。帝尧奇之，呼为“蓂荚”，又名“历草”。人们认为它是象征祥瑞的草。

④ 爱景：指冬天的太阳。爱：通“暖”，和煦的阳光。《乐府诗集》：“玉墀留爱景，金殿蔼祥烟。”景：日光也（《说文解字》）。扶桑：神话中的树名，传说日从其下出。

⑤ 漏残银箭：指更漏将残，天将破晓的时候。漏：银漏，古代计时器。银箭：置于漏壶中，上面有标志时辰的漏刻。

⑥ 杓（biāo）回摇斗：指斗柄向东折回，意思是春天即将来临。杓：北斗五、六、七颗星的名称，又称斗柄。

⑦ 高闳（hóng）：高门，这里可作“贵府”“名门望族”解。闳：本义是巷门。

⑧ 剖：本意为破开，此处为“出生，诞生”的意思。

⑨ 归：女子出嫁。

⑩ 昼锦：韩肖胄曾祖韩琦守相州时，建昼锦堂。贵胄：贵族的后代。

⑪ 紫禁：以紫微星垣比喻皇帝的居处，故称皇宫为紫禁。

⑫ “一一”句：意谓列席者都是高官。金章：以金为印章。绿绶：指系印柄的绿色丝带，此处代指高官。

⑬ 棠棣：一种蔷薇科植物，以其花三三两两相互依凭而比喻兄弟情谊。

⑭ 虎符：铜铸的虎形兵符，背有铭文，作为古代调兵遣将的信物，分为两半，右半留京师，左半授予统兵将帅或地方官吏。调兵时由使臣持符验合方能生效。详见《史记·信陵君列传》。熊轼：作伏熊形的车前横轼。后用以指公卿和地方长官。详见《后汉书·舆服志上》。

⑮ 夹河分守：意指寿主有两个儿子都做了郡守。典出《汉书·杜周传》："始周为庭史，有一马。及久任事，列三公，而两子夹河为郡守，家訾累巨万矣。"

⑯ 青云咫尺：意谓转眼间即可平步青云。

⑰ 承明：一意为古代天子左右路寝，一意为承明庐，拜谒天子待制之处，后以承明庐代指入朝或在朝为官，此处是指寿主的两个儿子不久将成为皇帝身边的高官。

⑱ "看彩衣"句：此处指儿子为母亲祝寿。彩衣：原指春秋时老莱子着彩衣以娱亲。详见《艺文类聚·列女传》。

⑲ 兰羞：指精美的食物。羞：通"馐"。玉酎（zhòu）：复酿的醇美之酒。

⑳ 松椿比寿：祝寿之辞。详见《诗经·小雅·天保》。《庄子·逍遥游》中也有以大椿比岁之句："上古有大椿者，以八千岁为春，八千岁为秋。此大年也。"

题 解

长寿乐，词牌名，一百一十三字，上下片各十句。李清照此词是此调的变体，上下片各十二句。

这首词是李清照的存疑之作。据考察，这首词或是李清照为韩肖胄的母亲所作的寿词。祝寿词多为应酬之作，而这首《长寿乐·南昌生日》却因李清照高超的语言功底，写得典雅端庄，含蓄蕴藉，值得一品。

赏 析

这篇《长寿乐·南昌生日》是祝寿词，南昌是韩肖胄母亲文氏的诰命。李清照以祝寿为母题，词中多有典出，却无晦涩之笔，写得颇为别致。

词作上片，前八句写寿主出生的日期、时辰恰逢佳日吉时。

“微寒应候，望日边，六叶阶蓂初秀。爱景欲挂扶桑，漏残银箭，杓回摇斗。庆高闳此际，掌上一颗明珠剖。”

天气微寒，正合时令。寿星南昌，生日恰在初六那日。旭日暖阳从东边的扶桑树下升起来了，北斗星的斗柄向东折回，冬日将尽，春天即将来临。恭庆高宅贵府里，曙色渐露之际，恰有一颗掌上明珠诞生了。六叶阶蓂是祥瑞之草，寿主诞生在祥瑞之日，暖阳将出于扶桑树下，北斗星斗柄东回，寿主生辰更是冬末时节的吉利之时，词人暗中化用多则典故，却不着引用的痕迹，借以暗示寿主出身高贵，虽是奉承之词，却颇是雅致委婉。

“有令容淑质，归逢佳偶。到如今，昼锦满堂贵胄。”

这四句，李清照赞美南昌夫人才貌俱佳，更兼嫁得了中意郎君，到如今，子孙后代皆成大器，此刻正是贵胄满堂。称寿主才貌俱佳或是恭维之词，或是写实之笔，写得中规中矩，并无新意。然而，同为女性，李清照以女性的视角，又写寿星幸福的婚姻、成器的子孙，不仅将祝寿气氛推向更热烈的程度，而且写出女寿主的幸福所在，让这首词少了一份恭维，多了一份真诚的贺意。昼锦堂是宋代三朝宰相韩琦任相州知州时修建的一座堂舍，据《汉书·项籍传》“富贵不归故乡，如衣锦夜行”之句，反其意而用之，故名“昼锦堂”。可见韩氏一族，何等富贵逼人。

词作下片，称颂寿主家世荣耀，并祝寿主长寿。

“荣耀，文步紫禁，一一金章绿绶。”

满庭皆是荣耀之人，文者官步紫禁城，个个都是位高权重者。家世荣耀，令人瞩目，文书世家，步入朝中，官居高位。

“更值棠棣连阴，虎符熊轼，夹河分守。况青云咫尺，朝暮重入承明后。”

更有兄弟同门同出政要，有的是掌持虎符的一方长官，还有两个儿子都做了郡守。就连亲戚同门，也多仕途不凡。况且不久之后将会平步青云，有朝一日成为帝王身边的高官。官居高位，世人瞩目，词人这样的介绍衬托出寿主生日宴聚吉祥热闹的气氛。之后，词人更添一句吉利祝词，说寿主的儿孙同门兄弟都将会前途似锦、平步青云的。

“看彩衣争献，兰羞玉酎。”

寿主居高堂之上，笑看子辈为自己尽心祝寿，为博自己一笑而仿春秋时的老莱子身着彩衣以娱亲，更有玉盘珍馐、金樽美酒摆满筵席。母慈子更孝，寿主的满意应该写在了脸上。

恭颂文氏家门荣耀显贵，不免逢迎祝祷的陈词滥调。而母以子贵的传统观念使然，故祝寿时词人对子孙的显贵大加渲染，这既是应时之词，却也写出了寿主以儿孙为傲的心情，写得富有亲和力。

“祝千龄，借指松椿比寿。”

最后词人以恭祝南昌夫人福如松柏之茂，寿如大椿之岁结笔。词人以松柏的茂盛喻指寿诞之长，以大椿的千岁喻指寿辰之长，恰中寿主心意，且取譬形象吉祥，颇有喜意。

这样一篇在人情来往上的应景之词，其表意达情有落入窠臼之嫌，但在艺术技巧上，还是颇有易安之风的：一则笔意委婉。作者用“爱景”，隐示寿主出生季节是冬天；用“杓回摇斗”，进而点出生季是春天将临之时，即冬末；用“六叶阶蓂初秀”，点示出生日是在冬末月初六；用“欲挂扶桑”“漏残银箭”，点出出生时辰是在天欲曙时。隐而不露，耐人咀嚼，词风颇显典雅蕴藉。二则取譬生动形象。用“掌上一颗明珠”，比喻贵寿主曾备受父母宠爱；用“青云”比喻官位显赫；用“松椿”树龄之长，比喻寿主寿命之长。这些比喻甚为恰切、生鲜。三则多则典故隐于文中，“昼锦”“金章绿绶”等典故的运用，令此词典雅蕴藉，丰厚耐读。

永 遇 乐

元 宵

落日熔金[1]，暮云合璧[2]，人在何处？
染柳烟浓，吹梅笛怨[3]，春意知几许？
元宵佳节，融和天气，次第岂无风雨[4]？
来相召，香车宝马[5]，谢他酒朋诗侣。

中州盛日[6]，闺门多暇，记得偏重三五[7]。
铺翠冠儿，捻金雪柳[8]，簇带争济楚[9]。
如今憔悴，风鬟霜鬓，怕见夜间出去。
不如向、帘儿底下，听人笑语。

注 释

① 落日熔金：落日的颜色好像熔化的黄金。

② 合璧：像璧玉一样合成一块。

③ 吹梅笛怨：指笛子吹出《梅花落》曲幽怨的曲调。

④ 次第：情形，景况。如李清照《声声慢》："这次第，怎一个愁字了得！"

⑤ 香车宝马：此指贵族妇女乘坐的雕镂工致、装饰华美的车驾。

⑥ 中州：即中土、中原。这里指北宋汴京，今河南开封。

⑦ 三五：古人常称阴历十五为"三五"，此指元宵节。明代归有光《项脊轩志》："三五之夜，明月半墙，桂影斑驳，风移影动，珊珊可爱。"

⑧ 铺翠冠儿，捻金雪柳：分别指饰有翠羽的女式帽子，元宵节女子头上以金线和银纸做成的装饰。

⑨ 簇带：借指头上插戴的各种饰物。簇：聚集。带：即戴。济楚：整齐、漂亮。簇带、济楚，均是宋时方言。

题 解

永遇乐（lè），词牌名，《词谱》卷三二以苏轼“明月如霜”一首为正体，共一百零四字。

李清照晚年寓居临安，即今杭州。大约在宋高宗绍兴十七年（1147）前后，适逢元宵佳节，词人触景伤情，作有此词。全词主要运用对比手法，状写南渡前后词人过元宵节的两种情景，表达李清照半世漂沦的身世之叹，故国沦亡的国事之伤。

赏 析

“每逢佳节倍思亲”，流寓临安的李清照，在月圆人不圆的元宵节，思亲思国之伤，更甚于平时。这首词写景抒情俱为佳妙，成为李清照的代表作之一。

上片从眼前元宵节的情景起笔，情景交融。匠心之处是词人以三个疑问串起上片跌宕起伏的情感波澜。

“落日熔金，暮云合璧，人在何处？”

天边的落日金光璀璨，好像熔化的金水一般，暮色之下天边的云彩碧蓝如洗，仿佛巨制的碧玉一样晶莹剔透。起首二句用工整的对仗句写景，遣词匠心，辞采华丽，景致动人。可是面对如此美丽的元夕暮景，词人却陡生一问：而今的我人又置身于何地？这一句宕开笔墨，不言美景，只关心事，暗用反衬手法，哀情与乐景，比肩而立，将异乡人放置于美景如昨的他乡，然而，词人此刻岂能误把他乡作故乡，心中生出的恰恰是一声充满迷惘与痛苦的自我质问。

“染柳烟浓，吹梅笛怨，春意知几许？”

这三句写初春之景，拟初春之音：树树绿柳，浓浓烟霭的熏染下，似乎更显朦胧；不知何处笛子吹奏出哀怨的《梅花落》曲调，似乎在哀叹先春而开的梅花已经凋谢了。这眼下的春意究竟有多少呢？“染柳烟浓”似画如诗的意境令人沉醉，只是“柳”“留”谐音，柳色愈浓，怕是欲留不能，离意愈重吧；“吹梅笛怨”的哀怨曲调更让人联想到梅花凋零萎谢的画面。李清照写早梅的凋落，不描梅朵，而是以音传形，写秋音之怨，煞是别致。对“春意”“几许”的探问，无须回答，“几许”通常言少，春意不多，盖因春意尚浅，而春意尚浅盖因词人心中无春啊。

“元宵佳节，融和天气，次第岂无风雨？”

元宵节，最是团圆享乐的好时节，但又怎知这享乐的情景不会因风雨来袭而转瞬即逝呢？这种平地突起的质问，令人生疑：既是乐游佳节，词人因何突生“忧风愁雨”的心理呢？词人多年来颠沛流离，饱受国难家愁的困扰，此时此地“好花不常开，好景不长在”的忧时心理，最能代表词人不敢奢望享受春意的漂沦之伤。

“来相召，香车宝马，谢他酒朋诗侣。”

那些酒朋诗友驾着华丽的车马前来召唤词人，可是词人却婉言相拒。词人诗名早具，适逢元夕，诗酒盛会怎可少了她？然而历经离乱的词人目下对所谓才名、家世业已漠然，不论酒朋抑或诗侣，纵有知音，她也无意诗酒相和了。三问之后，心下无绪的词人坦言无诗无春，纵是元宵佳节，却在乱世，词人心中唯余乱世伤情。

下片集中笔墨写昔日中州元夕之日的盛况。

“中州盛日，闺门多暇，记得偏重三五。”

中州是北宋都城汴京的代称。司马迁在建议汉武帝修改历法时，元宵节即被列为民间的重大节日，以后历朝历代，重视有加。词人此时身处临安，不由遥思北国中州。遥记当年汴京的元夕佳节，尤其盛大隆重。重视元宵节原是宋人习俗。《东京梦华录》中记载：每逢灯节，开封御街上，灯山花海，锦绣交辉。京都少女载歌载舞，万众围观。更何况，词人居汴京时节，闺门之内，多有闲暇时日，纵意乐享，佳节欢度，不知留下了多少难忘的时光。

“铺翠冠儿，捻金雪柳，簇带争济楚。”

帽子上镶嵌着翡翠宝珠，身上带着金线捻成的雪柳，争相打扮得漂亮耀目。这三句写的正是词人当年居京都时，同“闺门”女伴盛装出游的情景。才貌俱佳的词人，在元夕之夜该是如何装饰自己，又是如何令人动容的。

“如今憔悴，风鬟霜鬓，怕见夜间出去。”

而如今的自己，形容憔悴，即便首如飞蓬亦无心梳理。昔日中州城中那个簇带济楚的少女，变为今日临安城里一个形容憔悴、蓬头霜鬓的老妇。“风鬟霜鬓”四字源出唐传奇《柳毅传》，形容落难的龙女在风吹雨打之下头发纷披散乱，李清照借以摹写自己年老体衰的形象，刻画有力。同赏灯花的往事不堪回首，最怕是，元夕之夜，灯火依旧辉煌，游人依旧如织，却再也回不到往昔的盛日心情了。此处的“怕”字似乎更有“痛”的隐意，时代离乱投影在词人心灵上的绝不仅仅是一个节日的寂寥，更有一个乱世亡国的沉痛。

“不如向、帘儿底下，听人笑语。”

不如就隔着低垂的帘幕，听一听他人的欢声笑语，聊充作是在过元夕节吧。“不如”二字中透露出词人的强作欢颜，掩饰心底苦楚的无奈。她既怕夜间出游，他人的欢乐倍增自己的落寞，又怕独居闺中，被无边的愁苦淹没，出游与否，均不得安，纠结之余，不得已选择借他人的欢声笑语给自己一点慰藉。只是听人笑语，在昔盛今衰的对比中，徒增孤寂悲凉。这样的结语透着一份旁观幸福的凄凉。

李清照这首《永遇乐》口语与书面语并有，炼句精巧，曲调雅致，景驱情动，情感蕴藉，以至于南宋著名词人刘辰翁会每诵此词必“为之涕下”。

添字丑奴儿

芭　蕉

窗前谁种芭蕉树，阴满中庭。
阴满中庭，叶叶心心，舒卷有馀清①。

伤心枕上三更雨②，点滴霖霪③。
点滴霖霪，愁损北人④，不惯起来听。

注　释

① 舒：指芭蕉叶的硕大舒展。卷：指芭蕉心的卷曲。馀清：意谓芭蕉叶舒卷自然，蕉心给人以清凉舒适之感。今本多作"余情"，似乎胜于"馀清"二字。

② "伤心"二句：语出唐代温庭筠《更漏子》词的"梧桐树，三更雨，不道离情正苦。一叶叶，一声声，空阶滴到明"句。

③ 霖霪（lín yín）：久雨，此处指连绵不断的雨声。清代曹寅《和耦长西堂坐雨》："好雨不期至，霪霖愁过时。"

④ 北人：是词人南渡之后的自称。

题 解

添字丑奴儿，词牌名。添字，在此词中具体表现为在“丑奴儿”原调上下片的第四句各添入二字，由原来的七字句，改组为四字、五字两句。

李清照晚年卜居杭州，以孤老之身独居孤城，心境多凄伤。这首《添字丑奴儿》当是作于这期间。这是一首咏物词，全词上片侧重状物，状写芭蕉阴满中庭，叶心舒卷的形貌；下片侧重抒情，以雨打芭蕉引发的愁思，寄寓词人思念故国的深情。

赏 析

晚年寓居他乡的词人，境遇凄凉，心中多悲愁。又逢江南多雨时节，夜色渐深，不曾停息的雨水敲打着芭蕉树的叶子，声声入耳，在词人的心湖上激起万千涟漪，词人难以入梦，将万千思绪诉诸芭蕉。

词作上片描摹窗外芭蕉荫蔽中庭，叶心舒卷的形貌，寄情含蓄。

“窗前谁种芭蕉树，阴满中庭。”

窗前芭蕉树是谁人所种？词人开篇生出这样奇突的一问，却又似乎不须人作答，因为庭院里，巨大的芭蕉树树荫遮满中庭，视野所及，绿意盈盈，早已将词人的视线吸引过去了。

“阴满中庭，叶叶心心，舒卷有馀清。”

硕大的芭蕉叶片舒展开来，长长的蕉心蜷曲而缩。蕉叶好似一面面绿色锦扇，布满庭院，蕉心丝丝蜷曲，散发着清香。词人描写芭蕉宛若含情。“阴满中庭”以顶针手法，在反复吟咏中，强化阴翳满院，使人有如置身庭前，倚立窗下，感受绿荫遮蔽日光带来的舒爽之凉。“叶叶”与“心心”，连用两对双声叠韵词，既在视觉上扩展蕉叶遮阴的空间，又在听觉上营造应接不暇的节奏感，颇具音乐美。庭荫下赏芭蕉的人，面对此景，动了情：采用移情的手法，把自己的“余情”注入到芭蕉的形象之中。所谓蕉心卷曲，大概也隐示了词人纠结难解的心结吧。

下片写词人深夜孤枕难眠时，听雨打芭蕉，滋生愁情。

“伤心枕上三更雨，点滴霖霪。”

下片从听觉起句，夜雨打在芭蕉上，声声入耳，使本来就辗转不眠的词人更加“伤心”。“雨打芭蕉”是古典诗词里一个特殊的意象组合，芭蕉多植在南国庭院的阶前窗下，它叶阔可达三米，故而雨水滴落其上时，声音倍增，在静夜入耳就更显清晰，在古诗词中，芭蕉常常与孤独忧愁特别是离情别绪相关。“一夜不眠孤客耳，主人窗外有芭蕉”（《雨》），是唐人杜牧的愁；“何处合成愁？离人心上秋。纵芭蕉不雨也飕飕”（《唐多令》），是宋人吴文英的愁；“帘外芭蕉三两窠，夜长人奈何？”（《长相思·云一涡，玉一梭》），是南唐李煜的愁；“一声梧桐一声秋，一点芭蕉一点愁”（[双调]《水仙子·夜雨》），是元人徐再思的愁……三更时分，天地寂然，“霖霪”淅淅沥沥，点点滴滴落在心上，不知词人度过了多少个这样的三更无眠之夜啊。

“点滴霖霪，愁损北人，不惯起来听。”

窗外夜雨，点点滴滴，不肯绝息，让客居异乡的北国人，愁到了极致，她再也无法像无亡国之虞的南人一样，任雨打芭蕉的声音撞入耳中了！损，意为极。词人《声声慢》一词中有“满地黄花堆积，憔悴损”的句子。所谓“不惯起来听”的“不惯”，是词人水土的不惯，更是异乡客居心无所栖的不惯。阴雨如泣的夜晚，听夜雨击打芭蕉，忆起昔日北国时光，思及今朝南土时日，身心愁苦不堪，词人将个中凄凉寄寓于寻常夜雨之中，“怎一个愁字了得！”全词以“不惯起来听”猝然一结，唱出了多少背井离乡的北人的心声。

这首词以问谁人种芭蕉起笔，以北人愁损作答结篇，首尾遥相呼应，醒明题旨，文脉简单，结构却圆和。全词咏物抒怀，雨打芭蕉，卧听霖霪，意象经典，顶针手法，妙笔点睛，双声叠词，音韵铿锵，全词语意隽永，寄情蕴藉。

声　声　慢

寻寻觅觅，冷冷清清，凄凄惨惨戚戚[①]。
乍暖还寒时候[②]，最难将息[③]。
三杯两盏淡酒，怎敌他、晓来风急[④]。
雁过也，正伤心，却是旧时相识。

满地黄花堆积[⑤]，憔悴损、如今有谁堪摘[⑥]？
守着窗儿，独自怎生得黑[⑦]？
梧桐更兼细雨，到黄昏、点点滴滴。
这次第[⑧]，怎一个愁字了得[⑨]！

注　释

① 戚戚（qī qī）：忧伤愁苦的样子。
② 乍暖还寒：谓天气刚有些暖和，但仍有寒意，指清晨。乍：初，刚。
③ 将息：调养休息，保养安宁之意。
④ 晓：通行本作“晚”。从全词意境来看，应该是“晓”字。说“晓来风急”，正与上文“乍暖还寒”相合。古人晨起于卯时饮酒，又称“扶头卯酒”。
⑤ 黄花：菊花。李清照《醉花阴·重阳》词：“莫道不销魂，帘卷西风，人比黄花瘦。”
⑥ 憔悴损：憔悴极了。损：很，极。有谁堪摘：有何可摘。
⑦ 怎生：怎样，如何。生：语助词。
⑧ 这次第：这情形，这景色。
⑨ 了得：了却，了结，概括。

守着窗儿，独自怎生得黑

题解

声声慢，词牌名。原名《胜胜慢》，又名《人在楼上》等。

这是李清照南渡以后的一首震动词坛的名作，是李清照最重要的作品。词人借助对秋景的描绘，抒发国破家亡、天涯沦落、孀居无嗣的悲苦，在大时代背景下特写个人凄苦，动人心扉。

赏析

《声声慢 · 寻寻觅觅》是李清照的代表作品之一，也是李清照最为著名的豪放词作。

《声声慢》是婉约词作，还是豪放词作，评者历来有争议。但就其笔调与抒怀，应是更偏豪放之风。“声声慢”原名“胜胜慢”，据传蒋捷用此调咏秋声，全词都以“声”字押韵，改为“声声慢”。李清照这首词改押入声韵，并屡用叠字和双声字，音韵铿锵，声调凄厉。词人将个人的身世之悲放置于亡国失人、流离失所这样的大时代背景之中，让个人之痛与时代之痛，交互影响，让个人之伤在时代之殇的大洪流中，倍显无奈。

“寻寻觅觅，冷冷清清，凄凄惨惨戚戚。”

以三个句子、十四个双声叠韵字起句，这不啻是词坛创举。独处陋室东寻西觅，徘徊低迷，然而四顾茫然，寻而不见，觅而不得；眼前只有冷冷清清、万物萧条暮秋之境，瞬间惨痛悲戚之情一齐涌来，令人痛彻肺腑。十四个叠字形成了急切的叙述节奏，词人拼命寻找一孔之地用以呼吸的形象似乎就在读者眼前；觅而无果，凄清悲凉的气氛袭卷周身，倍觉凄惨忧戚。这三句，定下词作抒情基调，令人很快进入词境。清人陆蓥撰《问花楼词话》评价这个起句说：“气机流动，前无古人，后无来者，可谓词家叠字之法。”

“乍暖还寒时候，最难将息。三杯两盏淡酒，怎敌他、晓来风急。”

秋季骤热或骤冷的时候，最难以保养身心。朝阳初出，“乍暖”；但晓寒犹重，“还寒”。“最难将息”，是因为秋风砭骨的寒意让词人的心更加无以寄托了。饮进愁肠的几杯薄酒，根本不能抵御早上的冷风寒意，更遑论一醉解千愁了。

词人暗写借酒也无法消愁。“晓风”这一意象，意蕴别致。柳永《雨霖铃》中有“今宵酒醒何处？杨柳岸晓风残月”句，写秋季的晓风凌厉逼人，让断肠人的心中因为晓风砭骨而更加寒意深重了。

“雁过也，正伤心，却是旧时相识。”

望天空，但见北雁南来，蓦然觉得那只孤雁正是昔日词中为自己传书的那一只。旧日传情信使仍在，而有情人却已死生相隔、人鬼殊途了，物是人非事事休，欲语泪先流。鸿雁传书的典故并无新意，然而词人以“旧时相识”的平常言语，演绎词人怀人怀乡的深情，却是异常动人心扉了。

词的下片由仰望秋日高空转入凝望自家庭院。

“满地黄花堆积，憔悴损、如今有谁堪摘？”

庭际到处是零落的黄花，憔悴枯损，碾化入尘，如今有何可摘啊！残英满地，形容憔悴，令人不忍目视，这当是词人自己憔悴不堪的形象的写照吧。以花喻人，对花自怜，词人借惜花颓谢的情怀以抒写自己流年已逝的伤怀，笔意深远。

“守着窗儿，独自怎生得黑？”

自朝至夕，倚守窗边，孑然一人，怎么才能挨到天黑！窗边倚望，心找不到栖息的地方，凄惶的心儿，充满忧惧。“守”字，状写内心的苦闷，极富表现力。

“梧桐更兼细雨，到黄昏、点点滴滴。”

煎熬之中，好不容易挨到了黄昏，天却又下起了绵绵细雨，一点点，一滴滴洒落在梧桐叶上，发出令人心碎的声音。前人温庭筠《更漏子》下片写：“梧桐树，三更雨，不道离情正苦。一叶叶，一声声，空阶滴到明。”梧桐细雨滴空阶，温庭筠以物之无情衬托人之离情深重，堪称妙笔。而李清照这三句将物之无情与人之愁情融而为一，词人触物伤情，物因词人而更显凄凉，情之切切，较之温词，抒情更具力度。

“这次第，怎一个愁字了得！”

这种况味，这般情形，一个“愁”字怎么能够表达得尽！李白喝酒“与尔同销万古愁”，李煜高唱心中愁“恰似一江春水向东流”。词家历来喜以“量”来描述愁情深重，而李清照在结篇以“一个愁字”作收，是神来之笔。心事重重，心思种种，纷繁复杂，仅用一个“愁”字如何概括得尽呢！更妙的是，“愁”字之外更有什么心情，此时却戛然而止，不提一字，真可谓言有尽而意无穷啊。

这首词旨在于表达词人晚年的凄苦悲愁，写法上颇有艺术张力。

词作首尾，均采直抒胸臆的笔法，表达凄凉惨怛，愁苦郁结的情感，从结构上首尾呼应，结构圆和，颇有匠心。

词人借秋意抒悲情，故而始终紧扣悲秋之意，尽得六朝抒情小赋之神髓。

这首词的语言雅致朴素兼具，词人以接近口语的语言谱写新声，所选意象平常，抒情却深婉，写尽了作者晚年的凄苦悲愁，是一首个性独具的抒情名作。

浯溪中兴颂诗和张文潜[1]（二首）

其一

五十年功如电扫[2]，华清花柳咸阳草[3]。
五坊供奉斗鸡儿[4]，酒肉堆中不知老[5]。
胡兵忽自天上来[6]，逆胡亦是奸雄才[7]。
勤政楼前走胡马[8]，珠翠踏尽香尘埃。
何为出战辄披靡[9]，传置荔枝多马死[10]。
尧功舜德本如天，安用区区纪文字。
著碑铭德真陋哉，乃令神鬼磨山崖[11]。
子仪光弼不自猜[12]，天心悔祸人心开[13]。
夏商有鉴当深戒[14]，简策汗青今具在[15]。
君不见，当时张说最多机，虽生已被姚崇卖[16]。

注 释

① 浯（wú）溪：水名，在今湖南祁阳西南，北入湘江，此处水清石峻，唐代诗人元结在溪畔筑室而居。中兴颂：唐玄宗天宝六载（747），元结长安应举，因李林甫阴使全部应举者落第，遂隐居商余山。元结于唐肃宗上元二年（761）撰写《大唐中兴颂》一诗，共二百六十余字，采用三句一韵的四言体，与秦刻石的体制相似，指出奸臣当道是安史之乱的起源，为唐肃宗平定“安史之乱”歌功颂德，同时也含有为自己树碑立传之意。后唐代书法家颜真卿书写碑文，于唐代宗大历六年（771）刻在浯溪石崖上，成《大唐中兴颂碑》。和张文潜：和：依照他人诗词的题材或体裁作诗词。张文潜：北宋“苏门四学士”之一，名耒，字文潜。他针对元结之文作一百四十字的古体诗《读中兴颂碑》，由衷地歌颂在平叛中功勋卓著的郭子仪，慨叹女色亡国，表达百年兴废的慨叹，后由秦观将此诗书写成碑刻。

② 五十年功：指唐玄宗（李隆基）在位时间。玄宗在位实际44年，“五十年”为大约数字。

③ 华清：华清宫，在陕西临潼骊山西北麓。花柳：一作宫柳。咸阳：秦始皇建都于咸阳。咸阳草：意为昔日宫殿已经变得荒草遍生。

④ 五坊：唐时专为皇帝饲养各种珍禽异兽的官署。《新唐书·百官志》：“闲厩使押五坊以供时狩，一曰雕坊，二曰鹘坊，三曰鹞坊，四曰鹰坊，五曰狗坊。”后人指不务正业之人为“五坊小儿”。斗鸡儿：《岁时广记》卷十七引《东城老父传》：“（唐）明皇乐民间清明节斗鸡戏，及即位，治鸡坊，索长安雄鸡，金尾、铁距、高冠、昂尾千数，养于鸡坊。选六军小儿五百，使教饲之。”此处以斗鸡儿借指唐玄宗玩物丧志，爱好斗鸡。

⑤ 酒肉堆：此处借指生活豪华奢侈。

⑥ 胡兵：指安禄山叛乱部队。安禄山本营州柳城胡人，史思明亦为胡人。

⑦ 逆胡：指安禄山、史思明。奸雄才：奸诈欺世的野心家。

⑧ 勤政楼：唐玄宗建，为明皇赐宴设酺之处，全称“勤政务本之楼”。

⑨ 披靡：溃败。

⑩ 传置荔枝：《新唐书·杨贵妃传》：“妃嗜荔枝，必欲生致之，乃置骑传送，走数千里，味未变，已至京师。”由于日夜兼程，骏马多有累死。

⑪ “著碑铭德”二句：意为安史之乱本是唐统治者咎由自取，所谓平叛、中兴之事本不值得称颂，元结不但撰文称颂，而且还把它摹刻在山崖上，真是浅俗之举。铭德：铭刻功德。陋：此指浅俗。

⑫ 子仪：郭子仪，唐代名将，唐玄宗时，累迁朔方节度使，平安史之乱有功，封汾阳王。光弼：李光弼，唐代名将，平安史之乱有功，授天下兵马都元帅，封淮郡王。这二人通力合作，互不猜疑。

⑬ “天心”句：上天不欲重复其错误，不再降灾，人心为之欢畅。

⑭ 夏商有鉴当深戒：意为夏桀、殷纣灭亡的历史教训，后世应当引以为戒。

⑮ 简策汗青：代指史册。古时书籍由竹简编成，为便于书写和长久保存，则必须将竹简在火上烤干，炙烤时竹简出水如汗一般，故曰汗青。

⑯ “君不见”三句：诸位不见那，当年的张说最是心机为多。张说、姚崇：均为唐玄宗时宰相。多机：谓很有心机。郑处诲《明皇杂录》记载：姚崇临终对儿子说，张说与己不和，为人奢侈。身为同僚，我死后他必来吊唁。尔等将我平生珍宝悉数列出，若他不加顾视，则凶多吉少；若他盯住珍宝，就赶紧将这些珍宝送他，并请他给我做神道碑文。他做的碑文一俟送来，尔等一面速奏朝廷，一面立即刻石。姚崇死后，张说前往吊唁时，果然对姚家珍宝顾视再三，姚子按其父所嘱办理。张说在为姚崇所写的碑文中对姚崇的功德倍加赞颂。不几日，张说果然差人到姚家，以措辞欠周为由，要将碑文取回修改。姚子便陪来人观看已刻的碑文，并说此文已上奏朝廷。听了使者的回话，张说才意识到自己中了姚崇的计了。

其二

君不见，惊人废兴传天宝①，中兴碑上今生草。
不知负国有奸雄，但说成功尊国老②。
谁令妃子天上来③，虢、秦、韩国皆天才④。
花桑羯鼓玉方响⑤，春风不敢生尘埃⑥。
姓名谁复知安史，健儿猛将安眠死⑦。
去天尺五抱瓮峰⑧，峰头凿出开元字⑨。
时移势去真可哀⑩，奸人心丑深如崖⑪。
西蜀万里尚能反⑫，南内一闭何时开⑬。
可怜孝德如天大⑭，反使将军称好在⑮。
呜呼，奴辈乃不能道："辅国用事张后尊。"
乃能念："春荠长安作斤卖⑯。"

注 释

① 天宝：唐玄宗李隆基的年号，公元742年到公元756年。
② "不知"二句：意为唐朝廷用为平叛功臣歌功颂德来掩盖朝廷未能警惕预防安禄山、史思明之类奸臣的过失。国老：告老退休的卿大夫。此指郭子仪、李光弼等平息安史之乱的功臣。
③ 妃子：指杨贵妃。
④ 虢（guó）：指被封为虢国夫人的杨贵妃的三姐。秦：指被封为秦国夫人的杨贵妃的八姐。韩：指被封为韩国夫人的杨贵妃的大姐。天才：天生有才貌。
⑤ 花桑：指一派热闹的景象。羯鼓：打击乐器，以山桑木制成，状如漆桶，下承以牙床，以两杖击之。唐玄宗素喜音律，尤擅长击羯鼓，人称为"八音领袖"。方响：打击乐器。

⑥ “春风”句：以夸张之词说唐明皇无心国事，与贵妃醉心于击鼓作乐时，使得春风也不敢吹起尘埃。

⑦ 安眠死：在骄奢淫逸中终其一生。

⑧ 去天尺五：此极言其高。去：距离。抱瓮峰：即华山瓮肚峰。

⑨ “峰头”句：唐代郑綮《开天传信记》载，唐玄宗想在华山云台观抱瓮峰上，凿出“开元”两个大字，填以白石，使百余里外都能望见，后纳谏而止。

⑩ 时移势去：指唐肃宗即位，唐玄宗失去皇位。

⑪ 奸人：奸诈之人，此指李辅国等。

⑫ “西蜀”句：安史之乱时，玄宗逃至西蜀（今四川），西蜀离长安虽然遥远，但叛乱平定后还能返回长安。反：同“返”。

⑬ 南内：长安有大内、西内、南内三宫，南内原本是唐玄宗听政处。安史之乱平息后，玄宗回到长安，肃宗信用李辅国，迁玄宗于西内，以“南内一闭”暗指玄宗失位。

⑭ 孝德：用反语讥讽唐肃宗之大不孝。

⑮ 将军：指高力士，高力士天宝七年加至骠骑大将军。称好在：说好否。《资治通鉴》卷二二一载：唐肃宗太监李辅国逼迫玄宗迁居时，玄宗扈卫仅老弱二三十人，李之部伍兵刃辉日。“上皇（玄宗）惊，几坠。高力士曰：‘李辅国何得无礼？’叱令下马。……力士因宣上皇诰曰：‘诸将士各好在！’将士皆纳刃，再拜，呼万岁。力士又叱辅国与己共执上皇马鞚，侍卫如西内，居甘露殿……”

⑯ “呜呼”二句：意谓人们只知道责备唐玄宗宠信高力士、引入杨玉环误国的罪过，却不知道责备肃宗宠信李辅国、张后的错误之举。奴辈：指高力士。不能：不敢。辅国用事：辅国即李辅国，玄宗时为阉奴，后得肃宗信任，权势日益显赫。用事：当权。张后：肃宗皇后，与李辅国勾结专权，后为李辅国杀。春荠长安作斤卖：《旧唐书·高力士传》载，玄宗被幽于西内，高力士不久就被放逐到巫州（今属贵州）。在流放地看到院中生长的荠菜，当地人不知其能吃，遂生身世之叹：“两京作斤卖，五溪无人采。夷夏虽不同，气味终不改。”

题 解

李清照这两首诗是对张耒《读中兴颂碑》一诗的酬和，是带有讽喻性的咏史诗。

据说，这两首诗写于词人十七岁时。时值北宋政局混乱，大批有识之士以笔为枪，借古讽今。李清照面对前辈之作，初生牛犊不怕虎，和诗两首。

张耒诗作叹女色亡国，李清照诗深刻分析了唐朝发生安史之乱的原因，批评了唐王朝军队的一败涂地，鞭挞了腐化昏聩的唐明皇和谄媚误国的奸佞之臣，总结了历史的教训。作为咏史诗，诗人以唐政影射北宋君主的荒淫无能、臣僚的尔虞我诈。用借古喻今的方式来对当权者予以劝诫，表现了诗人对北宋末年朝政的担忧。

赏 析

明代陈宏绪评这两首诗说："奇气横溢，尝鼎一脔，已知为驼峰、麟脯矣。"意谓李清照这两首诗，风骨清奇，豪气冲天，有如仅品尝锅中一小块肉，就能尝出锅中所烹之物为驼峰、麒麟肉干这样的珍馐美味。明人所言，不无道理。这两首诗，形式上分为两首，实际上诗歌主旨相似，李清照通过史论，表达独具只眼的历史观，感情凌厉，富有冲击力，虽是张文潜《读中兴颂碑》诗的和诗，却因其"以妇人而厕众作，非深有思致者能之乎"（宋人周煇赞语）而独见高标。

其一

这首诗，借古讽今，借由批评唐玄宗一手造成大唐由兴转衰的国势，以暗讽当朝统治者一味求和，苟安一隅的懦弱之举。

"五十年功如电扫，华清花柳咸阳草。"

诗人起句褒贬唐明皇，纵使建功奇绝，终究遭遇毁弃至速的结局：一代明皇唐玄宗五十年在位的丰功伟勋，转瞬被毁。第二句以写景之笔暗隐讽喻意味：骊山有温泉，唐太宗曾在此建汤泉宫，玄宗时改为华清宫，专供自己与杨贵妃游乐避寒。白居易《长恨歌》中有言："春寒赐浴华清宫，温泉水滑洗凝脂。""长安回望绣成堆”的华清宫殿，转瞬之间被安史之乱的胡军毁弃，变成荒草遍生的废墟，犹如当年秦亡之后的咸阳城，“楚人一炬，可怜焦土”。北宋末年，国势渐微，这种隐含诗后的对国势衰微的预见可谓是真知灼见。

“五坊供奉斗鸡儿，酒肉堆中不知老。”

第三、四句诗人叹惋唐明皇沉溺于犬马之娱，耽于五坊时狩，迷于斗鸡，不知不觉中，人生老境悄然降临。李清照借此暗中讽喻当朝主政者不思政事，耽于苟安与享乐。

“胡兵忽自天上来，逆胡亦是奸雄才。”

第五、六句不惜夸张之词，写胡人来势汹汹：唐玄宗天宝十四载（755），胡人安禄山率叛军直捣东都洛阳，来势凶猛，犹如从天而降。而那叛唐作乱的胡人安禄山亦正是权诈欺世的野心家。诗人讽喻唐明皇耽于享乐，无暇识人，以致养虎为患。诗人的真实用意所指当是在暗讽朝廷重用奸人佞臣，罔顾忠贤之士，恐有引狼入室、招来外患之嫌。

“勤政楼前走胡马，珠翠踏尽香尘埃。”

第七、八句摹写被胡军践踏之后皇宫的破败不堪：兴庆宫南边的勤政务本之楼楼前，胡马扫荡过后，一片狼藉，宫中的珍奇宝物和珠翠首饰丢弃在地，就连尘土也变得香气四溢了。诗人更是忧虑，中原故土沦为金人之地后，可也是这番不堪的景象！

“何为出战辄披靡，传置荔枝多马死。”

第九、十句矛头直指玄宗宠溺杨玉环之举：为何六军出战未捷多败退？诗人归因于杨贵妃嗜食鲜荔枝。玄宗为此沿途分段设置驿站，从南海一路让驿使马不停蹄地将荔枝送往京都，至京后荔枝仍保持鲜美，殊不知多少驿马为此累死途中啊！此句意同当年杜牧所写《过华清宫》诗之“一骑红尘妃子笑，无人知是荔枝来”两句，讽喻意味呼之欲出。

“尧功舜德本如天，安用区区纪文字。”

第十一、十二句借尧舜之德言事：像尧舜那样功德至大之人，功德自在人心，不必以小小的文章来记载它。前人论及玄宗之业，常以尧舜之德类比，然而李清照却一改其论，针砭所谓“大唐中兴”不足以文字载之。

“著碑铭德真陋哉，乃令神鬼磨山崖。”

第十三、十四句诗人措辞激烈：所谓“大唐中兴”之事本不值得歌颂，（元结）不但撰文歌颂，还把它刻在山崖上，那样做真是浅陋之至。诗人初生牛犊无所畏惧，坦言己论的勇气非同一般。诗人此处论史更是别有见地，历来人论“大唐盛世”，多歌功颂德之词。而李诗之论，不同流俗。

“子仪光弼不自猜，天心悔祸人心开。”

第十五、十六句，诗人指出平叛之所以能成功，上天不再降祸于大唐，主要是因为主帅郭子仪和李光弼之间，没有当朝邪风之互相猜妒，而是合力对敌，军心齐备。

“夏商有鉴当深戒，简策汗青今具在。”

第十七、十八句深叹夏桀、殷纣灭亡的历史教训，后世当深以为戒啊。《诗经·大雅·荡》云：“殷鉴不远，在夏后之世。”殷继夏亡的史实，字字句句清清晰晰记录在史册上啊。此等教训，到“大唐”重演，诗人言史的字里行间是对当朝统治者不能以史为鉴的叹惋，是身为女子却殷殷可见的忧国之情。

“君不见，当时张说最多机，虽生已被姚崇卖。”

结尾两句，化用唐朝贤相和中书令之间互为猜忌的典故，李清照意在与第十五、十六句所评军心齐平叛成的史论形成呼应，强化自己的见地：如果像姚崇和张说那样互相猜疑、暗算，工于心计，自己也难免不落入别人的圈套，更遑论平叛成功。当今朝堂如若一味钩心斗角，相互倾轧成风，何谈国势扭转呢？

在这首诗中，李诗虽是和诗，却凭借古讽今之法，脱出批评唐明皇女色误国的俗常之论，以唐事感怀宋事，以少年心事忧国忧时，论史独具只眼，颇具感染力。

其二

这首诗，紧承第一首的旨意，继续铺写大唐朝纲之乱，并指出正是君昏臣佞招致了安史之乱的爆发，借以隐寓诗人对当朝乱象的殷忧。

“君不见，惊人废兴传天宝，中兴碑上今生草。”

第一、二句诗人以“君不见”起句，形象描绘中兴碑的破败景象，很容易让人联想起杜甫的《兵车行》。此用“君不见”之句表达不忍见而触目所及的情绪：你看那唐明皇近五十年的统治，只因一场令人惊心动魄的安史之乱，一朝之间旋被废弃。当年撰刻的元结《大唐中兴颂》碑石周遭已是荒草丛生！中兴，何来中兴？

“不知负国有奸雄，但说成功尊国老。”

第三、四句“不知”“但说”二词对比意味强烈，李清照特别指出大唐朝廷一味掩饰自己疏于边戍，未能及时预知安、史奸佞本质的过失，却只知用褒奖平叛功臣来粉饰太平。李清照此论颇有见地，盛世之衰，早有前兆，而耽于声色的圣上并未觉察，身为盛世之主，可悲可叹啊。而如今宋皇帝一味求和苟安，与安史之乱的唐王朝有何不同？

“谁令妃子天上来，虢、秦、韩国皆天才。”

第五、六句以“谁令”一词领起，引人深思：杨贵妃像是从天而降一样，一朝得宠，杨氏姊妹各有封赐，出入朝廷，权倾一时，这样非同寻常的恩宠是谁人赐予？诗人没有像张耒诗中那样将亡国之责推脱在女色误国上，而是将笔锋直指唐玄宗，斥责他耽于美色，误国误民。笔力更强劲，批判更有力。李清照矛头所指，读者心中了然。

“花桑羯鼓玉方响，春风不敢生尘埃。”

第七、八句以细节描写再曝玄宗之过：玄宗无心国事，竟日沉迷于击打他所擅长的羯鼓、方响，宫内一片歌舞齐乐的喧闹景象。玄宗极尽享乐之事，就连春风都不敢扬起尘土了。李清照不吝夸张之词，或因玄宗之举令诗人思及当朝君王，深为抱恨。

“姓名谁复知安史，健儿猛将安眠死。”

第九、十句形象摹写玄宗朝廷上下的乌烟瘴气：时过未久，安史之乱已为陈迹，安禄山、史思明的名字已被多少人抛之脑后，朝廷上下文恬武嬉，本应在战场上浴血奋战的将士们沉迷在骄奢淫逸中，将以此终其一生。一战得胜，不思宜将剩勇追穷寇，而是急于签订和约，忙于封官赏爵，这样的当朝者，不过是将浴血沙场的健儿猛将当作和谈的垫脚石而已。所谓谁知，当是李清照对当朝统治者的厉声叩问。

“去天尺五抱瓮峰，峰头凿出开元字。时移势去真可哀，奸人心丑深如崖。”

第十一句起诗人笔锋再次回至玄宗身上：好大喜功的玄宗，曾欲以华山抱瓮峰山崖上大刻“开元”二字来向世人宣示“开元盛世”之功；然而肃宗即位，李辅国等奸佞小人专权，玄宗顷刻间失位失势。这两句在今昔对比中，表达诗人的劝谏意图。

“西蜀万里尚能反，南内一闭何时开。”

第十五、十六句写玄宗逃向西蜀的狼狈落魄：安史之乱后玄宗仓皇逃至四川（西蜀），四川离长安有万里之遥，叛乱平定后还可回到长安，只是从此之后，玄宗被迫从南内前往西内，幽于禁宫。白乐天在《长恨歌》中叹道："西宫南内多秋草，落叶满阶红不扫。"这当是对玄宗凄凉之境的无奈叹惋了。

"可怜孝德如天大，反使将军称好在。"

第十七、十八句矛头指向唐肃宗：身为一国之君的唐肃宗忤逆不孝至此，逼父退位，反不及身为骠骑大将军实为奴才的高力士，尽心护主。这样的对比极具讽刺意味，朝纲之乱，可见一斑。

"呜呼，奴辈乃不能道：'辅国用事张后尊。'乃能念：'春荠长安作斤卖。'"

结尾两句，写得情致婉曲，有一唱三叹之韵。可叹啊，奴才高力士不敢说李辅国、张皇后专权用事之类的话，只能说"春荠长安作斤卖"这样不关政事的闲话。诗人撷取历史画面中两个极小的画面，简笔勾勒，看似笔意清淡，实则语重千斤。"乃能念：春荠长安作斤卖"，乍一看只是一句出自野史的闲话，实际却包含着很微妙的历史内容。高力士成为李诗中见证历史沉重感的人物。宦官高力士，玄宗时他权力极大，肃宗做太子时，曾以兄礼事之。玄宗失势后，他竟被放逐到遥远的巫州。宝应元年遇赦回到长安时，玄宗父子相继去世，时至七十九岁的高力士痛哭而卒。李诗的佳妙之处就在于，她把历史沉浮中翻天覆地之变仅以高力士的身世变迁就全意出之，如此作诗，含蓄又尽致。

少女李清照，虽为一介女流，在诗中却表现出"不让须眉"的史识，或是因为年少气盛，或是因为恃才傲物，我们姑且不论其因，但就这两首诗而言，我们不得不对其刮目相看。诗人不凡的语言张力和博闻强识的积淀，令此二诗具有了凌厉的气势，独到的史论，厚重的情怀，遥远的寄意。现代王璠评此诗曰："诗中斥责明皇误国，招致离乱，抒发诗人怨烦，忧心如焚。托古讽今，寄意深远。简直与《离骚》的作者屈原同一胸襟。"

晓　梦

晓梦随疏钟，飘然蹑云霞[1]。
因缘安期生[2]，邂逅萼绿华[3]。
秋风正无赖[4]，吹尽玉井花[5]。
共看藕如船，同食枣如瓜。
翩翩坐上客[6]，意妙语亦佳。
嘲辞斗诡辩，活火分新茶[7]。
虽非助帝功[8]，其乐莫可涯[9]。
人生能如此，何必归故家[10]。
起来敛衣坐[11]，掩耳厌喧哗[12]。
心知不可见，念念犹咨嗟[13]。

注　释

① “晓梦”二句：意为梦中拂晓时分伴着隐约的钟声，梦中之人踏云而行。疏钟：稀疏、时断时续的钟声。蹑：踩。

② 因缘：依靠，凭借。东汉王充《论衡·恢国》：“五代之起，皆有因缘，力易为也。”安期生：传说中秦时的仙人，据说秦始皇东游时曾见其人。《史记·孝武本纪》：“少君言于上曰：……臣尝游海上，见安期生，食臣枣，大如瓜。”后文中的“枣如瓜”典出同此。

③ 邂逅：不期而遇。萼绿华：古代传说中的得道仙女，年约二十，青衣，颜色绝整。（道书《真诰》）

④ “秋风”句：意为天不作美，秋风肆意劲吹。无赖：撒泼放刁，蛮不讲理。

⑤ 玉井花：古代传说中神奇的莲花。与下文的“藕如船”同见韩愈诗《古意》：“太华峰头玉井莲，开花十丈藕如船。”

⑥ 翩翩：形容气度潇洒、风度优美。坐上客：指众神仙。

⑦ “嘲辞”二句：意为神仙嘉宾，以嘲谑之词一争高下，往来之间足见言辞机敏，点燃旺火，巧手分新茶。嘲辞：嘲谑之语。诡辩：指言辞机敏出奇。活火：有火焰的炭火。苏轼《汲江煎茶》诗：“活水还须活火烹，自临钓石取深清。”分茶：是宋人加工茶水的一种方式，大致是用重茶匙取茶汤注盏中，技巧高超的分茶者能使盏中之茶水呈现图案花纹，甚至文字诗句。

⑧ 助帝功：辅佐帝王建立功业。

⑨ 莫可涯：无涯，无穷尽。

⑩ 故家：家乡，旧居。此处意为与天上仙境相对的“现实人间”。

⑪ 敛衣：敛掩衣襟，即整饬因梦中凌乱了的衣装以示肃敬。

⑫ 喧哗：指俗世间的嘈杂喧嚣。

⑬ 咨嗟：叹息。

飘然蹑云霞

题 解

这首诗系诗人的前期诗作。诗题字面意为拂晓时分之梦。有研究者认为此诗作于宋徽宗崇宁五年（1106），诗人感怀其父李格非及元祐友人遭遇而作。诗中表达了诗人对自由的神仙世界的向往，暗含对现实人生的不满。

赏 析

这是一首记梦游仙诗，在李清照为数不多的诗作中，实属别具一格之作。

作为游仙诗，李清照此诗与李白的《梦游天姥吟留别》同质，诗中梦境均是对现实世界的反拨；相较而言，李清照诗中对现实中自由匮乏的表达较之李白诗更为直白，因而也更加坦诚。

“晓梦随疏钟，飘然蹑云霞。”

诗的首二句点题，呼应题目：在酣梦中，正是拂晓时分，伴随着悠扬渺远的钟声，“我”脚踩云霞，飘然前行，不知不觉间“我”已跻身仙界。没有李白“我欲因之梦吴越，一夜飞度镜湖月”的夸张气质，有的是女诗人款款跨步于云蒸霞蔚间的绮丽之想，令人想起“庄生晓梦迷蝴蝶”的亦梦亦真的迷幻之感，引人入梦。

“因缘安期生，邂逅萼绿华。”

第三、四句诗人写入梦遇仙。李白所遇“云之君兮纷纷而来下”，众神齐现，气势壮观。而易安诗中，借着这一场梦，“我”遇到了两位非同寻常的仙人。先是遇见了安期生，接着蒙他引荐，“我”又见到了姿容绝佳的得道仙女萼绿华。诸多仙人中，诗人具名而写仅此二仙，其中隐语引人探究。《史记·封禅书》记载，方士李少君曾语汉武帝曰：“安期生仙者，通蓬莱中，合则见人，不合则隐。”安期生为人潇洒超脱，与人来往，但凭个人喜好。而诗人现实生活中面对的却是，自己的父亲李格非及其他元祐党人或谪或隐，安期生的自由随性，或是李清照心向往之的。萼绿华因得道而成仙的经历，对才名早就却屡遭蹉跎的李清照来讲，自是多了一份吸引力。

“秋风正无赖，吹尽玉井花。”

第五、六句诗人渲染仙境的奇幻之景：秋风最是刁蛮无情，劲扫一束束的莲花，凋谢的花瓣纷纷坠落，有似天女散花。神奇的莲花以漫天的花谢花飞，营造如梦如幻的仙界意境。这样的仙境较之李白“熊咆龙吟殷岩泉，栗深林兮惊层巅”的惊悚可怖，明显带有女性审美特点，也更富柔美之质。

“共看藕如船，同食枣如瓜。翩翩坐上客，意妙语亦佳。嘲辞斗诡辩，活火分新茶。”

这六句，诗人描写“我”与众仙齐享仙界之乐的场景。与神侣仙友共观那长达十丈、体大如船的莲藕，同食巨大到令人瞠目的红枣；座中仙侣，个个风度翩翩，巧辞令言，戏谑争锋，巧手分茶，雅趣横生。李太白笔下的仙界是“熊咆龙吟殷岩泉”的惊悚，是“虎鼓瑟兮鸾（luán）回车”的奇幻，是天马行空的想象，且想象越是奇幻，现实越是令他失望；而李清照诗中的仙界虽也充溢着浪漫主义的想象，然而处处流露着她现实生活的印记，诗中所描写与众仙侣齐乐之事，皆是生活中常常不得实现的精神享受，就浪漫主义笔法而言，清照的诗似乎囿于个人经历，无以与诗仙比肩了。

“虽非助帝功，其乐莫可涯。”

第十三、十四句，诗人直言梦境中自己已至快乐的巅峰：“我”虽然没有辅佐天帝建立功业，成为功绩卓越之人，但我却在与众仙侣共度的时光里，找到了无尽的快乐。现实中遭遇的种种失败、失意，都在这一场晓梦中被欢乐之神的降临冲淡了。

“人生能如此，何必归故家。”

第十五、十六句，落笔人生不得已的无奈，诗人慨叹，“人生”若真“能如此”，哪里一定要再回到现实中去。“何必”一词语意繁复，引人颇多思量。李白的梦游诗中是断没有如此直白的失落的。

“起来敛衣坐，掩耳厌喧哗。”

第十七、十八句，状写梦醒时分诗人的行止：梦醒了，“我”整顿衣衫，正身而坐，敛容正色，环视四周，失望更加深重，宁愿沉浸在之前梦境中，迟迟不愿面对现实的喧嚣与烦扰。“我”甚至捂住耳朵以躲避这尘世的喧嚣。躲避现实，是诗人此刻唯一的选择。李太白写梦醒后“惟觉时之枕席，失向来之烟霞”。不写伤感，不言留恋，而写“且放白鹿青崖间，须行即骑访名山”，颇有此处不留爷，自有留爷处的洒脱任性，将一份失意与无奈隐得几乎没有痕迹。

而李清照梦醒后的无奈与不满尽在字里行间了。一个洒脱行文，一个失意表情，各见风致，而后者的情绪似乎因为没有了任何遮掩而更显真切了。

“心知不可见，念念犹咨嗟。”

末二句，诗人回想刚刚的梦境，心知梦中所遇在现实中是不可能见到的，于是徒自留下一声长叹。这一声叹息，回荡在读者心底，久久不去。

这首记梦诗描写了神仙境界中仙人们逍遥自在的生活，表现了诗人对无拘无束的自由生活的向往，这种向往之情愈加热烈，诗人寻求精神解脱而不得的苦闷心情就愈加深重。全诗富有浪漫色彩。虽无谪仙人天马行空式的笔意，却因真挚细腻的笔致，在写出仙骨神韵的同时，传达出诗人内心世界的繁复，在李清照诗作中，可谓独具一格。

感怀　并序

宣合辛丑八月十日到莱[1]，独坐一室，平生所见，皆不在目前。几上有《礼韵》[2]，因信手开之，约以所开为韵作诗，偶得“子”字，因以为韵，作《感怀》诗。

寒窗败几无书史[3]，
公路可怜合至此[4]。
青州从事孔方兄[5]，
终日纷纷喜生事[6]。
作诗谢绝聊闭门，
燕寝凝香有佳思[7]。
静中吾乃得至交，
乌有先生子虚子[8]。

注　释

① 宣合辛丑八月十日到莱：宋徽宗宣和三年（1121）八月初，李清照由青州出发，于十日到达赵明诚莱州任所。莱：莱州，今山东莱州市（原名掖县）。

②《礼韵》:《礼部韵略》一书的简称，是宋代官颁的韵书，共五卷，宋仁宗景祐四年（1037）丁度等奉敕编纂，是宋代科举考试中考官、士子共同遵守的审音定韵标准的韵书。

③ 几：书几，书案。书史：经、史一类的书籍，借指书籍。

④ 公路：陈祖美在《李清照诗词文选注》中指出，《诗经·魏风·汾沮洳》中称呼贵族官吏为公路，此处以公路喻指与天子同姓又身为知府的赵明诚。合：会，当。白居易《与元九书》："始知文章合为时而著，歌诗合为事而作。"

⑤ 青州从事：借指美酒。《世说新语·术解》："（东晋权臣）桓公（桓温）有主簿善别酒，有酒辄令先尝，好者（指好酒）谓'青州从事'，恶者（指不好的酒）谓'平原督邮'。青州有齐郡，平原有鬲县；'从事'言到脐（"齐"谐音"脐"，意为好酒一直到肚脐），'督邮'言在鬲上住（鬲通"膈"，横膈膜）。"孔方兄：指钱。古钱外廓圆，内方孔。此句借指赵明诚的应酬不免觥筹交错，杂务不乏金钱之利。

⑥ 终日纷纷喜生事：连同上句意为终日酒肉钱财吃吃喝喝，纷纷乱乱容易滋生事端。此句连同上句暗指诗人丈夫赵明诚借口忙于公务应酬，终日在外，令诗人独处居所。

⑦ 燕寝：古代多指帝王寝息之所。按周制王有六寝，一是与王后对应的正寝，余下五寝分别与夫人、世妇、嫔、妻、妾相对应，统称燕寝。后亦指地方官员的公馆。赵明诚为莱州知事，故云。凝香：凝结香气。佳思：当指诗人所希望的夫妇二人琴瑟和鸣。

⑧ 乌有先生子虚子：汉代司马相如《子虚赋》中两个虚构的人物。子虚：并非真实。乌有：哪有、没有。乌有、子虚指假设的、不存在的、不真实的事情。《子虚赋》里说，楚国的子虚在齐国的乌有面前夸说楚国云梦地方的广大和楚王狩猎时的盛况。乌有很不服气，也夸耀了齐国，说齐国各方面都胜过楚国。二人争论，谁都说服不了谁。易安在此托名这二人当是借言自己被夫君冷落，孤身独处，没有友人可交的寂寥。

题 解

此诗作于宋徽宗宣和三年（1121）八月。李清照与丈夫赵明诚屏居青州十年之后，赵明诚出任莱州知府，李清照于赵明诚莱州的任所赋写此诗。这首诗，虽然作于赵明诚莱州任所，却表达出寄人篱下，备受冷遇的感伤，更有自己不想明言的“长门”之叹。

赏 析

从此诗的小序中，可以窥见李清照在夫婿任所的处境。“独坐一室，平生所见，皆不在目前。”恁是曾经伉俪情深，远道而来为与夫君聚首团圆的李清照此际却孤身一人，独处幽室，身旁并无赵明诚的身影，更让诗人心生寒意的是，在居室里，自己和丈夫素日喜欢的物什，悉数不见踪影。或是赵明诚有意冷落诗人吧。

“寒窗败几无书史，公路可怜合至此。”

公路，本义可指贵族官吏，此处指赵明诚。夫婿居所窗破屋冷，桌案残损，更要命的是，桌上连本书都没有，夫君的生活如何会可怜到如此地步。诗的开头两句描绘夫婿居所的简陋寒碜。一“寒”一“败”兼一“无”，看似在写赵明诚所居环境，实则是以境写心。诗人在诗的伊始慨叹夫君处境之陋，我们深味其心，或可见诗人是在自叹遭逢冷遇之伤吧。这样的曲笔达意，暗含了诗人心中多少隐伤。

“青州从事孔方兄，终日纷纷喜生事。”

李清照一心投奔夫君而来，不想赵明诚终日被觥筹交错、名利纠结之类的事务缠身，时不时还会因为钱财之事滋生是非。以“青州从事”借指“美酒”，以“孔方兄”借代“钱财”，典出有故，达意委婉。诗人表面在忧虑夫君被繁杂公务所扰，实际是委婉地谴责夫君对自己的冷遇，诗人对赵明诚将她独留寓所是隐忍的。

“作诗谢绝聊闭门，燕寝凝香有佳思。”

终日闭门谢客，埋头作诗，苦思佳句，在空旷的居室里常常只有点燃的熏香香气缭绕。闭门谢客耽于吟诗，对少女时代即富诗名的李清照来说，本是诗家乐事，然而“燕寝”一词却泄露了词人内心的殷忧，身为赵明诚正房夫人的诗人此际正被赵明诚冷落，只身独处居室里，纵有再多佳思名句又有何意义呢？诗人热情投奔夫君却换得丈夫如此冷遇，满怀凄楚与深情，化作笔端诗千行，泪千行。所谓“佳思”愈多，则令人难言的幽情愈加深重。

“静中吾乃得至交，乌有先生子虚子。”

于这无尽的虚空与静寂中，诗人感悟生平，感慨似乎曾经得到过至情之交，可细一思量竟悟得，所谓至交，原是司马相如笔下的乌有先生和子虚子啊。这样的结句分明是诗人心室寂寥的感喟，然而却又不失哲思。人生本是有与无的轮回，到头来终会归于虚无。诗人本意是在感慨自己遭逢丈夫冷遇，却将人生有与无的玄理如是道出，堪称妙笔。

夏日绝句[①]

生当作人杰[②]，
死亦为鬼雄[③]。
至今思项羽[④]，
不肯过江东[⑤]。

注　释

① 此诗因版本不同，又名《乌江》《绝句》。

② 人杰：人中的豪杰。汉高祖曾称赞开国功臣张良、萧何、韩信是“人杰”。

③ 亦：也。鬼雄：鬼中的英雄。屈原《国殇》：“身既死兮神以灵，子魂魄兮为鬼雄。”

④ 项羽（前232—前202）：秦末下相（今江苏宿迁）人。秦末农民起义主要领袖之一，曾领导起义军消灭秦军主力，自立为西楚霸王。后被刘邦打得大败，突围至乌江（在今安徽和县），因无颜见江东父老，自刎而死。

⑤ 江东：长江下游地区。此处指项羽当初随叔父项梁起兵的地方。《史记·项羽本纪》：“江东已定，急引兵西击秦。”

至今思项羽，不肯过江东

题 解

这首五言绝句，通常被认为是作于李清照、赵明诚夫妇南渡之后，在向江西方向逃亡的途中经过乌江时，凭吊项羽的同时李清照思及夫婿赵明诚曾经有过的弃城遁逃之举，心中感慨良多，故作此诗。李清照诗借用西楚霸王项羽兵败之后不肯苟且偷生、乌江自刎以谢江东父老的历史故事，来讽喻南宋小朝廷的苟安思想和投降主义，表达了诗人强烈的抗金复国之愿。

赏 析

宋高宗建炎三年（1129），赵明诚因“缒城宵遁”的严重失职行为被罢职江宁知府，三月夫妇二人离开金陵古城，乘船上行，打算在赣水（今江西赣江）一带择地而居。其间行经和州乌江县。李清照夫妇均曾熟读《史记·项羽本纪》，在《金石录》卷七中尚有《唐西楚霸王祠堂颂》之篇目，二人舍舟上岸凭吊项羽。触景生情，诗人联想到前不久赵明诚身为江宁知府却“缒城宵遁”的行为，百感交集，故而写下这篇千古绝句。据说，闻听清照此诗，一旁的赵明诚赧颜低首，羞愧难当。

这首诗，起笔铿锵，力透纸背。

“生当作人杰，死亦为鬼雄。”

向来自视甚高的李清照，对项羽却不吝赞词，称项羽为人中豪杰、鬼中英雄。因为项羽是力能扛鼎、气压万夫的一代英雄豪杰；项羽是宁肯站着死绝不跪着生的伟丈夫；连司马迁也赞其权同皇帝，位虽不终，近古以来未尝有也。在有着浓郁的英雄情结的李清照心里，项羽向世人展示了一种英雄豪杰无所畏惧的姿态，一副宁折不弯的筋骨，故而可使世人敬之仰之，令鬼神畏之惧之。

“人杰”之喻已是铿锵之调，而“鬼雄”之比更添刚劲之音。“鬼雄”与“人杰”二词，运用工对，句式工整，语意却递进生出深意。生为人杰，是诸多英雄的自然之举，而生死抉择面前，是苟且偷生还是宁为鬼雄则彰显了选择者的人格尊卑。“鬼雄”语出屈原《九歌·国殇》中的两句：“身既死兮神以灵，子魂魄兮为鬼雄。”《国殇》是对保卫国土而战死的将士的祭歌，此二句意为为国捐躯的战士的魂魄与众不同，他们在群鬼中也是出类拔萃的英雄，词人化用此句，表达了自己对为国捐躯将士的敬佩之情，隐含了对当朝投降派求和政策的讽喻之意。

“当作人杰”，寓含着李清照强烈的英雄情结。而在“女子无才便是德”的时代，推崇投降苟安的南宋小朝廷，将闺中女子李清照表达的这种英雄情结推到了极其孤立的境地。这份孤立让我们更清晰地看到了李清照的奇清风骨。李清照在金华避难期间写了一篇《打马赋》，打马本是一种赌博游戏，词人借题发挥，状写历史名将驰骋疆场的血性，谴责宋室的无能懦弱，文末写道：“木兰横戈好女子，老矣不复志千里，但愿相将过淮水。”这份刚韧之坚，不正是李清照作“人杰”之志的注脚吗？

“至今思项羽，不肯过江东。”

李清照由衷地追慕一千多年前的楚霸王项羽。楚汉争雄，最终项羽败逃，突围到乌江，乌江亭长劝项羽急速渡江，回到江东，重整旗鼓，以待东山再起。然而经过一场苦战杀死敌兵数百之后，项羽选择自刎而不是渡江回乡。乌江之渡，成了生死之界，也成了英雄与懦夫的界限。明明有生的机会，项羽却独独“不肯”过江东，何也？项羽临死前说：“苍天要亡我，我为什么要渡江呢？想当年我与江东八千子弟渡江向西，今无一人生还，纵然江东父老可怜我而尊我为王，难道我就不觉得愧疚吗？”说他政治幼稚也罢，说他徒有匹夫之勇也罢，此刻的西楚霸王退去所有政治的、军事的光环，只留下了“人杰”“鬼雄”的特质——顶天立地，光明磊落，无愧于心。他是“不肯”，不是“不能”。这份“不肯”激发了李清照对楚霸王人格的敬仰。“至今”之“今”，是词人刻意用字。昔日以死谢江东父老的项羽，并未随乌江东逝的流水而消失，至今让人念念不忘；而今那位自诩素以社稷为重的宋高宗，在“靖康之难”以后，逃难，纳贡，求和，岂有雄姿，竟是熊态！“过江东”暗隐时事，李清照用词大胆，有画龙点睛之妙。

这首简短的五言绝句，仅四句二十言，词人连续用典而不着痕迹，令全诗含蓄隽永，并无掉书袋之嫌。无论是热情讴歌《楚辞》中阵亡将士壮烈的牺牲精神，还是突出《史记》中虽处于英雄末路仍视死如归的项羽高大形象，诗人都能信手拈来，暗用其意，自成佳构，并能使读者从中感受到一种悲壮的意味，确实起到了深化诗旨的作用。

这首诗语言自然朴素，不尚辞藻，言简意丰，描写形象凝练，议论熔铸其中而不着痕迹，行文舒卷，诵读上口，富于艺术感染力。

李清照在《夏日绝句》中，不仅熔铸了自己深沉的爱国思想感情，同时还为这种思想感情的表达选取了恰当完美的艺术形式，从而使这首诗能脍炙人口，成为千古绝唱。

分得知字韵[①]

学语三十年[②]，
缄口不求知[③]。
谁遣好奇士[④]，
相逢说项斯[⑤]。

注　释

① 分得知字韵：古人相聚作诗，往往选定几个字为韵脚，每人拈一字。诗人拈得“知”字，即以其为韵脚作此诗。
② 学语：《彤管遗编》等作“学诗”，此处是指作诗。
③ 缄口：闭口不语。缄：封闭。不求知：不求别人知晓，即不求闻达。
④ 遣：教，让。好奇士：此指喜欢新奇诗作的人。
⑤ 相逢说项斯：项斯，唐代江东人，字子迁，其初未成名之时，以诗卷谒祭酒杨敬之，杨爱其才，赠诗曰：“几度见诗诗尽好，及观标格过于诗。平生不解藏人善，到处逢人说项斯。”项斯由此声名大振，擢拔上第。诗人此处是以项斯自喻被诗友推崇。

题 解

此诗当为诗人屏居青州乡里时一次聚会上的即席创作。从题目看，为李清照与诗友在一起分韵作诗时所作。表达诗人爱好写诗，享受写诗的自在之心。

赏 析

分韵作诗，要求即席创作，多有难度。李清照这首五言绝句，仅四句二十言，读来也无深意，然而自抒性灵，颇有自得的意趣。

“学语三十年。”

首句直言自己学诗时间长达三十年。诗人近似本色表达，作诗生涯的酸甜苦辣都熔铸在这个“三十年”里。三十年的写诗历程，可以证明，李清照的本色是诗人，写诗似乎已成为诗人的日常生活中自然而然的部分，如果没有对写诗的痴迷与执着，这三十年如何能写诗不辍，让写诗成为诗人所享受的一种生活方式？

“缄口不求知。”

次句表达诗人作诗的目的并不在博得名声上。诗人潜心作诗，不夸饰，不张扬，作诗只为独抒性灵，自得其中。这样的心境，这样的表白，恰是才气傲人的李清照的本色。其实，诗人少女时代即博得天下诗名，这样的自谦别具自在为诗的意味，不为功利，不为声名，这样的自得自乐，恰是诗人内心世界的享受，不须人知。

“谁遣好奇士，相逢说项斯。”

是谁让那些喜欢新奇诗作的人，逢人就向人夸赞起项斯的诗作。诗人运用诘问句式，巧妙化用项斯诗名远播的典故，表达自己诗作受到诗友推崇的愉悦之心。一向恃才傲物的李清照其实有着一颗特别坦率的心，更有着一种为诗而狂的真性情。三十年如琢如磨，如切如磋，诗才日臻成熟，素日的倾情付出，终于获得众诗友的认可。诗人上句虽言不求诗名，但因着真心爱诗，面对知音之士的赞赏，她终不能无动于衷，以诗与标格皆好的项斯自喻，其率性之举，颇得人爱。

这样一首类同口语的小诗，就这样以它的自然、质朴、率性，打动了读者。

偶　成①

十五年前花月底②，
相从曾赋赏花诗。
今看花月浑相似③，
安得情怀似往时④。

注　释

① 偶成：偶然灵感袭来写就此诗。

② 十五年前：距写诗十五年前，即宋徽宗政和五年（1115）前后。时李清照夫妇屏居青州，正是二人生活最为安定幸福的时期。十五年后时值赵明诚去世不久。

③ 浑相似：完全相似。

④ 安得：怎得。

题 解

此诗或作于宋高宗建炎三年（1129）赵明诚去世后，具体时间有待考证。李清照因着眼前的花月之景触发了浓浓情思，不禁追忆起当年与丈夫在一起时携手赏花赋诗的美好过往，并由此发出了物是人非的感慨。诗中抚今忆昔，表现诗人对亡夫的思恋哀悼之情。

赏 析

青州屏居的十年，是李清照婚姻生活中最幸福、最惬意的时期，彼时的李清照与赵明诚，不涉官场，“仰取俯拾，衣食有馀”，生活安逸，“共同校勘，整集签题”（《金石录》后序），精神自得，伉俪情深，琴瑟和鸣，归来堂里赌书泼茶的别样意趣，成为诗人心中刻骨的记忆。故而南渡之后，尤其是赵明诚病逝后，回忆起这段幸福的过去时，孤身自处的诗人感伤倍生，心境最是凄凉。偶成此诗，借以表达悼亡之伤。

“十五年前花月底，相从曾赋赏花诗。”

花好月圆之夜，对月临花，举觞对饮，赋诗作词，你唱我和，字里行间满是诗人的幸福与满足。然而开首“十五年前”一词却告知读者，如此良辰美景赏心乐事，却只是十五年前的幸福时刻，往事如风啊。

“今看花月浑相似，安得情怀似往时。”

此际花仍好，月仍圆，酒仍在，而与她对酌的斯人已逝，空留诗人只身望月叹息，对花伤感，往时浓情赏花、诗酒唱和的情怀今日已然不再。这不禁让人想起唐代刘希夷《代悲白头翁》一诗中“年年岁岁花相似，岁岁年年人不同”的千古名句，只身留世的未亡人，只能将一腔悲凉情怀蓄积在内，忍而不发。“安得”，即是“怎得”，诗人不得旧梦重现，锥心之恸，切齿之痛，尽被此二字压抑，颇现诗人物是人非事事休之伤心叹惋了。

咏　　史①

两汉本继绍②，
新室如赘疣③。
所以嵇中散④，
至死薄殷周⑤。

注　释

① 咏史：诗体名，借歌咏史事、史迹来抒发情怀的诗。

② 两汉：分别指建于公元前 206 年的西汉和建于公元 25 年的东汉。继绍：继承。绍：接续、承继。《国语·晋语二》："谗言繁兴，延及寡君之绍续昆裔。"

③ 新室：即新莽。西汉末年，王莽篡权称帝之后，定国号为新。赘疣（zhuì yóu）：皮肤上长的肉瘤。也比喻多余无用的东西。清代李渔《曲话·宾白》："能保其增益成文者，悉如作者之意，毫无赘疣、蛇足与其间乎？"

④ 嵇中散：即魏晋更替时的嵇康（公元 223—262 年），字叔夜，谯国铚（今安徽宿县）人。与山涛（字巨源）同为"竹林七贤"成员。曾拜中散大夫，故称嵇中散。

⑤ "至死"句：意出嵇康《与山巨源绝交书》中"非汤武而薄周孔"之句。薄：鄙薄，瞧不起。殷周：指殷汤王和周武王，二人皆以征战得国。

题　解

此诗当作于宋高宗建炎四年（1130）。此前，曾和赵构同质于金的张邦昌，在靖康之变后，降金建立傀儡政权，自号“楚帝”，后高宗赵构即位，张邦昌被放逐长沙处死。三年之后，即建炎四年，济南守臣刘豫受金册封为“齐帝”，配合金兵攻打宋朝，兼之朝廷投降派主政，大宋多处城池失陷，高宗逃亡杭州。在此背景下，诗人写就此诗，这是一首言政之诗，却不予避忌，写得直白坦率。全诗通过对两汉之际王莽篡权的历史回顾，借古喻今，表达了诗人强烈的爱国主义思想。

赏　析

这是首咏史诗。诗题泛泛点明题旨，托古言今，借古伤今。

“两汉本继绍。”

第一句诗诗人追慕千年前的两汉史迹。西汉宣帝刘询开创中兴之邦，东汉光武皇帝继承了西汉的中兴之业，治国之业名垂千史。诗人跨越千年追寻两汉勋业，其用意却在当朝皇帝身上，诗人希望宋高宗赵构，能以光武帝刘秀为榜样，成为刘秀那样的中兴之主，而不是一心苟安，偏安一隅。

“新室如赘疣。”

第二句诗写王莽新政弊端百出，短命而毙，成为历史上一个几乎可以忽略不计的短暂存在。诗人借新莽政权犹如无用的肉瘤，来暗喻张邦昌的“楚帝”和刘豫的“齐帝”政权的多余无用。这当是诗人给予当朝皇帝的激励之词，表达诗人对大宋政权的支持。

“所以嵇中散，至死薄殷周。”

三、四句诗诗人化用典故，言简而意深。魏晋朝权更替之时，与曹魏宗室有姻亲之好的嵇康，不肯认同司马氏集团的篡魏之举，成为司马氏集团的眼中钉。嵇康《与山巨源绝交书》一文中，有“非汤武而薄周孔”之句，其中的“薄周孔”为着韵脚一致，被诗人李清照更改为“薄殷周”，字有不同，其意当是同原句。鲁迅曾言，“汤武是以武力定天下的，周公是辅佐成王的，孔子是祖述尧舜的，而尧舜是禅让天下的。嵇康都说不好，那么叫司马懿（昭）篡位的时候，怎么办才是好呢？没有办法，在这一点上，嵇康于司马氏的办事上有了直接的影响，因此就非死不可了。”大意是说，嵇康对司马家族篡魏这样的举动既有了否定的言论，又有了隐而不仕的抗拒之举，司马家族岂肯放任他大放厥词的同时公然拒绝承认司马政权。李清照这两句诗是借此典故表达对通过谋弑篡位而得的非法政权的不屑之意。彼时，张邦昌的“大楚”、刘豫的“大齐”，以“血统正宗”为旗号，勾结扶持他们的金国，联合进攻南宋政权，卖国求荣。诗人借嵇康之口庄严表达自己对正统大宋政权的支持立场。卫国之情，溢于言表。闺中女子，如此见识，如此勇气，可惊可叹。

这首诗，诞生于陆游也力主“女子无才便是德”的宋代，出自一介女子之手，但诗中表达出的，与时代同呼吸的大勇、智解历史的见地、心怀天下的胸襟、赤诚卫国的情怀，绝不输于同时代的众多抗金须眉。难怪朱熹在《朱子语类》卷一四〇中评价此诗道：“中散非汤武得国，引之以比王莽，如此等语，岂女子所能。”

春　残

春残何事苦思乡[①]，
病里梳头恨发长。
梁燕语多终日在[②]，
蔷薇风细一帘香[③]。

注　释

① 春残：春象衰残，时值春末。

② 梁燕语多：指栖于梁头上的燕子不停地呢喃。

③ 蔷薇：蔷薇科，落叶灌木，形体直立、攀缘或蔓生，色有红、粉红、白、黄等多种，初夏开放。蔷薇花语，多与爱恋有关。

题 解

此诗当作于宋高宗绍兴二年（1132）春末之季。时值诗人定居杭州期间，春天如约而至，诗人却染疴在身，病中的诗人愈发思念已逝的丈夫、远离的故乡，故作此诗，表现她深切的悼亡、思乡之情。

赏 析

这是一首悼亡诗。

前两句诗，首句抒情，极言思乡情苦；次句描写，摹写恨意寄托长发难梳的情状。

“春残何事苦思乡，病里梳头恨发长。”

“春残何事苦思乡”，首句诗人直言思乡情切，不惜以“苦”言之，更妙之处又在将万般苦楚用疑问口气出之，自问暮春时节因何苦苦思念故乡。“病里梳头恨发长”，诗人下句并未对此作答，却描述自己疾病缠身的孤苦之状，身体虚弱，就连梳头时也只恨发长如斯，无力梳理。当然“恨发长”只是诗人巧妙的托词而已，诗人心中必然另有所恨。孤身他乡，沉疴在身，心理脆弱，病体无力，诗人渲染既病且恨的情形，蓄积思乡之“苦”，引逗读者探问诗人此际究竟因何而“苦”思乡。诗意本是简洁，却被诗人一问一叙，写出了跌宕。

“梁燕语多终日在，蔷薇风细一帘香。”

三、四句诗，字面上似是白描，实则工笔细绘，笔笔匠心。

欧阳修《蝶恋花》词曰：“梁燕语多惊晓睡，银屏一半堆香被。”词中梁燕扰人清梦，令人生憾。欧阳修笔下的情愫慵倦，读来颇觉淡然。而李诗“梁燕语多终日在”一句化用欧公的词句，却翻出新意，其情之重，令人动容：绕梁新燕，成双伴飞，徒惹病中的诗人孤身难耐凄凉的情思。最是梁上双飞燕，你侬我语，好似讲不完的知心话儿，而只身独处居室中的诗人病体难支，相思情重，却已无人可诉，乡思情深，却已无乡可归。所谓“终日在”，隐见诗人疾病缠身，蜗居在室的寂寞苦楚，用词直白，含义却深。唐代高骈《山亭夏日》诗云：“水晶帘动微风起，满架蔷薇一院香。”李诗“蔷薇风细一帘香”

一句则櫽栝高诗之意，写微风掠过，水晶帘动，蔷薇香溢，满室馨香，诗句较之高诗更为凝练丰盈，此情此景此际，如若赵明诚还在，与诗人同赏春意，同嗅春芬，同品蔷薇花语，该是怎样的赏心乐事。末句诗人以风送花香结篇，暗合诗旨“春残”，春风吹来的不止是花香，当还有那盛放的花瓣。春之将残，诗人却无力亦无心出游伤春，尽将一怀悼亡情、思乡意熔铸笔端，托那缕缕春风送进寂寞空旷的室内。

这首诗，借春事将近，言伤春之情，诉思乡之情，更为佳妙之处又把自己对亡夫的悼伤之情隐寓在字面之后，颇有婉约之风，读来叵耐品味。

上韩公枢密、胡尚书诗 并序

绍兴癸丑五月，枢密韩公、工部尚书胡公使虏，通两宫也[①]。有易安室者，父祖皆出韩公门下[②]，今家世沦替，子姓寒微，不敢望公之车尘[③]。又贫病，但神明未衰落。见此大号令，不能忘言，作古、律诗各一章，以寄区区之意，以待采诗者云。

【其一】

三年夏六月[④]，天子视朝久[⑤]。
凝旒望南云[⑥]，垂衣思北狩[⑦]。
如闻帝若曰，岳牧与群后。
贤宁无半千，运已遇阳九[⑧]。
勿勒燕然铭[⑨]，勿种金城柳[⑩]。
岂无纯孝臣[⑪]，识此霜露悲[⑫]。
何必羹舍肉，便可车载脂[⑬]。
土地非所惜，玉帛如尘泥。
谁当可将命，币厚辞益卑[⑭]。
四岳佥曰俞[⑮]，臣下帝所知。
中朝第一人，春官有昌黎[⑯]。
身为百夫特[⑰]，行足万人师。
嘉祐与建中[⑱]，为政有皋夔[⑲]。
匈奴畏王商[⑳]，吐蕃尊子仪[㉑]。
夷狄已破胆[㉒]，将命公所宜。

公拜手稽首[23]，受命白玉墀[24]。
曰臣敢辞难[25]，此亦何等时[26]。
家人安足谋，妻子不必辞。
愿奉天地灵，愿奉宗庙威。
径持紫泥诏[27]，直入黄龙城[28]。
单于定稽颡[29]，侍子当来迎[30]。
仁君方恃信[31]，狂生休请缨[32]。
或取犬马血[33]，与结天日盟[34]。
胡公清德人所难[35]，谋同德协心志安[36]。
脱衣已被汉恩暖，离歌不道易水寒[37]。
皇天久阴后土湿，雨势未回风势急。
车声辚辚马萧萧[38]，壮士懦夫俱感泣。
闾阎嫠妇亦何知[39]，沥血投书干记室[40]。
夷虏从来性虎狼[41]，不虞预备庸何伤[42]。
衷甲昔时闻楚幕[43]，乘城前日记平凉[44]。
葵丘践土非荒城[45]，勿轻谈士弃儒生[46]。
露布词成马犹倚[47]，崤函关出鸡未鸣[48]。
巧匠何曾弃樗栎[49]，刍荛之言或有益[50]。
不乞隋珠与和璧[51]，只乞乡关新信息。
灵光虽在应萧萧[52]，草中翁仲今何若[53]。
遗氓岂尚种桑麻[54]，残虏如闻保城郭[55]。
嫠家父祖生齐鲁[56]，位下名高人比数[57]。
当时稷下纵谈时，犹记人挥汗成雨[58]。
子孙南渡今几年，飘零遂与流人伍[59]。
欲将血泪寄山河，去洒东山一抔土[60]。

注　释

① “绍兴”三句：宋高宗绍兴三年（1133）春夏间，任枢密院副长官的韩肖胄奉命出使金国，给事中胡松年以工部尚书身份任使金副使，二人使金前往探望质于金的徽宗、钦宗二帝。虏：指金国。通：到达、问候。两宫：指被金人掳去的宋徽宗和宋钦宗。

② “有易安室者”二句：韩肖胄的曾祖韩琦三朝为相，祖父韩忠彦在徽宗建中靖国年间为相。李清照的祖父和父亲或得其推荐，故言出其门下。易安室：李清照自称。

③ 望公之车尘：指登门探望，追随、敬拜韩公。《晋书·潘岳传》：“岳性轻躁，趋世利，与石崇等谄事贾谧，每候其出，与崇辄望尘而拜。”

④ 六月：小序中称五月，此言六月当是使金出发的日子。

⑤ 视朝：君主临朝听政。

⑥ 凝旒：指天子冕穗一动不动，形容天子庄重严肃。旒（liú）：古代帝王之冕前后所悬垂的玉穗。《礼记·玉藻》：“天子玉藻，十有二旒，前后邃延。”南云：南天之云。

⑦ 垂衣：言天下太平，君主无为而治。《周易·系辞下》：“黄帝尧舜垂衣裳而天下治，盖取诸乾坤。”北狩：宋徽、钦二宗被掳北去，避忌明言，托词帝王出巡，故曰北狩。狩：帝王外出巡视。

⑧ “如闻”四句：仿佛闻听皇帝自言道，朝廷上下尽是文武百官。岂是竟无一位贤臣能似员半千，国运不佳遭逢艰难世事。岳牧：泛指朝廷百官。岳：尧帝时以上善和的四子分掌四岳诸侯。牧：一州之长为牧。群后：各位诸侯，泛指百官。半千：即员半千。《新唐书·员半千传》：“半千始名余庆……对诏高第，已能讲《易》《老子》。……义方尝曰：‘五百载一贤者生，子宜当之。’因改今名。”阳九：道家谓三千三百年为小阳九，小百六；九千九百年为大阳九，大百六；天厄谓之阳九，地厄谓之百六。后因以阳九指灾荒年景和厄运。三国魏曹植《王仲宣诔》：“会遭阳九，炎光中曚。世祖拨乱，爰建时雍。”诗中以阳九代指“靖康之难”。

⑨ 勒：刻石。燕然：山名，在今蒙古共和国。《后汉书·窦宪传》："窦宪、耿秉与北单于战于稽落山，大破之。虏众崩溃，单于遁走……宪、秉遂登燕然山，出塞三千余里，刻石勒功，纪汉威德，令班固作铭。"

⑩ 金城柳：用晋桓温北伐故事。《晋书·桓温传》："温自江陵北伐，行经金城，见少为琅邪时所种柳皆已十圈，慨然曰：'木犹如此，人何以堪！'攀枝执条，泫然流涕。"

⑪ 纯孝臣：典出《左传·隐公元年》。颍考叔，为颍谷封人（地方官）。在郑庄公对其母亲武姜发出"不及黄泉，无相见也"的誓言后，孝子颍考叔建议挖一条隧道，取名"黄泉"，安排郑庄公与武姜在"黄泉"见面。《古文观止》评价曰："君子曰：颍考叔，纯孝也。爱其母，施及庄公。"

⑫ 霜露悲：指怀念父母之趣。《礼记》："霜露既降，君子履之，必有凄怆之心，非其寒之谓也。春雨露既濡，君子履之，必有怵惕之心，如将见之。"

⑬"何必"二句：（羹舍肉）用颍考叔事。《左传·隐公元年》："颍考叔为颍谷封人……公赐之食。食舍肉。公问之。对曰：'小人有母，皆尝小人之食矣，未尝君之羹，请以遗之。'公曰：'尔有母遗，繄我独无！'颍考叔曰：'敢问何谓也？'公语之故，且告之悔。对曰：'君何患焉？若阙地及泉，隧而相见，其谁曰不然？'公从之。"车载脂：以油脂涂车轴（可以走得快一些）。《诗经·卫风·泉水》："载脂载牵。"

⑭"土地"四句：当是李清照对当朝求和外交的谴责。将命：奉命。币：此指贡献给金人的钱物。

⑮ 四岳：四方诸侯之长。《尚书·尧典》："帝曰：咨，四岳。"注："四岳即上善和之四子，分掌四岳之诸侯，故称焉。"佥：都。俞：此为表示答应的语气词。

⑯ "中朝"二句：中朝第一人指唐人李揆，李揆为唐肃宗时宰相，肃宗称其"门第人物、文学皆当世第一。"后李揆奉命出使外藩，外藩酋长问他"闻唐有第一人李揆，公是否？"李揆恐被拘，故意道："非也。他那个李揆怎肯到此。"（见《新唐书·李揆传》）春官：《周礼·春官》六官之一，掌

典礼。相当于后世之礼部。昌黎：为唐代韩愈。韩愈曾赠礼部尚书，此以韩愈代指韩肖胄。

⑰ 百夫特：杰出人物。《诗经·秦风·黄鸟》："维此奄息，百夫之特。"郑注："百夫之中最雄俊也。"

⑱ 嘉祐：宋仁宗赵祯年号。建中：即建中靖国，宋徽宗赵佶年号。

⑲ 皋夔：指贤臣。皋：虞舜时为狱官。夔：舜时乐正也。韩肖胄曾祖韩琦嘉祐年间曾任宰相，祖韩忠彦建中靖国年间为宰相。

⑳ 王商：汉成帝母王太后之弟，曾代匡衡为相。《汉书·王商传》："为人多质有威重，长八尺余，身体鸿大，容貌甚过绝人。河平四年，单于来朝，引见白虎殿。丞相商坐未央廷中，单于前，拜谒商。商起，离席与言。单于仰视商貌，大畏之，迁延却退。天子闻而叹曰：此真汉相矣。"

㉑ 吐蕃尊子仪：《新唐书·郭子仪传》记载：回纥、吐蕃入侵，郭子仪自率铠骑二千出入阵中。回纥怪问："是谓谁？"报曰："郭令公。"惊曰："令公存乎？怀恩言天可汗弃天下，令公即世，中国无主，故我从以来。公今存，天可汗存乎？"报曰："天子万寿。"回纥悟曰："彼欺我乎！"

㉒ 夷狄：古时指边远地区少数民族。

㉓ 拜手：作揖。稽（qǐ）首：古代跪拜礼，叩首至地。

㉔ 白玉墀（chí）：以白玉为阶，代指宫殿。

㉕ 敢：不敢。

㉖ 何等时：怎样的时刻，即非等闲时刻。

㉗ 紫泥诏：古代文书、信函用泥封，并加盖印记。尊者书缄用紫泥封。此处借指使金诏书。

㉘ 黄龙城：金故都，岳飞之"直抵黄龙"即指此，在今吉林农安。

㉙ 稽颡（qǐ sǎng）：古代一种跪拜礼，屈膝下拜，以额触地，表示极度的虔诚。《仪礼·士丧礼》："吊者致命，主人哭拜，稽颡成踊。"

㉚ 侍子：古代诸侯王遣子入侍天子，所遣之子为"侍子"，即人质。

㉛ 仁君：对有威望者的尊称。此指韩肖胄。

㉜ 请缨：比喻投军报国。语出《汉书·终军传》。此处指主动请命。

㉝ 犬马血：《史记·平原君虞卿列传》："毛遂谓楚王之左右曰：'取鸡狗马之血来。'毛遂奉铜盘而跪进之楚王，曰：'王当歃血而定从（纵）。'"订盟之时，口含犬马血或将血涂于口旁，即歃血为盟。

㉞ 天日盟：指天盟誓。

㉟ 人所难：常人难以（企及）。

㊱ 谋同：意见、意志相同。心志安：心意、志向坚定。

㊲ "脱衣"二句：韩肖胄深受皇恩，二公一行以议和前往金国，临别之际不唱那悲壮的《易水歌》。脱衣：即解衣。《史记·淮阴侯列传》载韩信拒绝项羽使臣武涉劝降时曾言："汉王授我上将军印，予我数万众，解衣衣我，推食食我，……背（背叛）之不祥，虽死不易，幸为信谢项王。"离歌：指《易水歌》，化用《战国策》中荆轲刺秦王的典故，荆轲将为燕太子丹往刺秦王，易水之畔，太子丹为荆轲饯行，高渐离击筑，荆轲和而歌曰：风萧萧兮易水寒，壮士一去兮不复还。

㊳ 辚辚：形容车声。萧萧：形容马鸣声。

㊴ 闾阎嫠妇：民间一介寡妇，此处是李清照自称。闾阎（lǘ yán）：指民间。闾：泛指门户，人家。中国古代以二十五家为闾。阎：指里巷的门。嫠（lí）妇：寡妇。

㊵ 沥血投书：沥血：滴血。投书：递交书信。干：干扰、叨扰。记室：古代官名，即掌书记、秘书之职。

㊶ 夷虏：指金统治者。性虎狼：本性像虎狼般残暴。

㊷ 不虞预备：防范不测之事。庸何伤：难道有什么害处吗？庸：岂、难道。

㊸ 衷甲：衷：同"中"。中甲，即将甲穿在衣服以内。楚幕：楚国的军队。《左传·襄公二十七年》："辛巳，将盟于宋西门未，楚人衷甲。"此处连同下句指金人或会背弃盟约攻打大宋。

㊹ 乘城：登城。平凉：地名，在今甘肃省。《资治通鉴》载，唐德宗贞元三年（787）闰四月，唐与吐蕃在平凉设坛会盟。待唐军入平凉时，吐蕃背盟，唐全军覆没。

㊺ 葵丘：春秋时宋国地名，在今河南省。践土：春秋时郑国地名，在今河南省。此二地分别是齐桓公、晋文公会盟诸侯之地。

㊻ 谈士：口才善辩之人。弃儒生：《史记·郦生陆贾列传》有"沛公不好儒，诸客冠儒冠来者，沛公辄解其冠，溲溺其中。与人言，常大骂。未可以儒生说也"之句。

㊼ 露布：即布告，此指军中报捷的文书。古时用兵获胜，上其功报于朝，谓之露布。马犹倚：《世说新语·文学》："桓宣武北征，袁虎时从，被责免官。会须露布文，唤袁倚马前令作，手不辍笔，俄得七纸，殊可观。东亭在侧，极叹其才，袁虎曰：'当令齿舌间得利。'"

㊽ 崤函关出鸡未鸣：崤函关：亦称函谷关。《史记·孟尝君列传》："孟尝君得出，即驰去，更封传，变名姓以出关，夜半至函谷关。秦昭王后悔出孟尝君，即使人驰传逐之。孟尝君至关，关法鸡鸣而出客。孟尝君恐追至。客之居下坐者有能为鸡鸣，而鸡尽鸣，遂发传出之。出如食顷，秦追果至关。已后孟尝君出，乃还。"

㊾ 樗栎（chū lì）：古人认为不能成材的两种树，后也比喻人才能低下。《庄子·人间世》："匠石之齐，至于曲辕，见栎社树，其大蔽数千牛，絜之百围，其高临山十仞而后有枝，其可以为舟者旁十数。观者如市，匠伯不顾，遂行不辍。弟子厌观之，走及匠石曰：'自吾执斧斤以随夫子，未尝见材如此其美也。先生不肯视，行不辍，何也？'曰：'已矣，勿言之矣。散木也。以为舟则沉，以为棺椁则速腐，以为器则速毁，以为门户则液樠，以为柱则蠹，是不材之木也。'"

㊿ 刍荛之言：采薪者、捕鱼者之言，指地位低下的人说的话。

51 隋珠：隋侯，汉东之国王姓诸侯也，隋侯见大蛇伤断，以药敷之。后蛇于江中衔大珠以报之，因曰"隋侯之珠，盖明月珠也"。（语出《淮南子·览冥训》注）和璧：和氏璧。

52 灵光：汉鲁恭王殿名。后以鲁殿灵光喻指仅存的人物。萧萧：萧条状。

53 翁仲：秦阮翁仲，南海人。身长一丈三尺，气质端勇，异于常人。始皇使率兵守临洮，声振匈奴，死后铸其铜像于咸阳宫司马门外。后人泛称坟墓或建筑物前后的石像为翁仲。

54 遗氓：遗民。

55 残虏：指已失势的金人。保：龟缩。

56 嫠家：寡妇之家，此为李清照自称。

57 位下：地位低。比数：相比之中还在数。

58 “当时”二句：原意是说当年齐国的学士，聚集在稷门之下也。此处当是指大宋子民人众不须屈从金人。稷：齐国的城门。稷下：地名，在今山东临淄。《史记·孟子荀卿列传》：“自驺衍与齐之稷下先生，如淳于髡、慎到、环渊、接子、田骈、驺奭之徒，各著书言治乱之事，以干世主，岂可胜道哉。”挥汗成雨：形容人多。语出《史记·苏秦列传》，苏秦到齐国游说齐宣王合纵抗秦，他劝言：“临淄有七万户人家，每家可以出三个男人当兵，地方富足，街上人众，众人衣袖举起就像帐幕，每人挥一把汗，就像下雨，有如此实力岂需屈于秦？”

59 流人：流亡者。

60 东山：鲁地山名，此处当指故乡。《孟子·尽心上》：“孔子登东山而小鲁，登泰山而小天下。”一抔（póu）土：一捧土。

【其二】

想见皇华过二京[61]，壶浆夹道万人迎[62]。
连昌宫里桃应在[63]，华萼楼头鹊定惊[64]。
但说帝心怜赤子[65]，须知天意念苍生[66]。
圣君大信明如日，长乱何须在屡盟[67]。

注　释

[61] 皇华：赞颂使臣的用语，也指皇帝派出的使臣。《诗经·小雅·皇皇者华》："皇皇者华，君遣使臣也。送之以礼乐，言远而有光华也。"二京：南宋使臣赴金，要经过南京（今河南商丘）、东京（今河南开封）。

[62] 壶浆：古时百姓以壶盛浆慰劳义师。《孟子·梁惠王上》："以万乘之国，伐万乘之国，箪食壶浆，以迎王师。"

[63] 连昌宫：唐宫名，唐高宗时置，在洛阳。

[64] 华萼楼：唐兴庆宫内的花萼相辉楼。

[65] 赤子：百姓。

[66] 苍生：百姓。

[67] 长乱何须在屡盟：国家长期动乱哪里是屡屡结盟求和能解决的。《诗经·小雅·巧言》："君子屡盟，乱是用长。"

题　解

由诗前小序可知，这两首诗应当作于宋高宗绍兴三年（1133）。是年，南宋朝廷派遣枢密院事韩肖胄和工部尚书胡松年出使金国，去慰问被囚于北方的徽宗、钦宗二帝，李清照特作诗为韩、胡二公送行。在诗中，李清照关注中原人民的处境，揭露金人掠夺大宋的真面目，热切支持韩、胡二公的使金之举，阐述了自己抗金的政治主张。两首诗表现了诗人反击侵略，收复失地的强烈愿望，充满了爱国主义的激情。

赏　析

其一

这首杂言古体诗长达八十句，上半首是五言，下半首是七言。国家危急时刻，宋高宗遣韩、胡二公使金探视质于金的徽、钦二帝。诗人李清照有感于韩、胡二公在国家危难之际挺身赴国难的行为，特意作诗相赠。

仲闻《李清照集校注》中评此诗：不仅歌颂了人民永远不会对敌人屈服的爱国主义精神，清照殷切希望恢复失地、拯民水火的热烈感情，也充分流露出来了。

王延梯《李清照集注》前言中则对李清照巾帼不让须眉的气质大加褒扬：李清照不是政治家，而是无权过问政事的“闾阎嫠妇”。但她却能以政治家的眼力，对敌我形势以及对敌斗争策略，提出颇为精到的见解，写出思想性战斗性较强的诗篇，表现了对国家前途、民族命运的密切关注，这实在是难能可贵的。

诗作上半部分为五言诗，共四十六句。诗作交代了韩、胡二公此次使金的目的，借徽、钦二帝之口暗言当今皇帝乃主和之人，为得苟安，不吝割地赔款；同时化用历史典故，借用王商、郭子仪等英雄人物来喻指韩、胡二公德懿行嘉，前往使金实为众望所归。宋高宗绍兴三年（1133）六月，高宗执政已有时日。

“三年夏六月，天子视朝久。凝旒望南云，垂衣思北狩。”

这四句是摹写高宗望远思亲的情状，他（宋高宗）凝神专注眺望南天飘来的浮云，心中思量，天下暂得安宁，于是每每念及父兄受困于北。

“如闻帝若曰，岳牧与群后。贤宁无半千，运已遇阳九。”

这四句借高宗之口言国势衰微，仿若听到皇帝在念言，满朝皆是文武百官，难道竟无一人能似员半千，国运多舛实艰难。

“勿勒燕然铭，勿种金城柳。”

这两句摹写韩、胡二公不计名利出使金国，韩、胡二公既不求像窦宪那样在高山上刻石记功，更不会像桓温那般种柳叹旧。

“岂无纯孝臣，识此霜露悲。”

这两句暗赞韩、胡二公替圣上忧心，朝中岂无颍考叔那样的至孝之臣，知晓皇上的悲凉并非为霜露降，而是为思念父兄的深情？

“何必羹舍肉，便可车载脂。”

这两句赞言韩、胡二公出使金国义无反顾：不必念及高堂而舍弃国君所赐的肉羹，舍家为国赴大义，油脂涂车即上道。

“土地非所惜，玉帛如尘泥。”

这两句是模拟高宗敕命的口吻，出使金国，目的是求和于金，谈判时，社稷国土不必吝惜，玉帛财富切勿看得过重。

“谁当可将命，币厚辞益卑。”

这两句李清照提出自己对使金求和之政的异议：倘若朝中派遣不可胜任使金之命的将相，那么我们使臣言辞越是卑微就越被金人轻视。

“四岳佥曰俞，臣下帝所知。”

这两句盛赞韩、胡二公临危受命，敕命出使金国，群臣共称其二人使金实属众望所归，韩、胡二公身为臣下种种何许人，帝君心中自是了然。

这二十句诗，引经据典，正反对比间，立意呈现，一则暗中讽喻当朝主和之政，一则正言劝慰二公抛却个人之忧，执意前往使金；建言二公在和谈中珍惜国土财帛，以期做一名胜任此行的外交大使。身为闾阎嫠妇，诗人却不忘思国之兴亡，国运艰难之际，韩、胡二公肩负重大使命，诗人为此感怀不已，二公临行之际，诗人赠言大加激励与建言。

“中朝第一人，春官有昌黎。身为百夫特，行足万人师。”

这四句礼赞韩公：朝中第一人，礼部有韩公。纵在百人之中亦是翘楚，纵于万人之中更为师表。

“嘉祐与建中，为政有皋夔。”

这两句称赞韩公家世清嘉：嘉祐年间韩公曾祖父韩琦是贤相，建中靖国年间韩公祖父韩忠彦亦是良臣，皆称贤良。

“匈奴畏王商，吐蕃尊子仪。”

这两句借古人喻指韩公，力赞韩公威仪远慑夷人：想当年汉相王商威仪在，足使匈奴畏仰视之；忆当初唐将子仪威名播，足令吐蕃下马齐拜之。

“夷狄已破胆，将命公所宜。”

这两句写华夏历史上不乏威名远播的英雄，征讨夷狄因之魂飞胆破，而今出使金国，身为韩氏之后，当仁不让是韩公。

“公拜手稽首，受命白玉墀。”

这两句写韩公身受使命：宫殿阶下，韩公稽首、跪拜、作揖，礼数周全，郑重接受使金之命。

“曰臣敢辞难，此亦何等时。”

这两句韩公表示临危受命，义不容辞：国难当头，为臣不敢轻辞君，此际正值非同寻常之时啊。

“家人安足谋，妻子不必辞。愿奉天地灵，愿奉宗庙威。”

这四句韩公表达舍小家赴国难的义勇：高堂不必挂念，妻儿不必顾虑；敬奉天帝显灵验，皇恩浩荡示威风。

“径持紫泥诏，直入黄龙城。”

这两句摹写韩公直赴敌营的情状：径自手持天子诏命书，踏步直入金国门。

“单于定稽颡，侍子当来迎。”

这两句从侧面描写韩公威仪慑人：金国首领惶遽之间急忙跪拜，侍子们则惶恐匆忙迎接不及。

“仁君方恃信，狂生休请缨。”

这两句盛赞韩公使金是人尽其用，他人勿做非议：仁义之君是韩公，他自有威仪信义慑四方，狂妄之人切勿投军请命。

“或取犬马血，与结天日盟。”

这两句是诗人寄望韩公不辱使命：犬马之血涂嘴上，歃血为盟，指天而誓，结盟牢固，与天地日月同在。

这四十六句诗对韩公大加礼赞，诗人赞誉韩公是使金的不二人选，并认为韩门遗风使然，韩公定能不辱使命，并寄望韩公抛却个人之念，不要记挂高堂妻儿，且做使金结盟之勇者。身为一介女子却忧思国运，寄望使者忘却一己之忧，心铭国命，更为可贵的是，言辞之间分明见得，诗人恨不能大义担双肩，只身赴国难，其义可嘉，其勇可叹。

诗作下半部分为七言诗，共三十四句。诗人寄言二公同心同德为国谋利，同时提醒二公防备金国背弃盟约，希望二公不辱使命，早日凯旋；在后半部分诗人更是表明自己一番忧时爱国之情。

“胡公清德人所难，谋同德协心志安。”

这两句赞胡公之德：胡公德清行懿，凡人难以企及，誓与韩公同谋同心而得人心之安。

“脱衣已被汉恩暖，离歌不道易水寒。”

这两句是摹写韩公谢圣恩之言：韩信曾言“解衣衣我”赞高祖君恩深厚，今日韩公临别之际不道易水之寒，只言大宋圣恩暖其心。

“皇天久阴后土湿，雨势未回风势急。”

这两句写韩、胡二公使金不畏风雨：皇天后土久是阴湿，风雨交加阻我出行。

“车声辚辚马萧萧，壮士懦夫俱感泣。”

这两句描摹临行之际的悲壮氛围：车声辚辚，马鸣萧萧，使金壮士与不敢赴命的懦夫同声悲泣。这里的懦夫非为特指，当是以此衬托韩、胡二公的勇毅。

“闾阎嫠妇亦何知，沥血投书干记室。”

这两句诗中诗人直言忧时心切：身为闾巷寡妇不能知晓多少事，不敢信笔乱言投书于当朝，唯有叨扰秘书郎。

“夷虏从来性虎狼，不虞预备庸何伤。衷甲昔时闻楚幕，乘城前日记平凉。”

这四句诗人指出金人的虎狼本质，提醒韩、胡二公提高警惕：金人历来性情似虎狼，韩、胡二公防范不测有何害？千万提防金人学楚军，铠甲外面穿衣裳，更要提防金人学吐蕃，和谈被劫盟约毁弃。

“葵丘践土非荒城，勿轻谈士弃儒生。露布词成马犹倚，崤函关出鸡未鸣。”

这四句诗，诗人借古讽今：齐桓公、晋文公的会盟之地葵丘、践土并不荒凉，故而切记和谈勿要轻视儒生与善谈之士的作用。袁虎虽然也曾被罢官，倚马飞笔立能成文书啊。函谷关前天未露曙色，鸡鸣之徒学鸡鸣，孟尝君才得以脱离险关。

“巧匠何曾弃樗栎，刍荛之言或有益。”

这两句诗，诗人借用典故，喻指韩、胡二公在与金人斡旋时，不要忘记集思广益，听取来自各个方面的声音：能工巧匠也不会放弃看似无用的樗栎之材，山野樵夫有时也会说出益世之言。

这二十句诗，诗人建言颇有见识，既说金人不可轻信，更言和谈要集思广益。

“不乞隋珠与和璧，只乞乡关新信息。”

这两句诗，诗人站在流亡的中原人的角度，表达心愿：不曾盼望故土的珍珠玉璧仍旧在，一心只盼二公带回故国的新消息。

“灵光虽在应萧萧，草中翁仲今何若。”

这两句诗人想象故土故人而今的状况，不胜悲慨：当年的知交怕是多已亡故，而如今徒剩己身凄凉独处，幸存的亲友应该寂然孤凄，荒草丛中的墓前石像而今该是何样的破败不堪?

“遗氓岂尚种桑麻，残虏如闻保城郭。”

这两句诗人心怀乡人：故国乡人会否被“夷”化，今日是否继续种桑麻；闻听金人已失势，龟缩城中以自保。

“嫠家父祖生齐鲁，位下名高人比数。”

这两句诗人自言家族位卑声显：父祖生于齐鲁间，地位虽然不高，可是名望显赫，堪与名流比肩站立。

“当时稷下纵谈时，犹记人挥汗成雨。”

诗人借古伤今，以战国时齐国稷下学人之众来喻指故土学士之多：想当年战国临淄多学宫，文士数千纵横谈。

“子孙南渡今几年，飘零遂与流人伍。”

这两句诗人慨叹失国流亡之伤：中原子孙南渡而今才短短几载，却已沦落流亡，漂泊不定。

“欲将血泪寄山河，去洒东山一抔土。”

在诗的末二句，诗人表达心系故乡，愿为收复故土抛洒一腔热血的强烈情感。

这十四句诗，诗人从自身起笔，表达自己满怀爱国热情。诗人是时身居杭州，却心系故土，在结篇发自肺腑的呐喊，宣泄出诗人心中积蓄已久的壮怀，不惜为国捐躯。如此襟怀，如此气势，非寻常女子可有。

其二

这首七言律诗，约作于和（其一）同一时期。较之（其一），这首诗更具讽喻性。宋高宗一贯持求和立场，为此不吝国家财富，不顾父兄受困。诗人李清照在此诗中对求和政策表达了自己的忧虑，这种见识，这种勇略，隐匿在这八句诗中，让这首诗呈现出一种近乎豪迈悲壮的气势，近人陈衍在《宋诗精华录》中曾言，“雄浑悲壮，虽启韩、杜为之，无以过也”。

“想见皇华过二京，壶浆夹道万人迎。”

这两句，诗人热切想象韩、胡二公使臣队伍行经东京、南京的情形：可以想见二位使者路经东京与南京时，街衢两边百姓夹道以迎，箪食壶浆踊跃相送。

“连昌宫里桃应在，华萼楼头鹊定惊。”

这两句描写昔日宫殿衰颓之象：宫殿里桃花笑于风中，鸟鹊鸣于林荫中，昔日殿阁游廊却早已是满目破败，衰颓不堪。这样以鸟鹊桃林的生机盎然反衬宫殿的衰颓死寂，颇有以乐景写哀景的反差效果。

“但说帝心怜赤子，须知天意念苍生。”

这两句诗，讽喻求和政策：此刻只说那帝王之心悲悯天下百姓，只说那上天之意怜惜天下苍生。

“圣君大信明如日，长乱何须在屡盟。”

这两句诗，诗人大赞高宗信德至大，却结句在劝谏之语上：高宗圣明，恒讲信义，其德之明如当空日，（可是）如果不图恢复只求和，徒然增其祸乱多。

诗作首联设想韩、胡二公使金途经二京的情形，故都百姓夹道欢迎南来的使臣，隐然可见百姓盼归的心理。

颔联，诗人特写昔日北宋宫殿的破败之象中，就连桃花、鸟鹊也以欢然之态迎接南来的使臣。这种以情驱文的笔法，包含着诗人多少厚望，而其中又隐含了诗人多少物是人非事事休的感伤。

颈联含意颇耐寻味。偏安即是承平，求和派为高宗寻找托词：求和是南宋皇帝保护子民不受征伐之痛的仁慈之举。可是，南逃的诗人却无法忘却北地的遗民。同是苍天泽被之民，怎可弃北地之民于不顾呢？

尾联先是盛赞高宗信义昭彰，紧跟着笔锋陡转，指出假若一味求和结盟，只会让金人得寸进尺，只能让国家陷入日益严重的退让危机中去。诗人建言不可一味求和，矛头直指高宗，这种批判却隐匿在诗人的隐忧中，笔意含蓄却不失讽刺性，这是诗人点题的极妙之处。

短短八句诗，足见诗人的心路历程回环曲折：起于首联的热切想象，经由颔联、颈联的理性思辨，结于尾联的慎言忧思。这首诗，情思起伏中饱含诗人强烈的爱国之思，读来令人动容。

钓　　台①

巨舰只缘因利往②，
扁舟亦是为名来③。
往来有愧先生德④，
特地通宵过钓台⑤。

注释

① 钓台：相传为东汉严子陵垂钓之地，又名严滩，故诗又名“夜生严滩”，在桐庐（今属浙江）县东南。西汉末年，严光（字子陵）与刘秀是朋友，刘秀称帝（汉光武帝）后请严光出山做官，严光拒绝，隐居在浙江富春江。后人将严光垂钓之所取名为严滩。

② 巨舰：大船。缘：由。

③ 扁舟：小船。

④ 先生德：先生：指严光。北宋范仲淹为桐庐守时，于钓台建“严先生祠堂”，并为之作记，其中云：“先生之德，山高水长。”

⑤ 通宵过钓台：严光不为名利所动，隐居不出，后人多有自愧不如者，故过钓台者，常于夜间往来。明代郎瑛《七修类稿》卷三十《赵基严台诗》记“汉严子陵钓台，在富春江之涯。有过台而咏者曰‘君为利名隐，我为利名来。羞见先生面，黄昏过钓台’”。李清照诗即化用此诗意。

题　解

这首诗仅见于《钓台集》（明代刘伯潮辑本卷下）和《宋诗纪事》（卷八七）（清代厉鹗编辑的宋代诗歌资料汇集，共100卷）两种诗歌辑本。为李清照存疑之作。据李清照《〈打马图经〉序》载，宋绍兴四年（1134）十月，诗人因为听闻淮上警报，自杭州水路奔赴金华避难，途经富春江严滩，作有此诗。

这首《钓台》是咏史诗，借古讽己，诗人以高度概括的诗歌语言描述严滩所见，并叙述内心由此生发的感受，表达了对汉代隐士严子陵不为名利所囿的崇敬之情，同时也表达了对自己为名利所束缚的愧疚，暗中表达自己不愿为名缰利索所羁束的心理。

赏　析

这首咏史绝句，写得言简意丰，十分耐读。

"巨舰只缘因利往，扁舟亦是为名来。"

这两句诗运用互文的修辞，刻画为名利熙来攘往的众生相。巨舰、扁舟代言了大小逐利者动用所能利用的一切方式，形象别致。富春江上千帆竞发，天下熙熙皆为利来，天下攘攘皆为名往，诗人将富春江面的自然景象和时下名利世界互为隐喻，写实之笔呼应题目，描写形象自然，虚写之笔有似点睛之笔，暗含讽世的议论，虚实相生，生发巧妙，真正是生花妙笔。

"往来有愧先生德，特地通宵过钓台。"

这两句诗，是李清照坦诚地自我反省，写得直白而意蕴丰厚。宋人范文忠公对昔年的严子陵心怀敬仰，曾于钓台建"严先生祠堂"，并著文赞其"先生之德，山高水长"。而目下的严滩，俨然成了世人争相逐利求名的所在。这不啻是巨大的讽刺。作为闻警而逃难的"江浙之人"之一，李清照心中生出深深的愧疚之意，于是特意选择在夜幕的掩饰之下，偷偷摸摸地过了严滩钓台。可敬的是，在为朝野人士卑怯自私之举画像的同时，诗人也没有对自己苟活、苟安视而不见，而是自省自责自批，勇做自我解剖。正可谓是夫子所言："知耻近乎勇。"身为一介弱女子，在国难当头之际，不仅清醒，而且自省，实在难能可贵。

从结构上说，诗人从名利之说起笔，却立意于批判名利世风，忧虑时局国势，构思奇巧，情感充沛。

题 八 咏 楼[①]

千古风流八咏楼，
江山留与后人愁。
水通南国三千里[②]，
气压江城十四州[③]。

注 释

① 八咏楼：在宋婺（wù）州（今浙江金华），原名元畅楼，宋太宗至道年间因前人有为此楼写了总题为《八咏》的八首诗而更名八咏楼，与双溪楼、极目亭同为婺州观临胜地。

② 南国：泛指中国南方。

③ 十四州：宋两浙路计辖二府十二州（平江、镇江府，杭、越、湖、婺、明、常、温、台、处、衢、严、秀州），统称十四州（府）。

题 解

此诗作于宋高宗绍兴五年（1135）春夏间，诗人卜居金华（今属浙江）时。诗人感叹祖国山河破碎，徒成半壁，表现了强烈的忧国之情。

赏 析

八咏楼系南朝齐隆昌元年（494），东阳郡太守、著名史学家、文学家沈约建造。竣工后沈约曾多次登楼赋诗，写下了不少脍炙人口的诗篇，其中有一首《登元畅楼》云："危峰带北阜，高顶出南岑。中有凌风榭，回望川之阴。岸险每增减，湍平互浅深。水流本三派，台高乃四临。上有离群客，客有慕归心。落晖映长浦，焕景烛中浔。云生岭乍黑，日下溪半阴。信美非吾土，何事不抽簪。"表达失意之人退守山林的心境，沈约后又增写了八首诗歌，称为《八咏》诗，同样表达愁怀难释之心绪，传为绝唱；至宋代，遂以诗名改元畅楼为八咏楼。

这首《题八咏楼》，是李清照在登临八咏楼时写下的著名诗篇。"明月双溪水，清风咏八楼"，双溪、八咏楼是金华的两处风景名胜。诗人卜居金华时所居陈氏第，正在双溪北岸、八咏楼下。诗人在《武陵春》词里曾以"只恐双溪舴艋舟，载不动、许多愁"写悲凉凄楚之愁，而这首诗意蕴深邃，气势纵横，写八咏楼气魄非凡，写金华重镇形势险要，抒诗人忧国忧民之情，被后人称为历代题咏八咏楼的杰出之作。

诗的前两句重在抒情，写时间跨度带来的沧桑巨变。

"千古风流八咏楼。"

若以古建筑中的楼台而论，在江南一带，八咏楼可谓首屈一指。八咏楼自创建时起，就成为历代文人名士会文赋诗之处。唐代的李白、严维、崔颢，宋代的吕祖谦、谢翱，元代的赵孟頫等诗人、书法家，都曾慕名而来登临题咏，留下了不少绘景抒情的诗文名篇，故云"千古风流"。从南朝齐建楼始至李清照登楼感怀，历史已跨步六百余载，登高抒怀，诗人首句以"千古风流"起句，总括八咏楼深厚的历史文化积淀，笔意厚重而不失洒脱。

“江山留与后人愁。”

次句未承前句风流意续写，而于“千古风流”之中仅取其“江山”一座，与之对望，诗人因之而愁肠百转，不能释怀。南渡之后，北土沦丧，南下流寓，诗人心中的北图之梦随着时日的推移愈见其遥。这“后人”，是南逃的高宗吗?高宗一心偏安，朝廷文恬武嬉，岂顾北土，何有真愁！身为闾巷嫠妇，李清照没有囿于闺门视野，而是心出闺阁，心怀国忧，其心其怀堪赞。

后两句重在写景，写空间上登临所见，呼应第二句中“江山”形胜所在，而写景字面之后更是暗含悲慨。

“水通南国三千里，气压江城十四州。”

“水通南国三千里”，写水域纵横，广阔深远，“气压江城十四州”，写楼宇高耸，气势逼人。空间上浩渺杳远与高耸直立共存，营造出深远与沉重并存的意蕴，让“三千里”水隐喻了绵长不绝的愁意，让“十四州”城隐喻了沉重难堪的怅然。

唐代薛涛为祝贺剑南西川节度使李德裕修建的筹边楼作诗《筹边楼》，诗云：“平林云鸟入秋窗，壮压西川四十州。诸将莫贪羌族马，最高层处见边头。”明代诗人钟惺说：“(《筹边楼》) 教戒诸将，何等心眼，洪度岂直女子哉，固一代之雄也。”(《名媛诗归》) 李清照这首诗的结句显然化用了薛涛诗句，然而从“四十州”到“十四州”的变数，却是诗人刻意为之，较之北宋曾经的版图，十四州是偏安政权割地赔款后大为缩水的版图的象征，十四州之外的江山国土，又是何楼、何人将它们“气”压呢？诗人在化用前人诗句之间，不动声色地将寓意隐然其中。

全诗情景交融，感触深远，表现了她强烈的忧国伤时之情。这首诗意境博大，气势恢弘，笔力千钧。读来绝对感受不到作者是一位流浪中的女子，倒像一个壮怀激烈的将军或忧国伤时的臣子。

图书在版编目（CIP）数据

李清照诗词赏析 / 马玮主编.— 北京：商务印书馆国际有限公司, 2017.6（2024.6重印）
（中国古典诗词名家菁华赏析丛书）
ISBN 978-7-5176-0403-7

Ⅰ. ①李… Ⅱ. ①马… Ⅲ. ①李清照（1084-约1151）-宋词-诗歌欣赏 Ⅳ. ①I207.23

中国版本图书馆CIP数据核字(2017)第109122号

LIQINGZHAO SHICI SHANGXI
李清照诗词赏析

主　　编	马　玮
出版发行	商务印书馆国际有限公司
地　　址	北京市朝阳区吉庆里14号楼 佳汇国际中心A座12层
邮　　编	100020
电　　话	010-65592876（编校部） 010-65598498（市场营销部）
网　　址	www.cpi1993.com
印　　刷	北京中科印刷有限公司
开　　本	710mm × 1000mm 1/16
字　　数	282千字
印　　张	17.25
版　　次	2024年6月第1版第7次印刷
书　　号	ISBN 978-7-5176-0403-7
定　　价	35.00元